太阳鸟文学年选

2024 中国散文精选

丛书主编　阎晶明

主　编　李林荣

山河岁月人

辽宁人民出版社

图书在版编目（CIP）数据

山河岁月人：2024中国散文精选 / 李林荣主编.
沈阳：辽宁人民出版社，2025. 1. --（太阳鸟文学年选 /
阎晶明主编）. -- ISBN 978-7-205-11412-1

Ⅰ. I267

中国国家版本馆CIP数据核字第2024GM7679号

出版发行：辽宁人民出版社
　　　　　地址：沈阳市和平区十一纬路25号　　邮编：110003
　　　　　电话：024-23284325（邮　购）　024-23284300（发行部）
　　　　　http://www.lnpph.com.cn
印　　刷：辽宁新华印务有限公司
幅面尺寸：145mm×210mm
印　　张：9.25
字　　数：199千字
出版时间：2025年1月第1版
印刷时间：2025年1月第1次印刷
责任编辑：贾妙笙
装帧设计：丁末末
责任校对：吴艳杰
书　　号：ISBN 978-7-205-11412-1

定　　价：68.00元

年选是一种责任

◎ 阎晶明

每到年底，选本就成为热点。各种文学年选依次推出。名家主编、机构筛选，分体裁、分题材、分年龄、分性别，各显其能，各出新招。这是一个传媒不断发达，而且极速迭代的时代，也是一个写作方式、文学传播不断发生变革的时代，十年前的"新生"，已然成为"传统"，很多曾经的热议，今天看来，完全不具备继续关心的必要，只留下当年那般单纯的感慨。比如说吧，我现在参加文学活动，经常会听到对 AI 的议论，仿佛一场革命就要到来，又仿佛一个洪水猛兽正在闯入的路上。人们呼吁关注，也发表写作将会被替代的忧虑。文学是人学，难道会被"文学是人工智能学"所取代？现在当然给不了答案，但是它让我想起 40 年前电脑取代"笔"成为书写工具，引来文学人的一片惊呼。书写工具变了，思维岂能不变？写作速度提升，水分焉能防止？复制极大方便，原创如何保证？现如今，谁还把这个作为文学话题讨论呢？谁又敢说，坚持用笔书写的人一定比电脑录入的人更文学呢？也或者，谁还在阅读时嗅出了"电"的味道而感慨墨香不再呢？

文学就是如此在被迫适应与主动变革、坚守传统与引领新潮的纠缠中寻找着生存之道和发展之路。就像江河，曲折蜿蜒，清浊有别，又奔腾向前；就像空气，无形无色，浓淡各异，又须臾不可离开。这是我们最大的信念，这信念既来自文学数千年的伟大传统，也来自文学在一次次革命中获得的新生。

在如此复杂多样的文学生态背景下再来讨论文学年选的必要性和价值，就显得很有历史感。作品如此繁多甚至过剩，阅读又如此方便甚至厌食，年选是否仍有必要？回答应该是：正是因为目不暇接，精选才更显作用。如果有人问你近年来有什么好作品，说实话，一下子说出一篇小说、散文，或一首诗，还真的不易。那么，最方便的方式，就是推荐一本或一套年选作品集。

选编从来都是选编者眼光、审美的表达，是对文学形势的判断，更体现出一种文学的社会的责任。

1930年代，有人问鲁迅，如果只选自己的一篇小说推荐给世界，会是哪一篇？鲁迅说是《孔乙己》。为什么？因为在不足3000字的篇幅中写出了苦人的凉薄。这是鲁迅对自己小说艺术水准的自评，但我们看1927年鲁迅在《中国新文学大系·小说二集》中选了自己的四篇小说，《狂人日记》《药》《肥皂》《离婚》，恰恰没有《狂人日记》与《药》之间的《孔乙己》。为什么？因为1927年，五四新文学的时代主题还在，即使是选编，也更愿推出体现当时主题、现时仍然继续这一主题的作品。这就是一种责任的体现。

年选对于写作者，尤其是青年写作者具有特殊的鼓舞作用，我不妨再举一例。

青年方志敏，同时也是一位文学青年，他写过诗、小说、舞台剧作品。其中他在上海《民国日报》副刊上发表的小说《谋事》，曾被当时的某个小说研究机构选入了1922—1923《中国小说年鉴》。年鉴中出现的作者名字，包括鲁迅、茅盾、叶圣陶、郁达夫等名家。几乎没有文名的方志敏与之并列，给予他的鼓舞可想而知。1935年，方志敏在狱中坚持写作，写出了《可爱的中国》等美文。他设法把狱中文稿传送出去的时候，想到了鲁迅，并让传送者将部分手稿送到上海内山书店转交鲁迅。鲁迅也的确把这些手稿交给了冯雪峰，最终转送到延安。我个人以为，方志敏的这份信任，在一定程度上来自文学，这份信心也部分地得自于当年曾经在年选中与鲁迅"同框"。

你能说年选不是一件必须慎重、责任非常重大的事吗？我由此想与我们的编辑团队强调这份责任。我们的工作背后，有众多的目光关注，我们应该谨记这份责任和使命，为文学负责，为作家负责，为读者负责，甚至为未来留下年度的印迹负责。

辽宁人民出版社的文学年选坚持了很多年，已成为一个重要的文学和出版品牌，我们能够成为编选者，既感到荣幸，更感责任之重大。

愿我们的选择能够为读者带来新的审美体验，让文学像太阳鸟一样展翅飞翔。

是为序。

阎晶明

2024年11月18日

山河岁月人

◎ 李林荣

　　匆匆来临的秋高气爽时节，又把"太阳鸟文学精选"一年一度的定稿期限带到了眼前。回望各地报刊散文栏目里春华秋实的新一季收成，检点其中好看而又耐读的佳作，巡游山河、感怀岁月的意念渐起。神思所之，仿佛奔往四面八方，趋近迎送漫漫人生路上的无数跋涉者和远行者。

　　山河如景，岁月如流。人生百态、世事云烟，都好似从山河、岁月的大背景和大舞台上生发出的一幕幕连轴戏。只不过素常的生活经验里，多的是飞絮扬沙般的纷繁芜杂和琐碎凌乱，少有长波浩渺的从容或深潭映月的闲静，让我们安下心来，细细体味自己的身心律动与时空情境的紧密联系。得亏还有写作和阅读，特别是能够驰骋想象也需要驰骋想象的文学写作和文学阅读，一直在为我们创造无限量、不定时的重返自己的过往以至分享他人独特阅历的机会。

　　收入本书的28篇作品，依着文中展示的山河、岁月与人情风物由远而近、由宏大而及于精微顺序，约略分为五组。头一组——熊育群的《山河示证》、庞培的《宋冲问古》、蒋蓝的《白战不许持寸铁》、陈美者的《出香寮》、马晓丽的《弈者》，篇章气象有雄浑、温婉之别，行文运思的视角和格调，却都落在探察古史、镜鉴当下的高迈层次。其精彩显现于描写和叙事的酣畅疏朗，更蕴含于要言不烦的穿插论说。

之后的六篇——潘凯雄的《游子归》、王彬彬的《苏北记愧》、裘山山的《我的兵之初》、兴安的《说吧，北京》、彭程的《小区记》、欧娜的《悲伤是一条暗河》，以抚今追昔、述往忆旧的相似质地，列成一组。《游子归》所述的故乡从含糊陌生转为生动亲近的情思流变，《苏北记愧》再现的往昔年代村社生计的世情荒寒，《我的兵之初》追溯的身在军营而欣逢大时代转折的青春经历，都显示了在忆故乡和记青春的散文程式框架内，选材求新、开掘求深的努力。而《说吧，北京》和《小区记》对于作者在北京安家落户几十年的生活变迁和沧桑意绪，所展开的书画长卷式的细切描绘，以及《悲伤是一条暗河》里作者面对父亲的在天之灵一唱三叹的追忆和倾诉，则道尽了唯经长久的岁月历练和悲欣交集的身心考验，才能积淀到一个人的人生观、世界观和价值观底层的那种恋地情结的复杂况味。

李复威的《傲之魂》、董晓的《尴尬一代的读书人》、李唯的《张贤亮和我家的碗》、周晓枫的《他就是神骏，他就是猛禽》、凸凹的《纯净之人，赤子之文》、傅菲的《无法返回的路》，这六篇都属写人之作，并且文中所写的人——姚雪垠、董健、张贤亮、周涛、张守仁，还有末一篇的作者傅菲本人，都是广大文学爱好者可以通过读其书而知其人的作家。换句话说，这六篇散文内容上的深意和写法上的妙处何在？品其文本之外，若再拿文中写到的这几位作家本人的作品，来稍做参照对读，或许就会有更多更充分的领悟。

压轴的两组，笼统地看都是生态题材散文。陈应松的《有条河叫虎渡河》气势开张、笔触绵密，将当代乡土人文生态和风俗景观的刻画，沿着历史地理的时空经纬线，一路推向深广处。邱华栋的《阿勒泰的动物们》和于德北的《在寂静的山地里》，在精粹小品的尺幅内，以洗练的速写笔法营造出绘声绘色、野趣横生的自然场景。杨海蒂的《鹦哥岭》，熔传统的纪游、地志文体要素与时尚的生态书写主题于一炉，赋名胜以新姿。辛茜的《北京城里的芳菲之境》和王占黑的《主场客场》，以弱水三千只取一瓢饮的巧劲和慧心，分别对时下北京和上海的街景人文风貌，做了节点取样和局部剖面样式的传神描摹。

在赵树义的《海棠花开了》、李青松的《兵团新农人》、阿伍颂庚的《边境上的云》、李会鑫的《天空的漂流瓶》、李琢的《我有一片戈壁》中，同样也能看到对于当今中国城乡独具地方特色的人居环境和自然景物的鲜活描写。但这五篇散文值得倍加瞩目之处，是它们的风光地景和环境描写，始终都围绕并突出着生活、劳作在特定地方、特定环境和特定时刻的独特的人，进而，把常言所说的一方水土养一方人的道理，从物质层面演绎到了更深入也更开阔的精神层面。

山川水土养育人，也养育文学和文化，反过来，人的生活和创造，也时时刻刻在影响、改变和反哺着地域环境。这册名为《山河岁月人》的散文选，呈现的仅仅是悠长岁月和广袤山河激发、升腾的无尽人生感悟和无数人生遭逢中的些微点滴。愿各方读者朋友展卷浏览皆有所得，共情共感之余，也不妨乘兴而起、顺势而为，即刻加入声气相求的写作同道中来。

2024 年 10 月 18 日于北京

目录

山河示证

◎ 熊育群

一

癸卯年深秋，由南向北的一次远行，穿越鄂、豫两省，第二天暮霭重重之时，我从山西河津过黄河，在陕西韩城下高速。夜幕已降，微雨如雾，裹着夜色，眨眼间淹埋一切。次第亮起的灯火，愈来愈大的车轮摩擦声，陡生陌生又遥远的感觉。想起司马迁《史记》自序"迁生龙门，耕牧河山之阳"，一种气息逼近，雨中的街巷溢出莫名的期待。

一夜小雨，古城阒寂。一早便驱车前往芝川镇。

空气冷浸又清新，银杏树金黄一色，城南的田地平整如砥。一条窄窄的芝水河，横过一座古石桥，硕大的石板被磨得肌肤一样光滑。一座小山猛现陡峭之崖，孤峰上耸峙的便是司马迁的献殿、寝宫。

原以为司马迁祠墓在黄河边上，举目四顾，一座高架桥横过，在东边小山后消失，这是过黄河的高速路，山那边才是黄河。

清早无人，独自登山，青砖和石头铺的路，中间凹陷，像一条浅沟。"高山仰止"牌坊立于半山，苍松翠柏止于路侧，石头的路拐向悬崖一侧，穿过牌坊。

再往上就是高高的梯级，一边攀登一边观瞻，太史公既亲近又遥远，此时与彼时某个瞬间融合，时间的停滞和猛烈的心跳，头上时空悬浮。

一千七百年前，一个姓殷名济的人在此为司马迁立碑树桓，宋代有人塑司马迁坐像，元代敕修司马迁墓，清乾隆年新立墓碑，这里只是一个司马迁的祭祀场所。

蒙古包状的墓位于最高处，青砖裹砌，嵌有八卦砖雕。墓顶一株古柏，若巨掌撑天。我双手合十，绕墓三匝，胸中涌动的话皆成默念。黄河就在眼前，它出龙门后，变得浩浩荡荡，苍苍茫茫。"迁生龙门"含有多少自得。

去嵬东乡高门塬，一条弯曲狭窄的乡间小道背朝黄河西去，带来了黄土高坡地貌。赶集的农民把蔬菜、水果、打板栗的竹竿、猪羊肉、塑料制品、衣服摆了两里路长。一路询问，当地人确定，华池村所在地就是当年司马家的花园，徐村居住的同、冯两姓则是司马迁的后人。徐村汉太史遗祠，墙中石碑刻有嘉庆二十二年的碑文："史通因避莽乱，隐居嵩阳。徽为长门嫡孙改姓同氏，返归故里，徙居徐村。"

正午的徐村，一片寂静。高墙窄巷，户户院墙，门楼出浅檐，门楣书"仁以聚之""细流不择""同归觉路""临池学书"等语，它与周围村庄并无二致。村中一口半圆形涝池，围池的石板沉淀下岁月。一座座颓败的门楼不时出现，不知建于哪个朝代，有的院墙塌陷，有的一门独立，门楼都有精致的砖雕、石雕、木雕，高高的檐口，匾额苍劲或飘逸的书法，充满人生的感悟，彰显着深厚的文化底蕴与从前富足安宁的生活。

汉太史遗祠大门匾额，进门写"入则傻见"，出门写"出则忾闻"，读了令人感伤。祠内塑有司马迁像，上供司马谈、司马迁牌位，下供冯姓世祖钊、同姓世祖茂的牌位。携司马迁遗骸率族人来徐村的正是冯钊和同茂，他们约定两姓互不通婚。

村后一个高坡，坡下写有"法王行宫"的石牌坊，矮得低头才能通过。漫长的时间里，黄泥浸上石柱、石鼓，石板石条间缝如裂隙。一条泥土小径欹斜而上，坡上一座孤坟，一间寝殿。寝殿两边对联写"真假真假真真假真假分不清，错隐错隐错错隐错隐辨不明"。意思是祭祖是真，敬神为假，外人分不清真假；皇上错，太史错，因错而隐，这个错和隐谁能辨得明。墓碑是甲戌清明重立的，上写"汉太史公司马迁之墓"，落款"徐村同、冯后裔敬立"。我相信，这里离太史公之魂更近。

徐村每年清明节前一晚都要搭台唱戏。戏台就是司马迁墓旁敞开的寝殿，殿内墙上居中设神龛，墙下砌供台。长者带着穿礼服的村民，抬着香案祭品来到墓前，插上带金钱串的柳枝。这时，戏台上鼓乐齐鸣，演员在坟前化妆、换衣，开始登台唱戏。墓地上则鸣炮、敬香、跪烧纸钱，有人爬上坟头往下滚鸡蛋馍。

黎明时分，台上突然油灯全灭，鼓乐骤停，演员、乐器手跑下戏台，村民立即拆了台面，抬着香案，跟着演员向村东面的九郎庙狂奔。村民争先恐后，跑丢了东西也不捡。九郎庙戏台上，乐手们看到演员跑来了，立即吹起唢呐，敲起锣鼓，演员跑上台又唱起戏来。

天亮后，人人像过年一样，头插迎春花，吃沾福馍，到处欢声笑语。村里亲戚朋友来了，小商小贩也来了。巷口搭起了柏枝牌楼，挂白纸黑字的对联，横幅用红绸黄字，写"德垂后昆"。巷子里挂满彩灯，家家门口贴红对联，门上挂红纱灯。汉太史遗祠的祭祀仪式也正式开始了。大戏则分东台和西台，连唱三天对台戏。

这一习俗有二千年了。据传，当年族人唯恐朝廷降罪，将司马迁遗骸运回后悄悄安葬。清明祭祀时半夜三更以祭神的名义进行。一年清明，黎明时传来消息，京城来了钦差，直奔徐村而来。族人惊慌，有人急中生智，率领大家狂奔到九郎庙来焚香祭神。"钦差"出现了，原来是司马迁的外孙杨恽，他奉母命来扫墓，并带来了喜讯：汉宣帝准允《太史公书》公之于世了。族人惊喜不已，敲锣打鼓，邀来亲友，一同庆贺。于是，徐村有了清明跑戏台子的习俗。

正午已过，天空阴郁，饥饿阵阵袭来。站在墓碑前，眼前的黄土坡地一坡一坡向着远方伸展，沟沟壑壑里的果园、村庄，时隐时现。寂静里，哀哭声传来，徐村人正在办丧事。我在荒芜的杂草和树木间喃喃独语。想着司马迁二十岁南游，他东采吴越，上会稽，探禹穴，又南吊屈宋荆楚，窥九疑，浮于沅、湘。远行的足迹到了我的家乡岳阳屈原管理区，去年寒冬，寻觅着他吊屈的路线，我在汨罗江古河道找到了屈原的投江之地……

司马迁这一次出游，着重考察了两个人，那便是他敬仰的大禹和孔子。他忍辱含垢，以究天人之际，通古今之变，成一家之言的气魄，分明有这两个人的影子，他们代表了司马迁的某种精神向度。

《史记》开篇写五帝之后，第一个写的人物便是大禹，司马迁有足够的信心把他当作现实中的人物来写。大禹名叫文命。他的父亲就是治水失败的鲧。夏朝在司马迁的笔下成为信史。中国最古老的治水篇章，从浓郁的神话色彩里进入了历史视野。大禹游移的形象山一样稳固，一代代人无不以之为蓝本。

对禹凿龙门，《史记》载："道河积石，至于龙门"，似乎语意不详。一个在"禹凿龙门"传说里长大的人，吝啬得不肯多写一个字。

龙门，夏商时韩城便称为龙门。我曾站在华山云台峰朝它远眺。那个初夏的上午，前一夜还是雨声淅沥，雾锁华山。登山时天空渐渐晴朗，大地在几缕轻烟中如毯一样呈现于山下的一片空旷里。平展的土地，如远去的岁月，朦胧又清晰，远处升起一道幽蓝的山脉，那是山西西部的吕梁山，一条大河如银色飘带一般，从北向南而来，她就是黄河——中华民族的母亲河。在风陵渡黄河转向东，奔腾到了中条山南麓。这座著名的山脉是夏代的铜矿，山南便是夏的中心统治区。

另一条河流由西向东，横划过关中盆地，在风陵渡与黄河汇合，这是著名的渭水，它可能是黄河远古河道。飘带最宽广的一个地方即是司马迁祠墓所在地韩城。对岸山西河津，司马家族世代居住地。龙门就在这个闪着白玉一样光泽的上方。我久久注视着那个地方——阔大土地上的一个点，心里念着"西岳峥嵘何壮哉，黄河如丝天际来"，这是李白当年与好友元丹丘在云台峰所看到的情景。当年大禹治水就在这片土地上展开。

在云台峰转悠，平原上起了一层薄薄的蓝烟，眼前的黄河听不到它半点声息，也看不见它翻腾的波涛，只有凝固的一线岩石一样闪着银白之光，仿佛定格在时间之中，与退守到岁月深处的历史一样遥远。面对苍茫大地，一时情感难抑，我写了如下诗句：

石头抒写空中白银

决绝地离平原而去的

高度　云朵似的漂浮

它们恒定　坚硬　裸露强力

大地的秘密在天空之上

如帝国的刀锋

大地之云　仙界的大氅

在风的手掌中覆过人间暮鼓晨钟

龙门治水　韩城史笔　临潼歌舞　骊山烽火

潼关铁骑　灞桥折柳　蓝田玉生烟……

如盐在海

一个黄金的时代

升起与崩坍　如冰城堆雪

大禹治水的想象

渔阳鼙鼓的喑哑

霓裳羽衣曲的柔软

帝国锋芒上珠露跌落

二

龙门是黄河出晋陕峡谷的最后咽喉，龙门山与梁山相距极近，汛期河水暴涨时，水由北至西受西岩阻挡而折向东，又遭东面石壁拦截，浪叠数丈，"龙门三激浪，平地一声雷"写的正是这一景象，数里之外就能听到黄河撞山断门的巨响。

"黄河西来决昆仑，咆哮万里触龙门"，黄河东流好像就是奔龙门而来的，一个"触"字是何等的急切。《禹贡》《汉书·沟洫志》《水经》都言之凿凿，大禹"导河积石，疏决梁山"。郦道元《水经注》写"龙门为禹所凿，广八十步，岩际镌迹尚存"。

然而，龙门那些坚硬的岩石，壁立两岸，刀劈斧削，如铜墙铁壁，巍峨壮观，凿开龙门真是人力所为？《史记》的《夏本纪第二》只提到龙门，太史公是不是有我同样的顾虑？

来到龙门，季节已过寒露。沿着黄河东岸北行，这一带以前几乎村村建有大禹庙。河西渚北村每年古历三月二十二日，村民拿上香表贡品，敲锣打鼓把大禹庙的大禹像接回村，举行五天盛大的祭献和赛事。鲤鱼岛上陕西建的大禹庙与东岸山西建的大夏禹王庙隔河对峙，抗日战争时期被日军炸毁，眼前的鲤鱼岛，长排钢筋混凝土的房屋沿河而建，一艘客轮静静地停靠在码头。黄河上的风吹在身上，直灌胸口，不得不把衣领扣紧。

峡谷里的风声压过浪涛声，浩荡江水翻滚不息，隐忍着一股蛮力，浊黄的波浪下深藏蛟螭似的，它疲惫了、妥协了，上涌的水花虽然巨大，却有些乏力。

禹门口横过一座铁路桥，这里是峡谷结束的地方，两岸余脉靠拢，留下窄窄的江面。如果开凿这里，人力完全可为。

但是，龙门还在上游。山势越来越高，一路壁立的峭岩，如刀似斧。峡谷转过一道弯，经过大梯子崖宽阔的水面，东岸的山一个弯腰，逼近西边的高崖，仿佛不耐分隔，意欲团聚。一线窄门远远地出现了：两岸白石相对，在它们即将相拥的瞬间，一股神奇的力量让它们骤停。这股神力便来自大禹，相连的山被他带人生生地凿开了。

势能强大的水訇然而出，撕锦裂帛。巍峨的山峰和峡谷全是哗哗的声音，风一样吹拂，水一样淹没。龙门上又一座铁路桥跨过，一列货车呼啸而过。

民间传说，鲤鱼被冲出了豁口，无法溯流而上，便与大禹夫妇理论。大禹的妻子涂山氏说，能跃上此豁口者，便可化为飞龙，腾云上天。这便是"鲤鱼跃龙门"的来由。

走近龙门，两边悬崖相距不过几十米，工程远没有我想象的那么巨大。夏代，铜器已滥觞于黄河上游，进入了青铜时代，自然有开山的利器。岩石火烧水浇就可裂开，凿龙门人力完全可为。似乎释然，却心怀疑惑——我所见者还只是一种可能。

溯黄河北上，到壶口瀑布，再到荒凉空寂的吴堡石城，黄河两岸山山相连，几无间隙。两岸煤矿众多，运煤的货车排成长队。

在碛口古镇小憩，游黄河画廊，我有了新的发现。

黄河东岸的岩石经河水长年冲刷，形成了一片片如画的浮雕，石面凹凸有致，深浅不一，它们有的像书法，有的似鳄鱼、蛟龙、螃蟹、珊瑚、蜂巢、蘑菇，有似流云的，气象万千，画面抽象，令人遐思，只有大自然的鬼斧神工才有这般景致。

在往画廊的沿河公路上，头顶山坡上也出现了同样的自然的壁画。它们之间落差约二十米。这证明黄河水曾经达到了山上画廊的高度。那便是四千年前黄河的水位？

《吕氏春秋·爱类篇》有这样的描述："昔上古龙门未开，吕梁未发，河出孟门，大溢逆流，无有丘陵、沃衍、平原、高阜，尽皆灭之，名曰鸿水。"这是大禹凿通龙门之前，洪水泛滥的景象。

想象滔滔洪水漫过头顶，涨到山上画廊的高度，山岩上如染的夕阳，皆在水波之上闪烁，水势之浩荡，吕梁山深沟巨壑被水所淹，波涛拍岸，条条峡谷蛟龙一样弯曲缠绕，一切"尽皆灭之"。大禹凿开了龙门，水位迅疾降落，直落到如今的位置。

千里吕梁山证明了禹凿龙门的真实性，大禹把他的伟业刻在了山河之上。

这是神一样的功绩！于是，人们世世代代当作神话一样相传。

三

六朝人在《拾遗记》里写大禹凿龙门变得很神奇了。"禹凿龙关之山，亦谓之龙门，至一空岩，深数十里，幽暗不可复行，禹乃负火而进。有兽状如豕，含夜明之珠，其光如烛。又有青犬，行吠于前。禹计可十里，迷于昼夜。既觉渐明，见向来豕犬，变为人形，皆著玄衣。又见一神，蛇身人面。禹因与语，神即示禹八卦之图，列于金板之上。又有八神侍侧。禹曰：'华胥生圣子，是汝耶？'答曰：'华胥是九河神女，以生余也。'乃探玉简授禹，长一尺二寸，以合十二时之数，使量度天地。禹即执此简，以平定水土。蛇身之神，即羲皇也。"

距龙门不远的确有个禹王洞，传说是当年大禹治水的指挥所和民工栖身地，可容纳千人，龙门开凿后，施工工具被置于洞内。禹门口东禹庙后面有一个石龛，"有石龛窿然若大屋"，内有悬泉，现在叫鸽子庵，也是当年民工的住地。龙门上游五公里处有个石门，这里是黄河最狭窄的峡谷，石门西侧有一条错开河，大禹最初在此向西疏凿河道，发现方向错了，便及时改正。

《拾遗记》把禹凿龙门当作神话来写，古人的浪漫创作手法，跟原始的巫鬼文化与信仰有关。幸亏有了这些散发着神秘气息的古老文字，我们能够找到一些真实的细节，譬如《国语·鲁语下》中有："昔禹致群神于会稽山，防风氏后至，杀而戮之，其骨节专车。"这跟今天出土的"良渚文化"相互印证。

古越部落酋长防风氏，想独霸一方，自称越人各部落之长，不听禹的命令。禹在苗山大会上当众命令将他处死，并暴尸三天。各地诸侯、方伯深知夏王朝的威力和禹的神圣，再不敢冒犯禹王。那些没有参加朝见禹王的氏族部落听说此事，也纷纷向夏王朝进贡称臣。

杀那些怠慢自己的诸侯，以树立权威，保证政令通畅，一个建立如此威望并开启一个王朝的人，这样做是合乎逻辑的。

防风氏就来自今日出土的"良渚文化"之地杭州，莫干山下，考古发现了四五千年前建立的区域性国家并筑起宏大水利系统的一个王朝。那是江南的河流富春江、钱塘江孕育的文明，良渚的玉文化登峰造极，文明发达程度不输任何地区。防风氏到绍兴会稽山隔着一条钱塘江，距离很近。他也许是傲慢故意来迟，也许是被洪水所阻。但大禹就在防风氏家门口斩杀他，足见他的气魄与力量。

大禹选择绍兴作为自己的安葬地，他对"良渚文化"也是偏爱的。杀防风氏，是否有因偏爱而生的复杂情感？

又如《吴越春秋·越王无余外传》中有："禹三十未娶，恐时之暮，失其制度。乃辞云：'吾娶也，必有应矣。'乃有白狐九尾，造于禹。禹曰：'白者吾之服也，其九尾者，王者之证也。涂山之歌曰："绥绥白狐，九尾庞庞。我家嘉夷，来宾为王。成家成室，我造彼昌。天人之际，于兹则行。"明矣哉！'禹因娶涂山，谓之女娇。"

这则传说虽有鬼神之气，但却合于信史。大禹娶涂山之女确有其事，如何娶的，在各种传说版本中情形也大致相同。如《吕氏春秋·音初篇》有："禹行功，见涂山之女，禹未之遇，而巡省南土。涂山氏之女乃令其妾候禹于涂山之阳。女乃作歌，歌曰：'候人兮猗！'实始作为南音。"又如"禹娶涂山氏女，不以私害公，自辛至甲四日，复往治水"。（《楚辞·天问》洪兴祖补注引《吕氏春秋》）

大禹连恋爱的时间也没有。家庭生活呢，也不正常，"三过家门而不入"成了中华民族的名言，顾大家舍小家，代表了克己奉公的高尚精神。大禹百折不挠、任劳任怨的非凡品质，成为中华优秀传统文化的精髓。直到如今，表扬一个人，仍然热衷于说他牺牲与家人团聚的时间，忙得顾不上家庭，谈恋爱的时间也没有。

其实这种忽略个人、牺牲个人的价值观不太符合现代的人道精神。

大禹这样做也许有他的苦衷，父亲受命治理洪水，因治水不力，被杀于羽郊。父亲的死对他是个无形的压力，他只有以命相搏才能保全性命。但一个这样的英雄人物，在中国历史的源头、文化的源头，成为榜样，对中华民族伦理道德、品格、潜意识、文化等，有着巨大的影响，成为中华民族精神的重要部分。

四千年过去了，我们对于一个人的评价居然一成不变，奴隶社会的标准还用于后工业社会的现代人。人类观念的改变是不是真的有我们想象的那么巨大？

大禹的家庭生活广为人知，并成为一个悲剧："禹治鸿水，通辕轅山，化为熊。谓涂山氏曰：'欲饷，闻鼓声乃来。'禹跳石，误中鼓，涂山氏往，见禹方作熊，惭而去。至嵩高山下，化为石，方生启。禹曰：'归我子！'石破北方而启生。"（《汉书·武帝纪》颜师古注引《淮南子》）

这里鸿水可能就是龙门泛滥出来的水，为尽快开挖辕轅山，大禹化作熊，以掌刨挖。为节省吃饭的时间，他与涂山氏商量，她送饭上山，以击鼓为号。没想到，有一天，一块石头掉下击中了鼓，还没到吃饭时间，涂山氏听到鼓声就送饭上山了，她看到自己的丈夫是一头熊，吓得往山下跑。大禹见涂山氏吓成这样，慌忙去追赶，涂山氏更加慌乱了，变作了一块巨石。大禹对着石头急切地喊："还我儿子，还我儿子。"涂山氏已身怀六甲，只见巨石裂开一道缝，禹的儿子启从石中诞生。

禹因治水又失去了自己心爱的女人。

这是传奇又真实的故事，是汉民族的历史，是中华民族对英雄的定义、想象和书写，它直接影响了我们今天对于英雄的认识、理解和写作。

季节悄然入冬，万里天空孤云几朵，黄河奔腾不息。

在河两岸交替而行，不时有摆卖红枣、苹果的小贩，硕大的枣子令人垂涎。河面时高时低，滩声时大时小。东面的吕梁山与西边的黄土高原山脉连绵，它们有着同样的地貌，赤褐色的山体，叠压的岩层，稀疏的树木，山峰一座座排列齐整。

不论是奔走的白天，还是停息后的夜晚，河水在太阳与月亮的光照下，哗哗流淌。逝者如斯，它就是岁月，是生命的源头，是民族的秘史，每一条波浪里都闪耀着神秘之光。作为过客，昼夜痴望，要读懂它却何其难矣！

（原载《收获》2024年第2期）

熊育群（1962—　　），湖南汨罗人，同济大学建筑工程系毕业，中国作家协会散文委员会副主任，现居广东，出版诗集《三只眼睛》《我的一生在我之外》、长篇小说《连尔居》《己卯年雨雪》《金墟》、散文集《春天的十二条河流》《罗马的时光游戏》《路上的祖先》《一寄河山》《僭越的眼》及纪实文学《钟南山：苍生在上》等。

宋冲问古

◎ 庞　培

　　宋冲在山脚底，似乎只够人看一眼。但一步一步缓慢行进，可谓一步一境、步步移景。小房子也变成了大房子，旧村落也换作了新民居。再朝前一步，一个不知名僻静的小山村，竟舒展成旧泛黄宋画中的长卷，呈一偌大的宇宙乾坤，有山，有溪流，有清澈见底之无边森林，有秋空雁鸣的繁星点点。一条笔直的山泉水恭恭敬敬，搛着手从深山里汩汩流出，到游人脚下成了蜂群狂舞般的清澈溪流，也就是刚好从乡村的山里人家居地中间横切开来。于是，山乡的千年岁月，自然形成了村民们"内厚质正"的左臂右膀。这比例委实体面、精确而又均匀，似乎这一长条溪流，成了宋冲村的第一村民，活泼泼地牵上了耕牛犁铧，赤着泥脚朝你走来。到宋冲来，第一眼就不由得被这一条溪流吸引住了——溪流的左岸是田岸、稻穗、杂树林、农舍，另一面是上山进村的马路、岩壁、山冈和树林。人没进村，即听见潺潺水声，夹杂着风吹竹林、鸡鸣狗吠，一派山乡人家的太平清静——在离开此地一两天之后，你才会发现，对这样的僻静角落，你内心很大一块地方，仍在凝神屏息、洗耳恭听着……风仍在山坡闪闪烁烁的竹林深处，无声无息、无忧无虑地吹过。

　　风，是僧人的旧百衲衣那样穿久磨薄了的颜色。

群山起伏处，有香灰落下。

村子里的猪圈，居然是用水泥砌的，仿佛豢养的黑猪们，也住进了有电梯井（看不见）的高档公寓。

翻过前面的大山，就到青阳县境相毗邻的、东南方向的安徽泾县了——是泾县的陈村、云岭位置。用村民爬山的速度从宋冲出发，走山路到泾县那边，费时约一小时多点。山中小道是千年的古道，因无人走动，久已废弃，长满了荒草荆棘，除了本地的几个乡的乡民，外人很难识得。

我的思绪沿着山坳那条看不见的古道慢慢向前，这是一种人对于古旧时光的向往。

皖南这样的深山村落，有几多？

我在最近的四年里，第一次闻到猪圈味，是在这酉华乡的宋冲，有一种陡然、童年般的兴奋直冲脑门。

一个从溪流声开始的村庄，可能会有许许多多的名字，绝不止一个"宋冲"。它还叫"中国"，它还叫"皖南"或"徽州"。

旅行的人会消失，但村落将带着温煦阳光中的记忆永存。

我走在村庄的眼睛里。

我知道，那里一片片沧桑的瓦在打量着我。

这里的太阳又重新成了太阳，而太阳光朗照下的青山绿水，又重新成了尘世中的和光同尘着的清晨。闻一闻清晨的空气吧！啊，人好像还没有出生——尚未有人类出生时的太阳的味道，多么温暖芳香——到处是土地、山冈、树林、草叶、溪流和小鸟的呼吸，唯独没有人的呼吸。人的呼吸，是后来一点儿一点儿像走路一样加进来的——当中巴车停稳，车门打开，我吸到了一大口这样空旷的天地的空气，从头到脚变得清新。顿了一下，我心想，这千年田畴上的露珠闪烁，大概，就叫作"宋冲"吧……村名没有别的意思，主要是一个久违了的汉字，湮没了的心境的意思吧。这是一个空间的命名，冲着山里奔涌的溪流而来，冲着溪流活泼泼的欢笑而来——在余下的上午半天时间里，我们在村里遇见的村民，脸上全都有这种欢笑的模样和神情，仿佛他们刚从山坡的云端降落下来。他们同时也是竹叶、竹枝、松树、岩石和湿土。这同样是一个耕读传家的约定俗成——整个村庄被霜降节气前的露珠浸润着，一山、一石、一草、一木，都叫"宋冲"。街道清凉。厕所清凉。猪圈清凉。农家用匾篮露天晾晒着的芝麻粒清凉。芝麻只有两三斤左右，用手细细地耙平拢匀，如同古村落露出来的晒着太阳的细小毛孔。

在这样的山里人家面前，唉，做人，总是不够。一大帮诗人作家下车——下得车来，一眨眼间，就一个人都看不见了！根本没有诗，没有小说、散文、理论、童话，所有人，全瞬间回归到了牙牙学语的稚童时态的阳光里，全回归到了史前时代。没有记忆，没有修辞，没有印象，没有才能！只有先前一天参观过，现在还勉强记得住的枝叶密匝、树龄一千年以上的一棵古青檀树！

那棵"古檀公树"，并不长在宋冲，却成了游走到村里各个角落的这一大群人身上隐秘的共同标志——正如皖南、青阳、秋天、大九华山，是他们依稀可辨的外貌一样。

一棵古树，开叶散枝。一个人，如何在土壤中扎根？

记忆，如何面对这山中的溪流？

村中人家的房子，远远地，开着窗透气。两层、三层的小楼。

楼顶用薄薄的岩石板做瓦片；瓦片，被薄薄的雷雨天气浸润过。

树的文本！在宋冲，有《情人》《变形记》《等待戈多》《巴马修道院》《月亮和六便士》《林间空地》《追忆逝水年华》，等等。

也有《牡丹亭》《今生今世》《古诗十九首》以及"一日看尽长安花"——

宛如一匹在跑马场耙平了的沙子上疾驰的种马，是的，这皖南深山里的村庄，有一种四海为家的魅力。倨傲的一去不复返的高雅、骄傲——看看金黄的漫山遍野的田畴吧！那些豆荚、稻穗、柿子、松果和板栗的眼睛！

在一个清晨，我来到宋冲，仿佛帕斯卡尔、蒙田、泰奥菲尔·戈蒂耶、斯文·赫定、华莱士·史蒂文斯也来过这里！

欧洲最秘密的日记作者，来过这里！他留下一处石砌的小城堡。他品尝过树上挂满柿子、空气中布满红晕的秋天！

和我一样，他弯下腰，双手浸在路边上清澈的梦的溪水里……

抬起头来，仲秋过后的皖南的阳光里，仍有几分"开门复动竹，疑是故人来"般南方的酷热。

上午九点多钟，孤峰擎天的山溪水，仍如夜色般清凉、墨黑。

后来，我好像走丢了。很快，我就不记得自己在哪里了。我，和我身体内的童年，通通走散了。

宋冲，这是沙漠瀚海中的第一个沙丘，无尽的月亮正在它的头顶之上，洒落下蜿蜒的地平线的黑线。那轮廓，那新世界的气息，如同林间微风般细碎平静。那村落乡野之心，正为沙漠尖锐的闪光而起伏颤抖。

"夫风者，天地之气，溥畅而至，不择贵贱高下而加焉。"（宋

玉《风赋》）

　　宋冲，也可能就像皇家的一把椅子，被偏废了很多年。

　　早晨的清新无处不在，稻田的十月的主人好像就是天空本人，湛蓝、恬淡而又好客，比唐代诗歌里最好的歌行体还要精彩。人仿佛就是那些诗句，走一步读出一句，令人印象深刻。看不见村落前前后后耕作的人，但耕作无处不在：金黄、橙红、雪白、鳖黑、葱翠、苍青，微风好像吹在林风眠先生的画布上。每一幢房子都该立即渴望自己曾在其中居住过，而且今后还会居住下去。你想象自己是那山下村庄里猪圈的主人，是那猪圈附近的菜地、竹园、溪流和村委会礼堂的主人，而真正的主人，或许正在不远处的丛林里沿着熟悉的小路砍柴劈树。砍刀每挥舞一下，山林都传出熟悉的、露珠莹莹的回声。空气里满是秋天漫山遍野熟睡的味道，各种松果、板栗、覆盆子，纷纷滚落进山野厚暖的被窝。有高处的大树因为酷热而脱下的枝叶的衣衫；有阳光的投影下寂静的汗珠和不知名的山间小动物由衷的喟叹。白昼初升的光亮沿着山坡和神秘的山体轮廓海浪一般来回滚动。这起伏不定的光的涌浪中的生命浸入看不见的万事万物，对于人而言，就是他稳如磐石的前世今生。似乎，只有村口路过的盲人的竹杖，才能够点化到它。

　　只有树上的冻柿子最最远离人类文明，远离《史记》《混沌七鉴》《资治通鉴》《三国演义》《鬼谷子》《温病条辨》……殷红的山果有一种汉字发明前的天真烂漫，看得人眼睛一哆嗦，继而心头一热，就好像重新看见了"婚姻"两字，隔墙看见了《西厢记》。

　　由于村头的这几棵柿子树，整个村庄显得干瘪、清瘦，有一种远离尘嚣的朴实的精气神，好像深山老林中残剩下来的猎户，不仅自己开耕了深山里的梯田活了下来，而且手头的猎枪依旧擦得雪亮——那条活泼的溪流就像钢蓝的枪管——墙上挂着的风干的猎物身上，透出一种小小丰收的压抑气息，指认着乱世深处的和平、与世无争。宋冲，这名老猎户，或许正探囊取箭，待众人走近，重新又背转过身子，开始重返古老的密林深处，只留给大家一个饱经沧桑的老人的背影。

这个背影用山上薄薄的石片做屋顶。山里的风，吹过这样石质的瓦片，每每显得格外郁郁寡欢。住这样的房子的村民，却格外阳刚。每晚睡觉听见的风声、山林声，竟和别处不一样。石板稳稳地压着林间走兽的呼吸和风中的跫音，于是，宋冲的溪流和屋顶，把一个千年小山村压榨出了双倍的静谧和清新，在这里，月亮、天空、星星、露珠，仿佛都是双倍的。群山的火热和阴冷、暗淡和光亮似乎也是双倍的，由岩石和水、落叶和青苔同时点燃。人间的爱恨情仇，由此被照射出某种非人世的缠绵悱恻。事实上，皖南的深山里，确有这样一种就地取材之美，从白墙黑瓦的徽派炊烟，到高高的风火墙背后的男婚女嫁。中国大地上少有的真正实现了的耕读理想，已深入了每一户山里人家的墙前屋后。

（原载《散文》2024年第7期）

庞培（1962—　），本名王方，江苏江阴人，诗人，"新散文"潮流代表作家，出版《写给梦境》《在光中看见了光》《五种回忆》《寻村记》《童年册页》《中国书写》等诗集或散文集，主编《一个人的县城——江阴新诗选》等。

白战不许持寸铁

◎ 蒋　蓝

苏东坡一生曾两度到过颍州（今安徽省阜阳市）。

第一次是36岁之时，在赴杭州任通判的途中，他假道颍州，去拜谒已在颍州赋闲定居的恩师欧阳修。第二次来，苏东坡以龙图阁学士身份出知颍州，这已经是欧阳修逝世17年后的事情了。

时光恍如林间飞纵的鸟影。龟裂的大地龇牙咧嘴，吞噬着北风，发出呼呼的气声。当年的旱情一直没有松懈迹象，身为颍州太守，东坡决定要一试身手。

作为一地之官，自古以来祈雨就是官员的应有之义，东坡早年在凤翔府供职时就登太白山祈雨，山神感应，立即以滂沱大雨予以回报。看到老百姓欢天喜地的样子，第一次祈雨就大获成功，东坡非常感慨！

颍州祈雨的结果，是得了一场雨雪，应该算是天道酬勤，让这位新到任的第一把手显示了"泽惠百姓"的成果。东坡在颍州生活的时间并不长，有不少诗文均围绕这次祈雨而展开。

多年以来，欧阳修收集了众多碑文，编辑过《集古录》（即《集古录跋尾》）。此书卷十收录有《张龙公碑》，碑文为赵耕撰，内容大体是：张龙公本名张路斯，是颍州本地人，夫人是关州石氏。张路斯原来是一条龙，而且与民间传说龙生九子一样，张路斯有九个龙子，帮着他赶走前来霸占本地龙池的郑龙。地方人士向张龙公祈雨，屡次灵验，为他建了神祠。欧阳修虽然没有表明自己的信仰，却详细记载了地方传说，还说颍州人对张龙公降雨的灵异极为虔诚。显然，苏东坡从老师的文章里知道了张龙公，在《昭灵侯庙碑》里也提到张龙公十分灵验，是地方广为流传的信仰。

在239字的《颍州祈雨诗帖》里，记其久旱祈雨之事：

元祐六年十月，颍州久旱，闻颍上有张龙公神祠，极灵异，乃斋戒遣男迨与州学教授陈履常往祷之。迨亦颇信道教，沐浴斋居而往。明日，当以龙骨至，天色少变。二十六日，会景贶、履常、二欧阳，作诗云："后夜龙作云，天明雪填渠。梦回闻剥啄，谁呼赵、陈、予？"景贶拊掌曰："句法甚亲，前此未有此法。"季默曰："有之。长官请客吏请客，目曰'主簿、少府、我'。即此语也。"相与笑语。至三更归时，星斗灿然，就枕未几，而雨已鸣檐矣。至朔旦日，作五人者复会于郡斋。既感叹龙公之威德，复喜诗语之不谬。季默欲书之，以为异日一笑。是日，景贶出迨诗云："吾侪归卧髀骨裂，会友携壶劳行役。"仆笑曰："是男也，好勇过我。"

开篇写"颍州久旱"，颍州百姓遭受干涸之苦、饥荒之危。苏东坡心急如焚，故而一听说颍上有一个叫张龙公的神祠"极灵异"，便立即前往祈雨。祈雨事宜，必须躬亲而为，精诚所至，金石为开，别人是不能代劳的。拳拳爱民为民之心，可见一斑。苏东坡偕两三人亲往张龙公祠堂，事后以诗文特记之，这一点《颍州祈雨诗帖》中写得很清楚："遣男迨与州学教授陈履常往祷之。"

他没有大肆铺张扬厉此事。

着眼于文章结构，《颍州祈雨诗帖》分为两部分，一是十月二十六日所写，记他听说颍州有张龙公神祠，祈雨很灵验，于是沐浴斋戒后派儿子苏迨与颍州州学教授陈师道（履常）去祈祷。请出庙中所藏的"龙骨"。奇妙的是，天空感应，似乎开始变化了，酝酿一场雨雪。第二部分记录的是两天以后，东坡与赵令畤（字景贶）、陈师道、二欧阳（欧阳修的两个儿子，欧阳棐字叔弼、欧阳辩字季默），一共五人欢聚作诗。苏轼在诗中期望当夜会有雨雪，结果到了十一月的朔日（初一），雨雪就降临了！于是五人再度相聚于郡府，惊叹龙公之灵验。赵令畤还展示苏迨的诗句"吾侪归卧髀肉裂，会有携壶劳行役"，可见为了祈雨。大家精疲力竭，浑身酸痛，真是辛苦万分。但雨雪酬劳了大家，彼此额手称庆，苏轼特别赞扬了儿子苏迨的辛勤贡献。

苏东坡的《颍州祈雨诗帖》不仅是中国书法史上的瑰丽之作，无形中也成为他在颍州这块土地上爱民为民、务实清廉的文墨佐证。身为地方最高行政官员的他，轻车简从、亲力亲为，不摆架子、不讲排场、不搞陪同，实实在在为民办事，解决实际问题，着实彰显了爱民为民、务实清廉之风。

让我们回到元祐六年十一月一日（1091年12月13日）。

苏东坡在颍州一处叫"聚星堂"的地方会客宴饮，这是欧阳修知颍州倡建的人文建筑。一早天空飘起了大雪，那分明是他祈雨的结果啊，这勾起了苏轼的创作冲动。雪如飘逸走动的白鹭，也似突然回头凝望的豹子，一景一物都会让他文思翻涌。东坡的四川老乡苏舜钦也是诗人，写过《城南归值大风雪》，有"既以脂粉傅我面，又以珠玉缀我腮"这样的句子，这岂能入东坡的法眼！

"画堂晨起，来报雪花坠……盛气光引炉烟，素草寒生玉佩。应是天仙狂醉，乱把白云揉碎。"李白在这首《清平乐》中以碎云来比喻白雪，将下雪这一景象想象成天上仙人喝醉后将白云随手揉碎，然后向人间抛撒。给人一种身临仙境的意境感觉，让东坡拍案叫绝。

眼前这雪来得是时候！无论是"撒盐空中"还是"柳絮因风"，中国文化里的主流文人多是立足黄河流域，他们对于雪的咏叹简直车载斗量，但陈陈相袭，味同嚼蜡。遥想当年欧阳修在颍州作《雪》诗，规定不许用"玉、月、梨、梅、练、絮、白、舞、鹅、鹤、银"这样的描摹形容语，古人称为"体物语"。作为欧阳修的学生，又有欧阳修的两位公子在座，苏东坡要求大家依律而写，继承欧阳修留给颍州的风雅传统。

东坡贬于黄州时，曾作《雪》诗："冻合玉楼寒起粟，光摇银海眩生花。"人们都不知道是用典。后来东坡道经金陵，王安石和他谈论诗法，说起《雪》诗："道家称两肩为'玉楼'，称眼睛为'银海'，你是否这样用典？"苏含笑点头。事后东坡感叹地对叶致远说："学荆公的人，哪有他这样博学啊！"可见，东坡早已经在回避对雪的一般性比喻了。

宋神宗熙宁七年（1074年），在山东密州期间，东坡写《雪夜书北台壁》二首，第一首写从黄昏到第二天天亮，彻夜雪飘的情景；第二首继写在北台观雪景的所见所感，隐含着怀才不遇之意，两首诗用韵颇有特色。用尖、叉险韵极工，有"忍冻孤吟笔退尖"和"冰下寒鱼渐可叉"之句，后人称险韵为"尖叉韵"。王安石对此颇为然，连续和诗多达六次。

俱往矣。

对于雪的新奇意象，宛若雪花，不停涌现在东坡眼前。

苏东坡当场作了一首咏雪诗《聚星堂雪》，形式独特，还引来了往后历代文人雅士的争相模仿和挑战。可能当时的苏轼本人都没想到，这首诗会引来这么多事。这诗究竟有多独特呢？先来看一下全诗：

窗前暗响鸣枯叶，龙公试手行初雪。

映空先集疑有无，作态斜飞正愁绝。

众宾起舞风竹乱，老守先醉霜松折。

恨无翠袖点横斜，只有微灯照明灭。

归来尚喜更鼓永，晨起不待铃索掣。

未嫌长夜作衣棱，却怕初阳生眼缬。

欲浮大白追余赏，幸有回飙惊落屑。

模糊桧顶独多时，历乱瓦沟裁一瞥。

汝南先贤有故事，醉翁诗话谁续说。

当时号令君听取，白战不许持寸铁。

东坡随后写了《聚星堂雪并引》，其中说："元祐六年十一月一日，祷雨张龙公，得小雪，与客会饮聚星堂。忽忆欧阳文忠作守时，雪中约客赋诗，禁体物语，于艰难中特出奇丽，尔来四十余年莫有继者。仆以老门生继公后，虽不足追配先生，而宾客之美殆不减当时，公之二子又适在郡，故辄举前令，各赋一篇，以为汝南故事云。"

这首咏雪诗名,究竟奇在哪里呢?这首诗中的最后一句"当时号令君听取,白战不许持寸铁"成为"白战体"的来源,"白战体"也称为"禁字体"。

禁体诗始于欧阳修,遵守特写禁例写作的诗,就是抛弃作诗时常用的字眼事物,比如在咏雪的时候,要避免常识性的类比事物,如此一来写诗的难度就会加大。但如果成功,就是难中出奇,可谓别开生面。

《聚星堂雪》首先说龙公一出手,呼风唤雪,招来鸣响的风声,让人联想到庄子所起的一个名词"吹万"。众人开始还有点儿怀疑,再来就兴奋得像万竿丛竹一般随风俯仰而舞。太守高兴万分,烂醉而横陈,就仿佛霜雪压折的松枝。只是可惜没有红衫翠袖前来侑酒,眼前只有微灯在夜风中明明灭灭。第二天一早起来,且不管长夜降雪是否冻硬了衣裳,却怕太阳初升映着雪光,照得双眼发花。我还想再喝一大杯,来庆祝狂风吹落漫天的雪花。积雪叠压,模糊了那棵桧树的顶端,一眼望去,沟渠山川铺满了白雪。这真是欧阳修师咏雪往事的重演,不用"体物语",续说白描雪景的神妙传承。其实这种设了限制的作诗法,显示了东坡掌握辞藻的高超素养,具有一种越轨的笔致,无从模仿。

东坡的这首诗,不循常规,仔细看,你会发现那些经常拿来形容雪的比喻都没有了,他在写这首诗时,刻意给自己设定了严格的限制,仿佛赤手空拳对敌作战,所以叫"白战"。

也就是说,"禁字体"从欧阳修开始,由苏轼这里发扬光大成了"白战体"。东坡的这次挑战,以独特的方式来和欧阳修进行了一场时空对话，其实也是有原因的。

这种想法其实也很好理解，就是突破规则、突破自我。很多艺术家都会这样，一种风格一旦定型，往往会禁锢自我，因而有创造力的诗人渴望超越自我、超越常规。

才华无俦，且有远大志向，这样的人自然渴望青出于蓝胜于蓝。那么在颍州聚星堂，苏东坡自然想起当年欧阳修在颍州写的那首诗，毫无疑问，他有了挑战之心。这首《聚星堂雪》，打破了四十余年间无人续作的纪录，也让"白战体"就此成为一种技法得以流传。由此可见，欧阳修、苏东坡接力完成了中国诗歌史上突破形制、突破时空的诗歌对话。"欧苏雪事"的话题直到清代乾隆皇帝，热度依旧不减，所谓"诗裁思白战，节候应黄钟"，恰是向白战体的致敬。

南宋胡仔在《苕溪渔隐丛话》前集卷二十九就说："自二公（欧阳修、苏轼）赋诗之后，未有继之者，岂非难于措笔乎？"

其实不然。

可以发现，千年以降，许多诗人都加入了白战体创作阵营，连才学自负的乾隆皇帝也准备大展拳脚。

程千帆、张宏生合著的《火与雪：从体物到禁体物》一文，议论深微，以宏通的史识针对文学史上的创造现象进行精微考察，展示了他们对于不相连续的诗思隐微脉络的重视，文章指出：由于白战体写作具有很大难度，故而在诗坛上仅昙花一现便后继无人，学界多认为这是一种偶然现象。程先生联想到此法在唐诗中的先导杜甫和韩愈，并对杜韩与欧、苏之间的异同、沿革做了深入讨论，从而揭示了此种诗歌史现象所蕴含的艺术规律。杜、韩作诗咏物，向来以刻意描摹著称，杜、韩诗中与禁体有关的蛛丝马迹仅在前人旧注中偶尔言及，此外从无人注意。

在修辞技法之外，应该还有一种广义的思想"白战体写作"。

苏东坡有很多小品，其实就是异军突起的断片写作，这包含了他的即兴、过往的经验、精确的抵达，它一刀致命的表达，需要灵感、积淀……另外，更需要一种伟大如土地的诚实。在这里，诚实指的是不浮夸、不刻意、不牵强，尤其是不去吹气球一般趋附于莫须有的宏大体系，为大而大，为长而长，为深而深。某些宣称建立了体系学派史论的鸿篇巨制，就像朽坏的建筑，除了几根虚张声势还裂痕斑斑的柱子，里面就是一堆稻草人，只能吓唬麻雀。它们样子很巍然，其实是"马屎外面光"，连内容都充气般地虚荣与空洞。这样的认知背景下，真正的思想"白战体写作"，就类于李白《侠客行》中的侠客，就像东坡《夜游承天寺》里的黑客一般而来的竹影，摒弃了高阁金匾，一意孤行地执着，只有月光照见吴钩霜雪明……

我曾经以为，"正写才是硬道理"。就是面对事物的"空手入白刃"，展硬功、打硬拳的功夫，不依托繁复修辞地写，不过于倚重题材地写，而是致力于让"事物在写作里说话或沉默，让事物液汁四溅再回到事情之中，让它们簇新并陌生化，让我的耳朵听到事物的呼与吸"。这种写作也是我的白战体。

在我看来，白战，不过是东坡的一时兴起而为之。

东坡文友石苍舒，字才美（苏轼诗集里作"才翁"），长安人。擅长草书、隶书，时人称之深得"草圣三昧"。苏轼由开封至凤翔，往返经过长安，必定到他家。熙宁元年（1068年），东坡凤翔府任满还朝，来石家过年。他家藏有褚遂良《圣教序》真迹，堂取名"醉墨"，邀东坡作诗。苏轼回到汴京，写了这首《石苍舒醉墨堂》诗寄给他。

在诗里，东坡说："兴来一挥百纸尽，骏马倏忽踏九州。我书意造本无法，点画信手烦推求。"东坡先以调侃戏谑的语气，称誉石苍舒草书的神妙，其间又融入了对人生、官宦生涯的深沉感慨。诗中说明自己与对方同样是好书成癖之人，且以《庄子》篇名，表达进行书法创作时所感受到的无上快乐与精神自由，这是苏轼对自己创作态度和创作过程最为贴切的阐释。有"兴来"的冲动，有"倏忽"的敏捷，有对"意造""无法"的自然流露。在东坡的创造世界里，没有事先规定的格式，也没有标新立异的出格，完全是根据审美意识的需要来自由挥洒，一如无心出岫的行云，也如风行水上、自然成文。东坡的书法创作如此，诗、词、散文、绘画创作也莫不如此。这种审美创造的随意性与禅宗的"无住""无缚"，具有一种内在的对应关系，不黏滞于外物，不拘泥于定法，而生命创造之水，奔流不息。

无论书法，无论写作，《苏轼文集》卷六十九《论书》："书初无意于佳，乃佳耳。"正所谓"不涉理路，不落言筌"。

但必须注意的是，东坡于书法的基本观点在于"由技入道"，追求无意的自由之境，但此一境界必须由积学勤练而得，诗中有"堆墙败笔如山丘""兴来一挥百纸尽"等，便是积学苦练的过程，"我书意造本无法"则是最终臻于的化境。

对我而言，苏东坡仿佛是一盒我随身携带的火柴。我只能在梦里用墨水点燃书纸，观察火在事物的内部——

火以偏蓝的方式向左侧转身，高衩旗袍扬起到它渴望的幅度。花园的门扉内，猫的眼睛里，白昼刚好躺下，铺了一层白雪。火将最后的光向上抛起，光尚未超过火的肩胛，就委顿倒下，火与光裹着缎子玉山倾倒，爱情匿名。

醒过来的火柴总是在涂磷的擦皮上头撞南墙，在木梗上渐渐打开的世界，在变丑的过程中回到真实；然而，我被火烧痛的手指触摸到了火焰内部，知道开掘与疼痛必然合一。说出就是照亮，写作就是铭记。

> 书写者毕生的努力，
>
> 不过是泊近烛火，
>
> 让思想发出烟味。
>
> 那根火柴举起缎子的羽翅，
>
> 埋首于火焰咀嚼的褶皱，
>
> 在雨中，酿成了我的墨……

（原载《四川文学》2024年第2期，原题《东坡二题·从白战体到白战体写作》）

蒋蓝（1965—　），四川自贡人，诗人、散文家，现居成都，四川省作家协会副主席，著有《梼杌之书》《踪迹史》《蜀人记》《成都传》《苏东坡辞典》《西南风物笔记》等。

出香寮

◎ 陈美者

一

当世界还笼在一片水雾中时，我穿着冲锋衣，骑着摩托车在香寮村中转悠。

这是一个宁静祥和的小山村，藏在四周高耸的山峰中。在无数杉树、成片竹林和满山茶树的中间，金黄稻田与农家小院沐浴在晨曦中，闪着亮晶晶的光芒，恰如陶潜所说的"土地平旷、屋舍俨然"。

院子里和大路旁随处晒着香菇，铺在杉木板上，一畦连着一畦。那么多香菇卧在柔光里，它们有圆圆的头、细细的腿，像是一群来自山野的精灵。香寮村人多以种香菇为生，村中随处可见种菇房。我暗想，大概这就是村名的由来。这里没有走出一位香香公主，但产香菇呀，想不出还有什么比种香菇更适合这样一个水灵灵的村子。

大路两旁长满了箭头蓼，开粉紫色的花，花瓣如米粒般大。一朵朵花，挤挤挨挨地，争着从浓绿的叶子和颀长的狗尾巴草中，昂起甜美的小脸。这样干净的小脸，一望便知没人管。它们可欢了，可野了，不知人间悲欢。

很快，我从摩托车上下来。一口池塘边行走着六只大白鹅。我和它们静静地互相看了好一阵。在这样的晨曦中相遇，我无法将它们当作家禽。大白鹅真好看，一点儿都不用害怕被它们窥见心底的秘密。

再往前走，见一年轻女孩在池塘边洗衣服。她看了我几眼，继续洗衣服。这么冷的水呀，我说。她朝我笑了，说，很暖和的，这是泉水。我把整只手都放进水里，感觉像在与整个香寮村握手。

里面有很多虾，小时候我经常在这里抓虾。年轻女孩一边洗衣服，一边对我说。我低头寻找，水草周围果真游弋着好多透明的小虾米。我看了好一会儿，它们"咻"一下游过来又"咻"一下游过去，活得好开心。假如我也有一颗像泉水、像小虾、像香寮女孩这样透明的心，那该多好呀！

但我心里杂念丛生。事实上，我还要赶时间，生怕错过离开香寮村的中巴车。于是，我站起身来，决定告别香寮村，告别这个美好的早晨。

正准备离开时，路上走来一位手中挎着竹篮的大娘。大娘在我跟前停住，主动问我，你是来找人的吗？我心想，也对，我就是来找人的。就问大娘，知道姓王的人家吗？大娘指着我们面前的一排房子说，这家是姓刘的，那家是姓许的，还有那两家是姓林的。姓王的，我还真不知道噢。大娘停了一下，笑着说，我也不是这个村的，我是来女儿家帮忙收香菇的。

我道了谢。大娘笑着说，那你再到前面问问。说完就走远了。我又望一会儿那些房子，心想实在没时间了，赶紧发动摩托车。

坐上离开香寮村的中巴车后，我将脸紧紧地贴在车窗玻璃上，看路旁峡谷。

幽长的峡谷，像条水龙，盘卧在深不可测的大山深处。放眼望去，那里有嶙峋怪石、苍翠树木和潺潺溪水，深山空谷，人迹罕至，一派天然世界。进出香寮村必须穿越这条漫长深邃的峡谷，不免让人产生一种错觉——峡谷尽头那个豁然开朗的村庄，就是桃花源。自唐代中晚期开始，不断有人移居此地。兵灾，匪患，手艺匠人的流浪之旅，婚嫁，或许还有不可控制的恋情，都推动着人们走进大山深处，逃离世间的纷扰与战火。时至今日，香寮村住有八十七个姓氏的人家，可谓阡陌交通鸡犬相闻而各有故事和来路，甚至还有几位越南、柬埔寨、尼日利亚人。

中巴车沿着盘山路绕了一圈又一圈，依然没有离开峡谷。据说，从前出香寮，得先步行一天，到达双洋镇，再乘小船航行四天，才能到达漳平市区。在那里，可以顺九龙江出海。

神奇的是，香寮村人才辈出，古代出过好几位举人和六七品官员，还有几十个贡生、监生和太学生，近现代则有多人考上清华大学、中国农科院、中央民族大学和香港中文大学等名校，其中有三个博士，五十多个硕士、学士。对于一个面积只有六十平方千米、一千多人口的村子而言，这着实不可思议。

终于离开峡谷，经过秀丽古意的岭兜村，白墙青瓦边晒金黄稻谷的双洋镇，又过了家家户户晒漳平水仙茶的南洋镇，中巴车将我带回漳平市区。

我又回到我所熟悉的熙熙攘攘的城市生活。

二

我每天按时上班，下班买菜做饭，辅导孩子功课。我的办公桌恰好在窗边。我时常透过窗户，看着马路旁的芒果树发呆。那些芒果树，一年四季都是绿的，似乎这么多年连树叶都不曾换过，唯有看树的人在日复一日的工作中磨尽灵气，双眸黯淡，变得平庸。我似乎只为自己而活，与所有人没有什么不同，所渴望和所惧怕的，都何其相似。如此心境中，我就对香寮村念念不忘，向往那样一个远离尘烟的桃花源般的所在。

香寮村四周海拔千米以上的山峰多达十几座，其风景最佳者为天台山，是国家级森林公园。当地县志提及此山时夸耀道："去地千百丈，水流花开，自为胜景。"天台山上有天台庵。宋高僧慧真祖师小时候经常到天台山游玩，后外出求法，修成正果，回来担任天台庵住持。

道教名士曹肆公也是香寮村人。传说曹肆公出生时，整个村庄烟雾弥漫，散发香气三个昼夜，故名香寮。这更接近香寮村名的由来，而不是我猜想的种植香菇之故。曹肆公学法降妖、为民除害，成为地方保护神。

香寮村还出过明代农民起义军首领苏阿普。他于明嘉靖年间率众揭竿而起，斩官戮吏，还配合永安和广东的义军攻打永安、沙县、永春、大田、德化、顺昌等县治，一路攻城拔寨，所向披靡。

此外，崇祯年间进士王镜曾隐居于此著书立说。

上述人物无疑都是卓越的。他们不是在逃逸就是在反抗，都是对日常生活的溢出，超越庸常的世俗轨迹，散发独特的生命光辉。但那天在香寮村的清晨，我骑着摩托车所寻找的，还不是他们，而是另一位奇人——王景弘。

香寮村中有一座香山桥，始建于唐代。在清嘉庆年间重修的碑记中，附有村民捐款名单，其中十位为许家山王姓村民。

在香寮村，我曾和不少人一起从香山桥出发，去往许家山。

许家山曾是香寮村下辖六个自然村之一，王姓村民曾聚居于此，如今已是荒村。我对人们口中所言的荒村没有什么概念，兴奋地想去一探究竟。经过一番艰辛跋涉后终于抵达时，一股荒凉与被遗弃感，顿时如空气般渗入我的身体。没有任何建筑表明进入许家山了。领路的村民王佳庆大哥，用手对着辽阔的竹林一挥，说，这就是许家山了。只见旷野中长满竹子、杉树和野花野草。风过处，皆是苍莽植被，以及躲藏在深处的动物。这片土地早已回归自然状态。在这个荒村里，我看不到一间残存的住房，那些石臼、石础、陶瓷残片、石旗杆、古香炉等，也早已被移到山下的博物馆或纪念馆中。整个许家山，只余几段残留的土堡墙基和一些覆满尘土的墓碑。

我们站在土堡墙基边，听王佳庆大哥说道："据说当年许家山有钱有枪，就被山贼盯上了。他们派人假扮成砍毛竹的，先混进村子，摸清了情况。山贼攻进来那天，我爷爷和另外五个人恰好外出，活下来了。"

王佳庆大哥五十多岁，是香寮村现在为数不多的王姓村民之一。他将摩托车停在无路可走的地方，挥舞着大柴刀扫除前方的蜘蛛网，我们方可跟着他继续前行。他指着那些毛竹、杉树以及不知名的花草，试图向我们描述一个村庄的过去。

我问："您能给我讲讲王景弘的故事吗？"

王佳庆大哥正是王氏家族的后裔。

三

香寮村中，似乎处处都能见到王景弘——王景弘庙、王景弘纪念馆、王景弘故里石碑。然而，关于王景弘的一切，又都发生在遥不可及的时空里。

《宁洋县志》载："王景弘，集宁里人，明永乐间随太守巡狩，有拥立皇储功，恩赐嗣子王祯，世袭南京锦衣卫正千户。"

县志简约，未涉及王景弘的真正功绩。实际上，王景弘的名字一直都和郑和联系在一起，一生的命运也几乎都与郑和捆绑在一起。费信《星槎胜览》载："永乐七年（1409年）己丑，上命正使太监郑和、王景弘等，统领官兵二万七千余人，往诸番国开读赏赐。"

历史学家考证，王景弘大约生于明洪武二年（1369年），卒于明正统二年（1437年），经洪武、建文、永乐、洪熙、宣德和正统六朝。1405年至1433年，他与郑和一起七下西洋。大多研究者倾向于认为，郑和是全军统帅，王景弘乃技术总领，王景弘与郑和同为下西洋正使。

那是被称为"郑和下西洋"的辉煌历史呀。在二十八年时间里，七下西洋，历经亚非三十多个国家和地区。在中东方向，船队最远航行到沙特阿拉伯的麦加城。在非洲方向，船队最远航行到莫桑比克的贝拉港。

大明帝国的这段海上壮举，本该留下许多史料，只可惜成化年间一把火，将一切化为灰烬。下西洋的宝贵资料当年被兵部郎中刘大复付之一炬，以至于后来者无从追溯。张廷玉编写这段历史时叹曰："人琴俱渺，音讯难觅。"传说王景弘晚年还著有《赴西洋水程》或《洋更》，是航海实用手册，但也流落民间或散佚失传。香寮村中，王姓现存人口稀少，族谱资料丢失。那天，王佳庆大哥并没有对我讲王景弘的故事，而是赶在天黑前，将我们所有人带出孤寂荒凉的许家山，回到热闹温馨的山庄。我猜他对王景弘的了解，也是极其有限的。

但也并非完全无迹可寻，留存下来的重要物证，尚有一碑一钟。

四

我从十洋地铁口出来，骑共享单车，来到福州市长乐区塔坪山下。

导航显示，郑和史迹陈列馆就在此处。然而，我走来走去，就是无法找到入口。一位收废品的大妈，一位喝闷茶的干货批发商，一位卖保健品的年轻人先后给我指点方向，然后眼睁睁看着我反复从他们面前路过。他们的说法很一致，这里是塔山呀，陈列馆那就不懂啦。

塔山下是吴航小学。琅琅的读书声传来时，我一拍脑门，顿悟过来，迈上登山的石阶。

郑和史迹陈列馆果然藏在山中。馆前立着郑和的雕像，馆中摆放着镇馆之宝《天妃灵应之记碑》，俗称"郑和碑"。

明宣德六年（1431年），在第七次下西洋前，郑和船队于长乐立下这块碑。碑文记述下西洋的目的意义、前六次的过程及第七次的任务。这是那段轰轰烈烈的海上传奇所留存下来的为数不多的实物史料，也是王景弘身份的实物证明。

前碑文和后碑文落款上，都刻有"正使太监郑和、王景弘"的字样，其余人等则明确列为副使太监。

碑的左前方，玻璃展柜里还陈列着一口大铜钟。此钟被称为"郑和铜钟"，与《天妃灵应之记碑》一样，也是郑和第七次下西洋时所铸，当时供奉于长乐南山三清宝殿，真品现藏于博物馆，我在陈列馆所见是复制品。

铜钟高近七十厘米，重近一百五十斤，钟上铭文曰："大明宣德六年岁次辛亥仲夏吉日，太监郑和、王景弘同官军人等，发心铸造铜钟一口，永远长生供养，祈保西洋往回平安吉祥如意者。"

这是关于郑和下西洋的又一重要实物。铜钟铭文上，王景弘的名字再一次紧随郑和之后，多少可以帮助慎重的史学家们得出确凿的结论。《明史》有《郑和传》，虽没有单独为王景弘立传，但也明确写道："永乐三年六月，命和及其侪王景弘等通使西洋。"王景弘作为一个王朝重要航海家的地位毋庸置疑。闪耀着神秘之光的大明航海史，在时间的烈焰中，终究还是留下了一点儿余烬。

与历史学家的审慎论证不同，在民间，有关郑和与王景弘的信仰自然而蓬勃地生长。漳州龙海市角美镇鸿渐村中，有一座二保庙。这是国内唯一一座供奉下西洋两位正使的庙宇。王景弘与郑和并排而坐。他们都被尊奉为神，身披金甲、手持鲜花，在缭绕的香火中倾听村民许愿。当年，有不少村民跟着下西洋的船队出海，或当水手或当工匠，也有受其恩惠出国谋生的。人们心中的感念传承了一代又一代，遂成信仰。每年农历八月二十三，他们都要拜三宝公。在海外，印尼三保洞供奉郑和的庙宇，香火甚盛，与庙宇毗邻的是传说中王三保王景弘的墓。

王景弘与郑和年纪相仿。因为共同创造了一项伟大的奇迹，他们的名字至今相连。六百年前那一次次声势浩大的启航与归来，如今看来，仍然惊心动魄，离奇又真实。

五

明永乐三年（1405年），三十四岁的郑和与三十六岁的王景弘领旨，带领船队出使西洋。六月十五日这天，是明成祖朱棣钦定的起锚下西洋的黄道吉日，船队从江苏刘家港出发。船队于泉州稍事寄泊后，随后前往福建长乐太平港。在那里，等候东北季风的到来。

这是承载一个王朝梦想的浩荡船队，包含宝船、战船、水船、粮船和马船等两百多艘船只，人员配备包括钦差正使太监、副使监丞、都指挥、千户、百户、户部郎中、阴阳官、教喻、医官、买办、勇士、水手、舵工等，共计二万七千八百余人。

宝船精雕细镂自不在话下，最令人惊叹的是其体量之大，所谓"修四十四丈、广十八丈"，相当于长近一百三十米、宽约五十米。梁启超在《祖国大航海家郑和传》中大发感慨："国民气象之伟大，亦真不可思议也。"这艘面积相当于三个太和殿的超级巨轮，满载着锦绮、纱罗、采绢、瓷器、茶叶、珠宝、铁器等各种高贵礼物，载着"宣德化而柔远人""与天下共享太平元福"的大国理想，在朱棣皇帝亲自前来送别的殷殷目光下扬帆远航。

整齐编队的两百多艘船，在海上形成一幅飞燕掠海图：帅船和中军营为燕身，马船、水船和粮船紧紧与之相邻，战船分布在燕子的头、翅膀和尾巴之处，以保万全。

东北季风如期而至。这只帝国巨燕借着好风，出闽江口五虎门，进入台湾海峡，驶往西洋。大约十日后，船队抵达占城（今越南中南部），随后到达爪哇、旧港、满剌加、苏门答剌、南渤里、渤泥国等。

1407年，船队抵达"西洋大国"古里。郑和在此立石云："其国去中国十万余里，民物咸若熙暤同风，刻石于兹，永示万世。"完成对西洋诸国的封赐、与其开展贸易等活动后，船队开始返航。途中遭遇旧港海盗陈祖义集团埋伏袭击，遂歼灭之，乃顺利回京。

第一次下西洋的成功，验证了这个当时世界上最庞大的远洋船队拥有最先进的航海技术，同时也验证了郑和与王景弘等使团成员的卓越才能。但或许只有他们自己深知其中的惊险与紧张。庞大船队要对付台风、海啸、迷航、疾病、海盗甚至兵变等种种风险。郑和与王景弘，作为船队首领，不仅要统领大局，还要心细如发，稍有不慎，就可能失败。回京后，他们做的一件很重要的事，就是奏请朝廷兴建龙江天妃宫。此后，每次下西洋前后，都前往龙江天妃宫祭祀妈祖。

是年冬，回国后仅数月，船队第二次下西洋。他们再次从江苏刘家港出发，抵福建长乐侯风，伺风开洋。随后，有了第三次、第四次、第五次、第六次乃至第七次。在第七次下西洋前夕，郑和、王景弘等奏请永乐皇帝恩准后，在福建长乐南山塔旁建起一座天妃行宫，立《天妃灵应之记碑》，铸三清宝殿铜钟。这是郑和出国前办的最后一件要事。第七次下西洋，郑和病逝于印度古里。

宣德八年（1433年）七月，王景弘独自率船队返航。他将郑和的衣物带回南京。王景弘回国的第三天，明宣宗颁布了严厉的禁海令。

根据梁启超的研究，船队在前后长达二十八年的时间里，七下西洋，到访过马来半岛以东十五国、满刺加四国、苏门答刺七国、印度六国、亚刺伯五国、亚非利加三国共近四十个国家与地区。

宣德九年（1434年）六月，王景弘奉旨第八次启航，专程前往苏门答刺国送信。但这次下西洋，因其简要迅捷，往往被人们忽略，成为历史的折角或别页。

总之，这段海上传奇，对于郑和与王景弘个人而言，意味着他们半生都在海上飘摇并逐渐老去。他们对大海风浪的熟悉近乎默契，恰如并肩而立的同行者。然而，历史往往超越于个人之上，作为王朝梦想的实践者，郑和与王景弘已然代表着一段历史，个人生命反而淹没于时间的风浪中。

早些年，在暂停下西洋期间，王景弘与郑和共同负责皇家工程的修缮，其中以南京大报恩寺琉璃宝塔最为著名。彻底结束海上之旅后，王景弘留守南京，大权在握，负责管理财库和选拔禁军等工作。正统二年（1437年）十月，皇帝敕谕太子太保成国公朱勇等人，同太监王景弘等，整点选拔操练禁军。这条见于《明英宗实录》卷35的诏书，是关于王景弘最后的史料记载。此后，他便从史册上消失了。研究者苦于无法追踪，遂将正统二年定为王景弘去世的时间。

如果这个时间准确的话，则王景弘享年六十八岁。

王景弘生平如海市蜃楼般不可捉摸，人们只能在有限的实物与史料中，勾勒一幅尽可能接近真实的王景弘素描。尤其是他的家庭、童年、晚年、归宿，都充满未知。王景弘是如何进入王府成为朱棣心腹的？又从何处习得卓越的航海统领技术？在下西洋时屡经福建有没有可能还乡探过亲？福建省漳平市王景弘研究会会长曹木旺在《王景弘籍贯考略》一文中认定，王景弘的出生地为香寮村许家山。那么，王景弘晚年有没有可能回到香寮呢？

最让我疑惑的是，六百年前，王景弘是如何走出香寮村的？

六

有一种说法是，王景弘少时家贫，得天台山天台庵住持收养。而那时，福建银矿业甚是发达，朝廷派诸多宦官来此监管。宦官公务之余，上天台山进香祈福。一日，逢见秉性聪明、模样周正的少年王景弘，遂将其带往南京。

当然，这只是关于王景弘入宫的传说之一。史学家更倾向于认为，王景弘是于一次匪患中被山贼掳走，拐卖到南京，由此进入燕王府，逐渐成为朱棣的心腹，并与郑和等宦官一起立功，即志书所言之"有拥立皇储功"。朱棣登基后，王景弘备受重用，才有了后来受命与郑和七下西洋的伟业。

民间传说也罢，学术研究也好，都无法完全再现那些过往。历史真相永远藏在时间深处，无法尽为人知。在我看来，王景弘曾被遗忘又被想起，其命运轨迹是香寮式的。

我想起离开香寮村的那个早晨。只见路旁千丈之下，幽深的峡谷逶迤婉转，怪石嶙峋，树木苍翠，溪水潺潺，不见一人，足以隐藏所有秘密和深情，足以建构小小的自我世界。然而，我已明白，世上没有真正的桃花源。哪怕是高僧、起义军首领、航海家，他们都存在于时间之上，早已放下个人，与苍生一起，与天下同福。想到这里，我已走出香寮，带着一颗透明的心，回到人群中去。

（原载《雨花》2024年第7期）

陈美者（1983—　），女，福建莆田人，北京师范大学文学院毕业，文学硕士，现供职于福建省文联，出版长篇散文单行本《活色严复》，另有作品发表在《散文》《上海文学》《山花》《大家》《雨花》《青年文学》《人民日报》等处。

弈　者

◎ 马晓丽

　　以围棋结缘叶向高时，意大利传教士利玛窦一定不会想到，眼前这个福清人会在多年以后，以内阁首辅的身份为他的安葬而倾力斡旋，终使他夙愿得以实现，万历皇帝破例准许他葬于北京西郊藤公栅栏，成为首位葬于北京的西方传教士。

　　此时的叶向高官职不高，只是个南京礼部右侍郎。他虽因倭寇作乱生于败厕污秽之中，得了个不雅的小名"厕儿"，却天资聪颖，自幼就被誉为"神童"。叶向高六岁就能应对，十四岁考取秀才名列第一，是所有考生中年龄最小的一个。二十四岁中进士，授职庶吉士，升为编修。后又调任南京国子监司业、礼部右侍郎。

　　初时，在与叶向高的手谈切磋中，利玛窦虽然感受到了他工诗文、精棋艺的过人才气，但并未特别放在心上。因为利玛窦当时的注意力都在接触朝廷高官，想方设法寻找途径见到中国皇帝上了。进入中国之后，利玛窦的传教之路一直不顺。他先是落脚广东肇庆，后被驱赶至韶州，居所也被广东新任总督据为己有。在韶州，利玛窦又遭强盗打劫，腿部受伤落下了残疾，他的两名部下也相继去世。为了使在中国的传教得到保障，耶稣会指示利玛窦要想办法到北京去觐见皇帝，以期得到上层的支持。但利玛窦多次尝试进京都半途而废，唯一一次成行，还是借南京礼部尚书王忠铭进京述职之机，恳请王忠铭将其带入京城。但到北京之后又恰逢日本入侵朝鲜，朝廷忙于派兵援朝，京城气氛十分紧张。王忠铭先前联系的太监见朝廷无暇顾及其他，遂反口拒绝将利玛窦引入紫禁城。此后，连王忠铭本人也对利玛窦避而不见了。这种情形之下，利玛窦已无法在北京逗留，只得怏怏折返暂居南京，再徐图进京觐见之事。

叶向高就是在利玛窦暂居南京时与他结识的。起初，叶向高只是对这个蓝眼睛高鼻梁的洋人感到好奇，这西洋人不仅说着一口流利的汉语，还下得一手好棋。虽然利玛窦的棋艺无法与叶向高相较，但一般人也不是他的对手。两人手谈切磋之际，利玛窦超强的领悟力和记忆力给叶向高留下了深刻的印象，他发现利玛窦的学识非常渊博。而最令叶向高惊讶不解的是，利玛窦的知识体系与自己的经年所学竟然完全不同，那是一些他从未听说过的被利玛窦称为科学的学问。以叶向高的敏感、聪慧、好学，立刻就被利玛窦所展示的新鲜知识所吸引了。逐渐地，他们二人之间的纹枰论道，已在不知不觉间脱离了棋盘的局限，逐步向更大的领域扩展开来。用对弈来比照，叶向高的落子如"长"与"立"，旨在步步靠近围抄利玛窦，更多地了解西学科学。而利玛窦的落子则如"小飞""大飞"，旨在广交权贵、名士，另辟蹊径把死局盘活。只是此刻，他们还都无法看清对方，无法判断敌友及二人的交往走向。此时的叶向高自然不会想到他们将来会成为挚友，利玛窦会成为向西方介绍围棋第一人，更成为"沟通中西文化第一人"。利玛窦当然也不会料到，叶向高将来会平步青云做到首辅之位，并以朝廷重臣之身对他多有帮扶。好在他们都是深谙棋道的弈者，都知道对弈不是对立，相杀是为相长的道理，所以都留着分寸。

直到有一天，利玛窦把一枚重磅棋子轰然敲在了叶向高的棋眼之上——利玛窦向叶向高展示了他亲手绘制的《坤舆万国全图》。

叶向高被镇住了。一见之下，叶向高顿时就被这幅自绘的地图深深地震撼了。此前，叶向高从没有想到世界竟然那么大，没想到世界上还有那么多的国家，更没想到在世界的大图景中，中国只有巴掌大小，他不禁失声惊叹道："凡地之四周皆有国土，中国仅如掌大！"

是的，在此之前中国从不知世界之大，以为中国就是世界。虽然前朝已有郑和下西洋之举，但带回的信息多是外夷慕天朝甘愿称臣的美谈。循天圆地方理念，中国仍认定自己就是世界的中心。利玛窦这张并不精确的世界地图，颠覆了叶向高以中国为中心的世界想象，从此打开了他的眼界。

三年后，利玛窦率人再次进入北京，终于得以见到了万历皇帝。利玛窦为万历皇帝进献的自鸣钟、圣经、《坤舆万国全图》、西洋琴等十六件礼品，令圣上大悦。为了自鸣钟能得到定期检修，也为了能教太监演奏西洋琴，皇帝不仅允许利玛窦等人在宫中行走，还下诏允许他以欧洲使节的身份长居北京，享朝廷俸禄。

又四年后，叶向高升任内阁首辅。自从被《坤舆万国全图》打开眼界之后，叶向高就对西学有了极大的兴趣。利玛窦在宣武门内的南堂举办西方图书和科学仪器展览，将西学传播到中国的一系列活动，促进了晚明士大夫学习西方科学知识的风气。叶向高乐见其行，曾屡次把利玛窦请到自己的私宅中，与其对弈、倾谈。以叶向高在朝中从未失过手的"弈中第二"之名，利玛窦在棋局上很难取胜，需向叶向高躬身请教。但面对世界文明的这盘大棋，利玛窦显然占了先手，则是叶向高须向其躬身请教了。

晚明时期正是西方文明透进东方大国的微明时刻。彼时的欧洲，在文艺复兴思想解放后，已经进入了地理大发现和科技发展初期：哥伦布发现了美洲新大陆；麦哲伦的船队完成了环世界航行；哥白尼出版了《天体运行论》；伽利略在比萨斜塔完成铁球实验并写出了《论重力》；医学科学发展使教会不许解剖人体的禁令瓦解……欧洲正在崛起。但这微明并没有唤醒我们这个东方大国。叶向高们虽然感受到了对弈中的文明冲击，但自身及环境的局限令他们无法看清历史进程中的大格局，何况他们即便有心落子，也无力改变现实的棋局。帝制把一个国家的命运交到了君主的手上，但万历皇帝可没有操心国运的心思，这位在历史上以躺平著称的君王，目光只逗留在自鸣钟和西洋乐器上了，连《坤舆万国全图》都懒得看。震撼了叶向高们的西方世界，终是无法震撼这个千百年来一直以自我为中心的东方大国。其实，在世界这盘大棋局上，中国也曾占过先手，但在西方文明迅速反超中华文明的关键时刻，我泱泱古国却因故步自封、顽固拒斥外来文明，现出了颓势而日趋衰落。

叶向高此后做了三朝首辅，独撑内阁，人称独相。没有人知道叶向高任首辅的那些年间都经历了什么。有人说，皇上虽然看重叶向高，表面上对他态度很好，但其所上奏章十之八九无下文，多不被采用。面对此种境况，叶向高纵有鸿鹄之志也无力展翅，难怪他会在任首辅的十几年间，先后上了一百四十多道折子上奏请辞，是有史以来历代朝官中请辞最多之人。

万历三十八年，利玛窦在北京病逝。利玛窦生前曾表示，希望自己能葬于北京。但按律利玛窦应葬于澳门神学院墓地，而且此前从未有外国人获官准葬于中国的先例。当天主教团向神宗皇帝上书提出"伏乞赐葬"的请求之后，立刻遭到了朝廷之上众多官员的极力反对。叶向高此时站了出来，他力排众议、据理力争，面对百官质疑"诸远方来宾者，从古皆无赐葬，何独厚于利子？"的声音，叶向高慷慨陈词："子见从古来宾，其道德学问，有一如利子者乎？毋论其他事，即译《几何原本》一书，便宜赐葬地矣。"

叶向高此刻提到的《几何原本》，是古希腊数学家欧几里得的著作。这部不朽之作集整个古希腊数学成果和精神于一体，第一次完成了人类对空间的认识，既是数学巨著，也是哲学巨著。利玛窦和徐光启合译了《几何原本》的前六卷。正是这个残本奠定了中国现代数学的基本术语，如"三角形""角""直角"等都沿用至今，连日本、印度等东方国家也都一直在使用这些中国译法。直到现在，世界范围内除《圣经》之外，没有任何其他著作的研究、使用和传播之广能与《几何原本》相比。

由此可见叶向高的眼界和他对科学著述的见识。如今，当人们争论谁是"睁眼看世界第一人"时，所提之人只有清代的魏源和林则徐，而早于他们一个世纪的、晚明时期的叶向高在这方面的作为，似乎已经被后世淡忘了。

作为弈者，叶向高著有《弈言》一文。叶向高在此文中说：

"弈，盖有道者所为。""宇宙虽大，古今虽邈，只是一局。""善弈者作如是观，乃得弈理。"

叶向高又说："凡天下之名为术艺者，皆有穷，惟弈无穷。"

惟弈无穷。时至今日，我们这个民族仍在弈的尺局之中，面对世界棋盘的三百六十道作如是观，在千变万化的对弈中参悟弈道、弈理。

是的，惟弈无穷……

（原载《鸭绿江》2024 年第 7 期）

马晓丽（1954—　），女，辽宁沈阳人，毕业于辽宁大学中文系，中国作家协会军事文学委员会委员，著有长篇小说《楚河汉界》、长篇纪实散文《阅读父亲》、长篇传记《王大珩传》、中短篇小说集《手臂上的蓝玫瑰》《催眠》等。

游子归

◎ 潘凯雄

在我60余载的生命历程中，一共填写过多少次"履历表"，实在是记不清了。第一次填表，应该是1970年进入初中一年级读书时的事了。那时还很懵懂，表格中的许多内容根本就不明白是咋回事，于是揣着表格回家找抚养自己成长的阿公（祖父），阿公曾受过几年私塾教育。从那时，我知道了自己的籍贯是安徽省黟县。

"籍贯"或许是一个典型的具有中国特色的概念，指的是本人出生时祖父的居住地即户口所在地。就这样，出生于武汉市汉口的我，12岁那年终于首次明确了自己的老家是安徽省黟县。

但此后几十年中，黟县这个老家于我而言基本只是一个概念，直到2005年我年近半百时才首次踏上安徽合肥市的土地，但前后只待了不足24小时；至于与黟县的亲密接触则是今年4月的事了。尽管如此，自打知道了自己的籍贯是安徽黟县时，我对安徽和黟县就莫名地多了一份关注。记得自己当年从武汉到上海读书时须乘长江客轮历经三天三夜方可抵达，其间要经停安徽的铜陵、安庆、芜湖、马鞍山等，每当停靠这些码头时，我都会跑到甲板上朝岸上眺望，其实能进入眼帘的无非就是夏季火红的骄阳和冬日萧瑟的苍凉，但因为那里是安徽、是自己的老家，遂有了这份莫名的好奇与牵挂。

退出职场后，终于有了可以自由支配的闲暇日子。"回老家去看看"的念头频频闪现于脑海。倒也无所谓"寻根"如此宏大的理想，更多是出于一种好奇、一种莫名的执念。龙年到来前，我不但终于踏上了"小老家"黟县的土地，"大老家"安徽竟也接二连三地去了四次，对安徽故土又有了真实生动的全新认知。

我得坦诚交代，尽管四次踏上故乡的土地，但累计时长也不过11天，走过的地方包括合肥、铜陵、歙县、芜湖、马鞍山、黟县、绩溪、肥东等市县，平均每处驻足也就一天多，比"走马观花"还要"走"，比"囫囵吞枣"还要"囫囵"。尽管如此，这一地地一处处，所见所闻，见所未见、闻所未闻。

先说所闻。听到了权威发布的关于合肥的一些宏观数字：党的十八大以来，全市GDP由4100多亿元增至1.2万亿元，增幅居全国24个万亿城市之首，总量从全国第31位攀升10位，位居第21位。综合性国家科学中心全国第二个获建，国家实验室首批首个挂牌，国家深空探测重点实验室落户运行……据世界知识产权组织发布：2023年合肥居全球"科技集群"第40位，4年提升50位。

再说所见。清晰地记得2005年我首次到合肥是从北京乘飞机而至，由于是初次抵达自己的"大老家"，心中难免有些许波澜与新奇，于是在从机场到住地的途中两眼就一直盯着窗外看，约一个小时的行程后安顿下来，才感觉这一路好像有点"与众不同"。琢磨半天，才想起此行车子始终就是行驶在常见的城市公路上，既无高速也没高架，有的只是一个接一个的红绿灯。在那时，全国省会城市中道路如此"质朴"者恐怕为数不多了。10余年后，如今再进合肥，高速高架满目皆是，高楼大厦栉比鳞次。当然，眼所见远不只是这些，还有更多新鲜却又不太明白的"玩意儿"。

在合肥，体验了量子保密通信产品的安全运用和智能语音的能听会说；在铜陵，看到了工艺非凡造型气派的铜陵长江公铁大桥和淡水豚自然保护区；在歙县，胡开文墨散发的异香扑鼻、非遗展示馆的场景让人眼花缭乱；在芜湖，雕塑公园中那一款款或古典或现代的雕塑千姿百态，奇瑞广场上一辆辆造型各异功能独特的新能源汽车群甚是壮观；在马鞍山，距今5300—5800年的凌家滩新石器时代晚期遗址初见峥嵘，见到了马钢智园中那既见证过往又面向未来的新型钢铁企业……

安徽在巨变，身为其游子，自己的这些观察虽表象又零散，但却是格外新鲜与刺激；安徽的变革还在持续，其广度、深度与速度现在根本无从预判。可以坚信的是，我这个游子对故乡的关注会更投入更深入，希望以后"回老家"不再如今年这般匆忙，转化为某种悠悠的常态是我更期待的。

（原载2024年3月1日《安徽日报》"全国知名作家看安徽"专版）

潘凯雄（1957— ），生于湖北武汉，祖籍安徽黟县，毕业于复旦大学中文系，著名文学评论家、编辑家、出版家，曾任人民文学出版社社长、中国出版集团公司副总裁，现任中国作家协会小说委员会副主任、中国新闻文化研究会副会长，出版有《直言》《双面人手记》等多部文艺批评集、散文随笔集和出版传媒研究著作。

苏北记愧

◎ 王彬彬

    我是安徽望江县人。望江古代是安庆府的属邑。我们小时候，安庆作为地级行政区域，正式称谓是"地区"。望江是安庆地区所辖的一个县。后来，安庆名称改成了"市"。所以，望江现在是安庆市管辖县之一。望江远非名邑，人们大抵不知道。过去，每有人问我是哪里人，我总说是安徽望江人，而听者往往一脸茫然。后来，我便说自己是安庆人，听者也大抵就明白了我的家乡在哪里。

    几年前，在苏北一个县城的小酒馆里与当地的一位作家聊天。谈到各自的家乡，这位作家说："你们那里，过去比我们苏北好得多呢！每年冬天，我们苏北都有许多人到你们安庆去讨饭。还有一个专门的称呼，叫'闯安庆'。"听了他的话，我沉默了一会儿，说："我不知道你们苏北那时候到底有多穷。但如果我们安庆比苏北好得多，我就能想象出那时的苏北是啥样了。说起来，我做过一件对不起苏北人的事，至今想起来还后悔。"

    这位苏北作家看我的眼睛瞪得很大。

    我便讲了下面的故事。

一

　　说到我小时候与苏北人的关系，得从更大的方面说起。

　　所谓"小时候"，也就是二十世纪七十年代。那位苏北作家说的"过去"，也是这个时期。我和他是同龄人，都是二十世纪六十年代初年降生为人，七十年代，是我们从儿童向少年转变的时期，也是从懵懵懂懂到开始懂事的时期。那时候，全国农村服从统一的政策，因而人们的生活状况在全国范围内有着很大的一致性。但是，各地不同的主政者，还是让地域之间有了些差异。在六十年代，就兴起了"农业学大寨"运动。在此期间，又有了"割资本主义的尾巴"运动。所谓"割资本主义的尾巴"，就是清除农村社会的资本主义残余。有尾巴的动物，尾巴总是长在身体后边，是躯体的一部分。尾巴与躯体，在性质上、本质上，绝对有着同一性。那时候，人民公社是农村社会的伟岸的躯体。农村社会如果有尾巴，那只能长在人民公社这躯体上。然而，社会主义的人民公社，怎能长着资本主义的尾巴呢？如果说人民公社是社会主义的高头大马，那资本主义就是一头肮脏的猪。高头大马的屁股后面，怎么可能拖着条猪尾巴？如果说，在农村社会，资本主义的躯体已经被清除了，但还有资本主义的尾巴残留着，那这残留着的尾巴，也已经是脱离了躯体的死物；即使现在还没死，也迟早会死。谁见过离开了躯体的尾巴还长久活着？再说，既然尾巴已经与躯体分离，"割"，又从何说起？"割"，又从哪里下刀呢？当然，这是我后来的想法。

开始在农村"割尾巴"后，哪些东西算是"尾巴"，就是首先必须认定的事情。而如何认定"尾巴"，本来也不可能有统一的标准，这就给各地主政者留下了一点儿按自己意志施政的空间。农村人民公社化后，土地是集体所有，但按人口给每家每户分了点地，用来种自家吃的蔬菜，这叫"自留地"。当"割尾巴"的利刃在农村社会寒光凛凛时，在许多地方，各家各户的自留地，便成了首先被割的"尾巴"。中国社会科学出版社一九九二年出版的《当代中国的农业》一书中说，在一些地方喊出了"多一分自留地就多一分私心""谁的自留地种得好谁的私心就重"的口号。家家户户的那点自留地，人口多的人家，有狗的额头那么大；人口少的人家，就像猫的额头那样小了。对这点自留地的所谓"割"，就是收归集体所有。但是，完全收回，显然要面对家家户户如何吃饭的问题。人总要吃饭嘛，吃饭总要有下饭的菜嘛。如果自留地全部割掉，叫社员用什么下饭呢？不吃菜，梗着脖子把饭硬咽下去，几口还可以，我也能做到，但几碗饭都这样梗下去，顿顿如此，就非常人所能为了。再说，必须笔直地站着，仰着头，梗脖子才有更好的吞咽效果。家家吃饭时都围着桌子站着，一齐梗脖子下饭，短期还行，长期这样就不是事儿了。

当然，办法还是有的。可以在吃饭时，饭桌中间放一碗盐水，全家围坐着，用筷子头蘸盐水下饭。捧着一碗饭，吃一口，把筷子头在盐水的水面蘸一下，然后塞进嘴里嘬一下，有时还要嘬出点声响；嘬一下后，顺势又扒下一口饭。盐水与清水没有什么差别。筷子头在水面一点，会激起细微的涟漪，像水面上起了一个酒窝。家里如果人多，好几个人同时把筷子伸向水面，那一碗盐水就乱成一锅粥了。我的家乡把这种吃饭方式叫作"嘬筷子头"。但"嘬筷子头"也只能是权宜之计。所以，大部分地区，虽然把自留地当作"资本主义尾巴"来割，但又并不是齐根割掉，还要留下一段。比如，社员的自留地本来占总耕地的百分之七，现在则下降到百分之五。这就很仁慈了。但也有百分之二十的地区，是把自留地这"资本主义的尾巴"齐根割掉。我们那个生产队，是把一大片平平整整的土地的南边一部分，分给各家各户做自留地。这自留地，看上去确乎像一条"尾巴"拖在集体土地的屁股后边。但从我记事时起，这自留地就没有被割掉，也没有听说过此前曾经被割掉。我想，这是因为我们那里的主政者，并没有把刀子伸向各家各户的那点自留地。

农村社会的"资本主义尾巴"，自留地是赫然大者。此外，便要算家畜家禽了。家畜，在我们那里，就是指猪。家禽呢，则一般指鸡。社员平时有必须花的钱。晚上要点灯，煤油必须买。做菜要放盐，盐必须买。吸烟、点灯、做饭，都必须用火柴，火柴得买。这些钱从哪儿来呢？唯一的来源是猪和鸡。正月里买只小猪，养到腊月，卖给国家，能得些钱。鸡蛋，则随时可卖给国家，随时得些零碎钱。如果把猪和鸡作为"尾巴"齐根割掉，那社员的日常生活就无法继续。所以，大部分地方，也还是采取了为百姓着想的做法，即并不把家畜家禽一刀切净。许多地方采取的措施是限制养猪养鸡的数量。既然"资本主义的尾巴"暂时还不能彻底割掉，那就控制这尾巴的长度，不能任其野蛮生长。猪，许多地方规定每家只能养一头。鸡，有的地方规定每家只能养一只；也有地方的主政者更仁慈些，规定每家可养三只。比起鸡鸭等禽类，猪显然是一条特别粗长的尾巴。一头猪，其资本主义的分量，抵得上数十、上百只鸡鸭。允许每家养一头猪，实在是对"资本主义尾巴"的宽纵。但又不能规定三家、五家，甚至八家、十家共养一头猪，那实在没法弄。所以，对于这些地方的主政者来说，允许每家养一头猪，实在是无奈之举。也有地方，完全禁止社员养猪养鸡。那人们的日子如何过，超出了我的想象。

但在我们那里，整个七十年代，我不记得有过限制家畜家禽数量的政策。猪，就是不限制，每家也只有养一头的能力。养猪，是为了让它长肉。它必须每天体重都有所增加，才有养的价值。如果有一天没有长一点肉，这一天就白养了。要让它每天体重增加，就要让它每天都吃得很饱。要让一头猪每天都吃饱，可不是件容易的事。所以，能养两头猪的人家，极其罕见。小时候在家乡，听说过这样的事，说是某个村子里谁家，养了两头猪，成为了奇闻在四乡八里流传。鸡，即使不限制，一般人家也只能养个十来只。那时候，鸡当然是散养。早晨开鸡埘把鸡放出去，让它们四处觅食。傍晚它们会自动回来。养鸡，是为了让鸡下蛋，多多地下蛋。但鸡也必须吃饱了，蛋在体内才有生成的资源。不能只靠野食，所以，每天早晚，要喂两次。喂鸡，只能用粮食。我们那里，就是喂稻谷。早晨，鸡叽叽喳喳地出埘了，主妇在地上撒些稻谷，鸡们吃了这稻谷，再到野地里打野食。傍晚，鸡们迟迟疑疑地上埘前，主妇也要在地上撒些稻谷，鸡们吃了这稻谷，再一只接一只地钻进埘。既然每天要给鸡喂两次粮食，那就决不可能多养。那时候，我们那里的人家，大抵是养一头猪，养十来只鸡。正像猪养到两头的人家极少一样，鸡养到二十只以上的人家也很难见到。但比起那些只准养一只甚至一只也不准养的地方，当然要好得多。

二

在吃粮上，我们那里，也比有些地方要好一些。

我当然是后来才知道，一九七一年十二月，中共中央发出了一个《关于农村人民公社分配问题的指示》。这个指示旨在纠正此前农村在分配问题上的极左做法。而农村的所谓分配，主要就是分粮食。生产队收获的粮食如何分，以什么方式、按什么标准分给各家各户，这是当时农村天大的事情。民以食为天嘛。此前，存在集体增产个人不增收的情形，那就是集体截留太多、积累太多。这个"指示"强调，各地要做到让农民从增产中增加收入；在粮食分配时，要采取基本口粮分配与工分粮食分配相结合的办法。这样的"指示"，当然也是有弹性的。例如，"指示"强调集体截留、积累不能太多。但究竟多少算合适，究竟多少算太多，并没有一定的标准，也不可能制定一个全国统一的标准。怎样掌握这个"多少"，各地主政者在相当程度上可依据自己的意志行事。如果以集体积累宁多勿少、社员所得宁少勿多为原则，那即使有中央的这种指示，社员受惠也有限。但如果以集体积累宁少勿多、社员所得宁多勿少为原则，那社员就能从主政者这样的权衡中受惠更多。

在人民公社时期，理论上，实行的是按劳分配，但如果完全地实行按劳分配，有些家庭便要陷入困境。社员的劳动，就是出工，就是在参加集体劳动中挣工分。粮食按劳分配，就是按工分分配。可是，有的家庭，吃饭的嘴特别多而挣工分的手却特别少。一对夫妇，上有高龄老人，不能挣工分；下有一大堆未成年因而也不能挣工分的孩子，三个四个，甚至五个六个。一家子八口人甚至十口人，只有两人挣工分，如果完全按劳分配，那这样的家庭每年分到的粮食不够吃几个月。中共中央一九七一年十二月发出的关于分配问题的指示，强调要采取基本口粮分配与工分分粮相结合的方式，就是在制止完全按劳分配。所谓基本口粮，就是按人口分粮，每口多少斤，分给各户，不考虑工分问题。所谓工分分粮，当然就是按各家挣得的工分分粮。这基本口粮，有些相当于今天的基本工资，而工分分粮，则像是今天的绩效工资。有了基本口粮的分配，那就是人口很多而工分很少的人家，也能分到一定分量的粮食。不过，生产队收获的粮食，首先要交完规定额度的公粮，这是雷打不动的义务。交完公粮后的剩余，如果集体又截留很大部分，那就即使实行基本口粮分配与工分粮食分配相结合的方法，每家分到的粮食也很少，工分挣得再多的人家也要闹饥荒。反之，则工分挣得再少的人家，也有基本的口粮保证。我们那里，应该是在粮食分配问题上做得比较符合农民利益的。

　　整个七十年代，可以称之为饥荒的现象，我们那里确乎没有出现过。这当然不是说粮食就很充足，可以放开肚皮吃，而是说，每家每户只要能够节俭地吃粮，一般不至于有揭不开锅的时候。个别人家，因为特殊原因闹粮荒的事情，是有的。但大面积的断粮、规模性的饥荒，我没有听说过。只要不是大家都没粮了，那个别家庭真到了断粮的时候，总还有办法。东家借个三升米、西家借个半担稻，也能熬到新粮登场。那时候，饥饿感当然也是有的，每顿都不会放开肚皮尽情吃，总是在觉得肚子填得差不多时，就放筷子。说这已经成了一种习惯，还不准确。饭吃八分饱，这是一种养生戒律。可对于一代又一代的中国农民，吃饭吃个七八分饱就停筷，不是养生戒条，而是生存经验，是生活手段，是为了让日子能够细水长流而必须做到的事情。吃个七八分饱，肠胃就会自动报警：再吃就过分了！再吃就违规了！再吃就成败家子了！一开始应该是意志使然，是有意识地控制自己，后来，就成了一种自然而然的习惯。几千年下来，习惯就成为了本能。中国农民这种本能的改变，是在二十世纪七十年代末农村改革开始之后。那个时候农村的改革，最先取得的伟大成就，是让农民能够放开肚皮吃饭。这是此前几千年间都没有过的事。

既然顿顿都欠点，那在两顿之间，必然会饿起来。但这种饿一般是能够忍受的，不至于让人六神无主。一来，上顿毕竟吃过饭了，不会饿得太厉害。知道下一顿什么时候能吃上，暂时的饿也就不算怎样难熬的事了。这就像人生病了，但确知什么时候会好起来，那再大的痛苦也是可以忍受的。饿了，却不知道下一顿在哪里，人就分外饿，这是阿城在小说《棋王》中讲过的道理，是颠扑不破的绝对真理。

如果一个人，离乡背井，到外乡要饭，一定不是盲目地乱走。从离开家乡时起，一定是走那事先知道具有起码的"可讨性"的路线。所谓"可讨性"，就是在这里每天至少能够讨到些残粥剩饭。判断起来并不困难：一个地方，没有人外出逃荒要饭，意味着家家户户每天早、中、晚都有炊烟升起。一户人家，屋顶的炊烟刚刚散去，那就是饭正在上桌，到那门口讨饭，就不是无的放矢。

三

我们那里，正因为家家都还能每天生火做饭，还能一天几次全家围坐在桌上吃饭，所以就有了苏北人来逃荒要饭。安徽与江苏虽然毗邻，但安庆与苏北可是完全不搭界。从扬州、泰州一带到安庆，是从东北方向往西南方向走，两地相距四百多公里。苏北的农民，总是在入冬后出现。他们到了我们这里后，便停留下来，年也就在我们这里过，开春后，再返回家乡。他们到了人家门口，如果人家正在吃饭，便给他们一点儿饭，有时是半碗，有时是小半碗。不是吃饭的时候，如果有上顿的剩饭，便给他们一点儿剩饭。如果没有剩饭，那家主妇有时会说："还没到吃饭的时候呢，吃饭时再来吧。"但也有的主妇，会拿个量米的升子（家家都有这样的升子，借米还米时用），或用个葫芦瓢（家家都有好几个大小不一的葫芦瓢），在米缸里撮一点儿米，倒在要饭者随身带的口袋里（当然不会太多，也就一两二两）。人家与人家是不一样的。遇上人家没有剩饭，有的要饭者会走开，但也有要饭者主动请求给一点儿米。要饭的与要饭的，也是不一样的。

我与其中的一对母子，有过比较密切的接触。

这一对母子，母亲应该是六十岁上下，儿子则四十左右。母亲偏胖，儿子则是瘦长的体型。虽然是外出逃荒要饭，母子的穿着都并不褴褛。这对母子当然也是从苏北某地一路走过来的。母亲是一双"解放脚"，就是本来也缠脚，后来才扔掉裹脚布，但一双脚其实已经大半残了，走路是很艰难的。那时候，这个年龄段的女子，都是迈着这样一双"解放脚"走路。这个母亲用这样一双脚，也不知走了多长时间才走到我们这里。连续几年，这对母子都在我们村里过年。那时候，每个生产队有几间"队屋"。我们村的队屋，是一排草房，从东到西地横在村子的地势较高处。最东头的一间，用来记工分。每天晚饭后，队里的会计便来到这间屋子，在一张破旧的桌子前坐下，点亮遍身油腻的灯盏。家家便派人拿着自家的工分本，到这间屋子里，让会计记下今天全家所挣工分。记工分都是孩子来，往往是几个孩子一齐来，最大的孩子手里攥着家里的工分本。工分本，就是小学生用的练习簿，孩子们总喜欢把它卷成圆筒。一开始，要用手握着，才能保持圆筒状。没多久，工分本就以圆筒的形态存在着。成了圆筒后，也遍身污垢，不管本来是什么颜色，现在都黑乎乎的。会计拿到每家的工分本，先要把圆筒掰开，像在剥竹笋。很艰难地翻到今天要记的那一页，然后把工分本放到桌上，用左手整个手掌按住摊开了的工本分，右手握着笔；有时，为不让工分本下半部卷曲，右手指夹笔的同时，右手腕也要压在工分本上。这样准备好后，便让拿工分本来的孩子报他家里今天的出工情况，会计便按标准给他们家记下今天的工分。等到每家的工分都记下了，孩子们都散了，会计吹熄煤油灯，回家去。门只带上，并不锁。这记工分的屋子往西，是杂物间。杂物间再往西的几间，是生产队的牛栏，冬天生产队的牛就关在这里。而那对苏北母子，连续几年的过年期间，都住在杂物间里。

这杂物间是没有门窗的，前面不但没有门，连墙都没有，是敞开着的。前面既然根本没有墙，后墙上自然用不着开窗。杂物间很大，有一般房间三个那么大。里面的杂物，有干稻草——这是冬天里牛的饲料。整个冬天，牛就斜卧在牛栏里，一天到晚咀嚼着这干草，嚼得两边口角不停地流白沫。此外，便是生产队的农具。那时候，社员参加集体劳动，小型农具如锄头、铁锹之类，各家自备。每天下午收工时，队长布置明天的生产任务，第二天出工时，大家便带上这任务需要的家伙。但大些的农具，犁、耙、水车之类，是生产队置办的，不用时，就放在这队屋的杂物间。这对苏北母子，总是在过年前几天悄悄来到我们村，在这杂物间里东边的墙角住下。母子二人会弄一些干草铺在地上。那些天里，已经停止记工分了，但并非不出工。那时候，农村还没有通电，但家家都安了有线喇叭，喇叭线连着公社的广播站。每天早中晚喇叭响三次。一到年关，小喇叭里就一天三次号召"过一个革命化的春节"。春节如何"革命化"呢？重要的举措就是大年三十上午还在出工，三十下午停工半天，新年的大年初一上午立即出工。其实，那个时节，田地里并没有什么事情可做。所谓出工，也就是肩上扛把铁锹，在地头转悠一阵后，各自回家过年。这样的出工，哪好意思算工分。就算大年三十上午实实在在地干活了，也不能在大年三十晚上去记工分。所以，那对苏北母子住在杂物间期间，那里是一直很安静的。

有外乡的要饭者住在了队屋里，村里人都知道。在大年三十晚上，会有几家给这对母子送点饭菜。我们家是每年都送。说实话，给他们送饭菜，总是我们几个孩子提议，然后大人默许。年夜饭吃完了，就用一个很大的绿色的搪瓷碗，盛上一碗饭，菜则盖在饭上面。红烧肉总是有的，拣很肥的肉夹。那时候每逢过年，家里要买只小灯笼，是那种油纸灯笼。我们一人打着灯笼走在前面，一人双手捧着那搪瓷碗走在中间，空手的便走在后边。有时，下着小雨小雪，便撑着伞。那时家中有一把老式的油布伞，伞面涂过好几遍桐油，颜色黄澄澄的。伞骨是细篾棍，伞柄干脆就是一根细竹竿。伞很大，一人打伞，另几人围着伞柄走着。那对母子当然无油点灯，我们走近，他们就明白了来意。母子二人本来都靠墙坐着，我们来了，母亲仍然坐着，嘴里说着感谢的话。儿子则站起身，拿出他们的碗，我们便把搪瓷碗里的饭菜倒到他手中的碗里。我们那时候，过年没有给孩子压岁钱的习惯，或者说，本来有过，后来改掉了。但有一个陋习，便是家家过年时，要给男孩子买香烟，哪怕是刚会走路的孩子也有。一般家庭，当然买的是很廉价的烟，也只有一包。但也有人家，或者条件比较好，或者只有一个独生子，就不止买一包，也并不十分廉价。过年的那几天，村头巷尾总有乳臭未干的小毛孩，嘴里叼着根烟，在喷云吐雾。大年三十晚上，给苏北母子送饭菜时，我口袋里肯定有一包已经拆封的烟。等那做儿子的把饭菜收下，我便掏出香烟，抽出一支递给他，自己也叼上一支，又摸出火柴。他总是在我还没用手指顶开火柴盒前便把火柴抢过去，然后走到屋外的空地上，我也跟着出来。他掏出一根火柴，俯身划着火，先给我点烟，然后自己点上。把火柴还给我后，他不再看我，仰头看天。有时是满天星星，有时是雨雪纷飞。他对着星星或者雨雪，深深地吸一口，半天半天，并没有一丝一缕烟从他的口鼻出来……

但他们这样在异乡逃荒要饭，也是有风险的。那时候，各个公社成立了民兵指挥部，每天有几人值班，每人发一根木棒。那木棒长短粗细如何呢？如果对《水浒传》中武松打虎及林冲痛打洪教头的那棒子有概念，就能想象在民兵指挥部的木棒是啥样。当然，武松、林冲使的木棒，是木头的本色，而民兵指挥部的木棒则漆成红白两色相间。身份不明的外地人，会令民兵指挥部警觉。那时候，我已经在公社初中上学。与学校隔着条公路，本来是公社医院。公社医院迁到另处后，原来的一排平房就闲置着。公社成立民兵指挥部，这平房就派上了用场。有时会看见手持木棒的人在门口站岗，他们应该并不挨村搜捕流浪者，否则那些苏北人不可能在我们那里停留那么久。但如果有形迹可疑的外乡人被他们撞上了，就有些麻烦。但这样的事情并不多。大部分时候，他们成天闲着。我曾见过一个值班的民兵手持木棒，追着一条狗打，但总够不着狗，追出好远后，只得奋力把木棒投射出去，离狗还有这根棒子那么长的距离。

四

那对苏北母子，还是撞在了民兵指挥部的枪口上。

我们学校与民兵指挥部都在公社各单位所在地的最西头。从民兵指挥部往东，是发电厂，负责每晚为公社所属各单位输送照明用电。有一台发电机，有一个人负责每晚开关这发电机，每晚六点到十点，各机关的电灯能亮着。发电厂往东，是信用社、兽医站。再往东，是一家铁匠铺。铁匠铺对面，是公社机关大院

（"大院"之"大"，非面积之"大"，乃地位之"大"也；公社领导办公生活的院子，面积虽不大，但是全公社首脑机关，故称"大院"）。公社大院往东，是新的公社医院。夹在公社单位之间的铁匠铺，一对师徒每天在那里打铁。我那时觉得打铁是很神奇的事情，常常去看。铁匠铺是常年大敞着门的，即使是极冷的天气，门也大开着。站在门外，便能看到屋中间，一根粗壮的圆木顶着一个铁砧，铁砧后面是炉子。炉子里煤球呈圆锥状地堆着，火在熊熊地烧。从底部起，三分之一的煤堆已经完全烧着了；中间部位，煤球烧着了一半，半红半黑的；煤堆顶部，才烧着了一小部分，大部分黑着；最上面的几块，才被从下面烧上来的火舔红了一点点。煤堆底部的火，是橙黄色，越往上，火的颜色越往深红里变。在橙黄和深红的煤球之间，有蓝色的火苗蹿出来。仅仅是这样烧着的一堆煤，就煞是好看。铁砧左边站着师傅，右边站着徒弟。师傅左手持铁钳，右手握一小锤；徒弟双手握着一柄大锤。师傅永远弓着腰，徒弟则总是站得笔直。师傅左手的铁钳从煤堆里夹出一块铁坯。铁坯中间部分是橙黄色，而镶着深红色的边。师傅把铁坯放到砧上，师徒二人开始了铁砧上的对话。师傅右手的小锤（我后来知道，这小锤有个专门称谓"叫锤"）在铁坯上的哪里点一下，徒弟就抡起大锤子砸在哪里。这样打了一阵后，师傅用铁钳把砧上的铁块翻个身，用研究的眼光看一会儿，或许又翻回来，继续用小锤点着铁块，徒弟则仍旧是师傅点在哪里，就砸向哪里。据说，师傅小锤的点击，不仅是指示徒弟大锤落下的部位，也指示了大锤落下的力度。如此说来，师傅小锤每次落下，都很有讲究，并不是在某个部位简单点一下。这自然是一套只有他们师徒才懂的"锤语"。师傅左边地上放着大半桶水。铁块在铁砧上被锤得成为某种器物的形状后，师傅夹起这刚刚成形的东西，往水桶里一塞，发出"呲"的一声，一缕白烟冒出，迅即又散掉。

过完元宵，学校开学。开学后不久的一天中午，我又向铁匠铺走去，远远地就看见那个带着母亲来我们这里要饭的男子，在铁匠铺门口探头探脑。这年的过年期间，这对母子也是住在我们村的队屋里。大年三十晚上，我们家几个孩子给母子送去了饭菜，我也与这男子一起在队屋外面抽了一支烟。那一夜星光灿烂，我们在外面稍站一会儿，便能看清对方的脸。他突然出现在公社机关所在地，我很有些惊讶。往西几百米处便是民兵指挥部，一个外乡人这样鬼头鬼脑地在这里徘徊，如果被发现，会有麻烦的。我快步向他走去，想提醒他，他一扭头，像是也认出了我，迎面向我走来，走得蹑手蹑脚，不像是走在平平的地上，倒像是走在薄薄的冰上。走近了，两人都停住，我正要开口，见他有话要说的样子，便让他先说。他把头低下，凑近我的脸，悄声问："你知道有谁要买米吗？"

原来他要卖米！我愣了一会儿，一转身跑开了。

一个要饭的卖米，像一个病重的人卖药，超出了我那时的理解能力。回到教室，心里有好多种滋味混在一起。我甚至觉得这对母子不是来要饭的，而是来行骗的。我有一种被欺骗感，有一种失落感，还有一种莫名其妙的屈辱感，仿佛有某种东西被剥夺了。不仅仅是这个苏北汉子发生了从要饭者到卖米者的身份反转，我的身份也发生了变化。在他眼里，我不再是一个施舍者，而成了一个他可以打听某件事情的路人。

下课了，我走出教室，就听到民兵指挥部那边传过来哭声，是一个成年男人在哭。我仿佛明白了什么，赶忙向那边走去。民兵指挥部前面围着一圈人，哭声从人圈里传来。我走近一看，那个苏北男子坐在地上哭着，诉说着。虽然他的话不太好懂，但人们还是听明白了缘由。原来，他们这几天住在附近的一个村子里，正要启程回家，母亲却病了，起不了身。他知道公社医院在哪里，于是便想把几个月里讨得的一袋米卖了，好给娘看病。民兵指挥部到了他们落脚的地方，没收了那米。好在母子二人都有家乡大队介绍他们出来要饭的介绍信，证明母子是政治上清白可靠的人，才没把人抓起来。

明白了事情原委，我便没有勇气再跟他说话了。

在那个年代，这毕竟是一件小而又小的事情，很快就忘记了。许多年后的一天夜里，睡不着，胡思乱想中突然想起了这件事，就又一次看见了那个苏北汉子坐在民兵指挥部前的泥地上伤心地哭，愧疚就涌上心头。我问自己：为什么当时跑开了？

我想，连续几个大年夜，我给这个苏北男子送饭送菜，与他一起抽烟，说是建立了一种亲密的关系，也是可以的。他在这公社机关所在地鬼头鬼脑，是知道自己的行为有着风险的。他之所以一见我就开口，是因为我是他的熟人，是关心过、同情过、帮助过他的人，不会有风险。我一听他说要卖米就走开，肯定出乎他的预料。

那么，究竟是什么原因，让我对他的卖米做出这样的反应呢？

我为自己找到的理由是，那时候，有一种普遍的观念，"买卖"当时不被允许，而我也深受这种观念影响。买卖行为当然是有的，但都是在集体与国家、个人与国家之间进行。生产队在交完公粮后再把所谓"余粮"卖给国家，便是集体与国家之间的买卖。个人把自家养的猪、自家鸡下的蛋卖给国家，算是个人与国家之间的买卖。但那时候，在人们的意识里，集体也好，个人也好，与国家之间的这种交易，并不被视作"买卖"，与通常的"生意"截然不同，是在为国家做贡献；国家给些钱，是对集体或个人的一种奖赏。但个人之间的买卖，就是完全不同性质的事情。农村的集贸市场，是最肥腻的"资本主义尾巴"，早就被齐根割掉了。所以，我那天在铁匠铺前一听那苏北汉子要卖米，是有些惊吓、有些恐惧的。我扭头便走，是在以逃避瘟疫的心态逃避。虽然我那时还是一个初中生，但是已经有了这种自我保护意识。

这就是我逃离那苏北汉子的全部原因吗？后来，我越思考这个问题，越觉得并不能全归咎于时代。我个人的心理受到的冲击，并不完全是时代性的。回想起来，我们几个孩子年三十晚上给苏北母子送饭送菜，我还总是请这苏北汉子抽支烟，完全是出于同情吗？完全是因为对可怜人的怜悯吗？恐怕也不是。我们之所以下午就兴奋地商议着晚上给这对母子送饭菜，实在是在期待着享受一种施舍的快感。当我们在队屋的杂物间把饭菜倒给他们时，我们享受着他们的感谢，我们在被感谢时有了一种优越感。甚至当我把香烟递给这苏北汉子时，我也有一种居高临下的快感，虽然他比我高出许多。那天，在铁匠铺前，我想走上前提醒他时，也仍然是以一种拯救者的姿态站在他面前，也仍然是在进行一种施舍。我与这个苏北汉子之间，已经建立了施舍与被施舍的关系，我甚至已经习惯了从他那里验证自己的优越感。而苏北汉子的卖米，瞬间将我们原本的关系摧毁，让连续几个大年夜的送饭送菜都变得有些滑稽。站在我面前的，不再是一个讨饭的人，而是一个卖米的人。既然我与他之间的关系一笔勾销了，既然这苏北汉子与我平起平坐而不再让我扮演施舍者的角色了，既然这苏北汉子不再让我从他身上体会到优越感了，我当然扭头就走。这恐怕是我当时没有把提醒他的话说出口的更深层的原因。

我那时虽然还是一个初中生，但已经有了人性的丑陋。

回想起来，这对苏北母子，虽然连续几年在我们村里过年，但从不在我们村乞讨。我并不知道他们乞讨时是什么样子。

（原载《上海文学》2024年第1期）

王彬彬（1962— ），安徽望江人，文学评论家、学者，复旦大学中文系毕业，文学博士，现任南京大学文学院教授，出版有《在功利与唯美之间》《为批评正名》《文坛三户：金庸·王朔·余秋雨》《应知天命集》《鲁迅内外》《风高放火与振翅洒水》《八论高晓声》《月夜里的鲁迅》《往事何堪哀》《并未远去的背影》《大道与歧途》《顾左右而言史》《费城的钟声》等文学评论集和文学史论著。

我的兵之初

◎ 裘山山

　　1977年春，我当兵来到某部通信总站，成为一名通信兵。当时心里憋着一股劲儿。因为高中毕业后在家待业了一年半，无所事事的日子把我憋坏了。我暗暗发誓，只要有机会我一定努力，干出点儿名堂来。

　　我被分配在长话分队当话务员，就是在交换台转接长途电话。那时打个长途电话很不容易。我们每天的业务训练就是背电话号码、部队番号及地址。我很快就拿下了，总考时得了优秀。我觉得这些太容易了，就开始做别的事。

　　我们连有个图书室，大多数书籍是政治读物以及《电工学》《电话学》，只有少量文学书籍。我一本本借出来看，藏在电话号码本下面，拿个小凳子坐到操场边的树下，做出认真背号码的样子，有班长或者老兵过来，我就赶紧用号码本盖住小说。不多的十几本文学书很快被我看完了。又闲得无聊。有一次去新华书店，看到书架上有《趣味数学》上下册，我就买回来做。做完了翻到书最后对答案。那个大概就是初中数学，我很快把两本做完了，还发现其中三道题答案有误。我给出版社写信，把自己解题的过程和答案写下来，指出他们的错误。信写好了去营部找文书盖章（免邮费章）时，文书诧异地说，你这个女娃子有点儿特别。

我还是觉得不过瘾。就在这个时候，1977年夏天，传来了恢复高考的消息。看到消息我激动坏了，以前总觉得上大学和我无关，是需要推荐的，推荐的话永远轮不到我。如果考试我就能考上。我马上去找连长，我说我想考大学。连长和文书一样诧异地看着我，他说你一个新兵，等服役期满了再说吧。我这才知道，虽然恢复了全国统考，但是战士想考大学，还是需要推荐、需要名额的，不是谁都能参加高考的。

当时，党中央提出了建设四个现代化的宏伟目标，全国都兴起了学习文化和科技知识的热潮。我受母亲影响爱看报纸。我在军报上看到有文章指出，战士在学好军事技术的同时，也应该学习文化知识，学习数理化，这样复员后才能为国家输送人才。我更加理直气壮，写信给父亲母亲说，"现在人人都在努力掌握科学文化知识，我们为什么就不行？难道当了兵就该成为知识贫乏的人吗？我们同样是年轻人，难道我们就没有实现四个现代化的责任？"这封满是豪言壮语的信被我父亲保存下来，不然我都忘了。

父亲这个老军人开导我说："你现在已经入伍了，是个兵，首先要服好兵役、听从命令，参加高考的事以后再说。"于是我继续在连队值班、训练，并且开始写新闻报道。

1978年春天，我收到高中一个女友的信，她考上了哈尔滨工业大学，把我给羡慕的，又跑去找连长。我说今年如果有名额能让我去吗？连长还是不同意，他说很多老兵都还没轮到呢！看来想考大学的不止我一个。而且我发现，连队很多战士也开始自学了。我的班长还买了英语书，跟着电台学英语。连队还打算办夜校。当时整个社会都开始重视学习、重视科学，有种百废待兴、奋发图强的劲头。

不让我去考，我只好克制自己的念头，继续干本职工作。那两年，我已经开始发表文章了。第一次发表在《解放军文艺》的作品《灯下》，就是写全国人民学习科学文化知识的。到年底，营部给了我一个嘉奖，总站给了我一个通报表扬，都是奖励我在当好话务员的同时坚持读书学习。营长和教导员都知道我想参加高考，他们用不同的方式劝我安心在部队好好干。他们说以你现在的表现，立功、入党、提干，都没有问题，不一定非要读大学。我不吭声，心里还是固执地想，我要上大学。考虑到我们是通信兵，很可能会考通信学院，于是开始啃《电工学》《电话学》，以及总机维修技术。我喜欢数学，但基础太差了，深一点儿的题就做不出来。我时常把题抄在信上请教父亲，那些题在父亲看来太简单了。他有些后悔地说，我该早些辅导你。

1979年5月，我听说我们总站又分到7个高考名额，其中还有2个是文科。于是我再次去找领导要求考大学。我先找到我们副指导员，她是个软心肠的女军官。我跟她哭诉，我说今年再不让我考我就超龄了（当时规定战士21岁以下）。副指导员就帮我去找连长说情，连长仍有些纠结，他不得不考虑方方面面。我又去找营长教导员，他们还是劝我安心。我又去找总站政委……总之我像个祥林嫂一样，见到领导就说，我想考大学。让我去考一次吧，考不上我以后再也不提了。

终于，各级领导都被我说动了（或者说纠缠烦了），答应给我一个高考名额，而且是文科。我得到通知已经是6月初了，距离高考还有一个月（那时候是7月高考）。我想我必须考上，背水一战。

所有人都知道我闹着参加高考，考不上太丢人，没脸回连队了。

我一个人住在招待所，起五更睡半夜，靠着仅有的几本书死记硬背。复习地理，主要靠父亲绘制的全国铁路线路图（他是铁道兵工程师）。复习中国历史，主要靠新华字典最后几页的历代皇帝年表。复习政治，主要靠当时的报纸。数学和语文则完全放弃了，一天也没复习。因为时间不够用。

就这样，奋战一个月，我参加了1979年的全国高考，考得还行，总分比当年四川省文科录取线高出39分，但是距离重点分数线还差6分。最后被四川师范大学中文系录取，进了大学。

就这样，当兵第三年，我穿军装上了大学。

（原载2024年8月1日《长江日报》"江花"周刊）

裘山山（1958—　），女，祖籍浙江嵊州，现居成都，毕业于四川师范大学中文系，曾任成都军区创作室主任、《西南军事文学》主编，现为中国作协全委会委员，出版长篇小说《我在天堂等你》《春草》《失踪的夹竹桃》、长篇散文《遥远的天堂》《家书》，以及短篇小说集《路遇见路》和散文集《雪地杜鹃》《年龄这回事》等。

说吧，北京

◎ 兴　安

　　我14岁来北京，至今已近五十载，可我竟然没有正儿八经地写过北京。今年7月，"北京中轴线——中国理想都城秩序的杰作"被联合国教科文组织列入《世界遗产名录》。这个消息，让我产生了写一写北京的冲动。

　　我是1976年来的北京，从一片遥远的北方草原，落脚一座陌生的城市，两者相距2000公里。那时候，我还不知道，早在七百多年前，我的祖先就已经到了这里，并且奠定了现代北京城的雏形。那时候叫大都，被马可·波罗称为世界上最大的城市之一，"城内外皆有华屋巨室"（《马可·波罗行纪》，冯承钧译），"宫殿和房间的墙壁上都镶有黄金白银"，"奢华而富庶"，"整座城市就像一个按照正方形来精心布局的棋盘，城市建筑非常漂亮而且设计构思精巧，让人无法用语言来描述"（《马可·波罗：商人·旅人·使者》，劳伦斯·贝尔格林著）。据史家考证，元大都的建设采用了中轴线对称式的建筑风格，完美体现了中原文化与游牧文化的融合。

　　当然，那时候还没有中轴线的概念，我们一家暂住在南横西街的一座大院子里，院子后墙外是唐代的法源寺，后来听刘兰芳的评书《岳飞传》才知道，这里曾是金朝拘禁宋朝徽宗、钦宗两位皇帝的地方。

　　到北京的第二天，我就在邻家小弟的引领下，沿着南横西街，经菜市口、大栅栏，来到天安门广场。那时候的广场还没有修建毛主席纪念堂，宽阔无比，只有人民英雄纪念碑笔直矗立，我从正阳门可以直接遥望天安门城楼。我直扑天安门前的金水桥，还有那两尊巨大的石狮子，一雌一雄。在我6岁的时候，父亲带我来过一次北京。我爬到雄性狮子上，在它的两腿之间钻行，抚摸狮子爪下的绣球。那个绣球比我的脑袋还大。后来父亲回忆说，我一直赖在石狮子上不肯下来，怎么劝我都不听，一直到太阳落山，午门关闭，故宫也没看成。关于小时候的另一个记忆是北京站，父亲领着我走进一个房间，再出来时整个环境完全变了，非常神奇，我当时以为是自己被施了魔法，因为父亲一点儿没有吃惊的样子。我悄悄地保密了这段奇遇，没有问父亲，直到八年后，我们一家搬到北京，我才明白，那不过是我第一次坐电梯的经历。

　　我扶着金水桥的桥栏，先是仰望毛主席像，感觉超乎我想象的大，那双眼睛似乎从哪个角度都能看到我。天安门更是超乎寻常的高大。之前我一直以家乡的盟公署大楼作为参照，想象儿时记忆中的天安门，因为它也是歇山顶式屋顶，飞檐斗拱，雕梁画栋，只是家乡的盟公署大楼矮小了很多，屋檐少了一层。那尊我爬过的石狮子，上面也坐了一个男孩，和我当年一般大，大人在下面催促他，男孩却扭曲着脸哭嚎，绝不肯下。我仿佛看到了当年调皮的自己，心生一阵厌烦和愧疚。可怜那尊狮子，腹部、腿部，还有尾巴，被无数人摸得有了暗黑色的包浆。幸好20世纪90年代以后，石狮子的周围竖起了围栏，不再允许攀爬——其实早就应该这样。这是明代的汉白玉质地的狮子，3米多高，历经明清两代至今，其中一尊石狮子的肚子上的一道深深划痕，传说是明末起义首领李自成用枪扎的，清顺治帝为了警醒后人亡国的教训，就让这尊石狮子原样保存了下来。

石狮子是中国传统文化的重要元素之一，它象征着权力和威严，同时还寓意着祥瑞和幸福，有辟邪驱邪的寓意，保佑人们平安顺利。在我写这篇文章的时候，我坐车经过天安门，特意看了一下这两尊石狮子，它们恰好分立中轴线的两侧，经历了六百多年风霜雨雪的侵蚀，依然昂首伫立，守护着天安门，保佑着国家社稷和黎民百姓。

那次之后，我又多次去过天安门广场：1976年10月24日，首都百万军民在此举行庆祝大会；1976年11月24日，参加毛主席纪念堂奠基仪式；而1984年的国庆节给我的记忆最为深刻。我与中央民族大学的同学参加护国徽方阵，手举鲜花，游行走过天安门城楼，还参加了夜晚的各民族大联欢，我当时穿的是维吾尔族的服装。就是那次，我在夜空怒放的礼花下，在欢歌笑语的广场上，确定了我的爱情。还是那次，我亲眼见证了北京大学的学生们走过天安门城楼时打出的"小平您好！"的标语，震动了全世界，也让世界看到了一个崛起的中国……

其实我去得最多的是广场东北侧，正阳门斜对面，大栅栏的北口——那儿有一家文化用品批发店。我当时在宣武少年宫学习绘画，这里是我除了荣宝斋和菜市口文化用品商店之外去得最多的地方，因为这里的画笔、颜料和纸张非常便宜。这家店小得不能再小了，与周围的宏大建筑相比更是微不足论。后来我放弃绘画，读了文学专业，这个店也就在我的视线里渐渐消失，听说它在三十年前就被拆除了——如果没有这篇文章，我几乎把它完全忘记了。

那时的大栅栏还没有被重新规划和改建，作为北京城最早的一条商业街，悬挂着不少国内闻名的老字号招牌，有经营中药的同仁堂，有卖布匹绸缎的瑞蚨祥，有做帽子的马聚源，还有内联升、张一元、六必居，等等。老北京民谣里这样唱："大栅栏里买卖全，绸缎烟铺和戏院。药铺针线鞋帽店，车马行人如水淹。"

在北京的中轴线上，大栅栏是从正阳门往南的延伸，依次是大栅栏、珠市口、天桥、永定门。这二十年来，这里经过几次改造。2011年开始的大栅栏更新计划，原样复建了著名的五开间牌楼，它曾经是中轴线乃至整个北京城最为壮观的牌楼。同时，恢复和整修了众多老字号、名人故居、会馆、寺庙、书局等，让北京人记忆中的明清、近现代等不同时代的建筑和历史文化遗存得以焕发生机。可惜，我很多年没有去过大栅栏了，只记得临街有一家中国书店，不知道还在不在，那曾是我在改革开放初期经常一大早赶来排队，等候开门，抢购"外国文学名著"的所在。

20世纪80年代是个特别提气的年代，对文学来说也是如此。我大学毕业后到了《北京文学》工作，那是我文学真正的起点，让我结识了很多作家和编辑老师，也使我开始慢慢融入北京和北京的文学。

1992年，单位分配给我一套两居室的房子，使我有了属于自己的居所，这时候，我才感觉我成了北京人，它已经完全接纳了我，拴住了我，让我安居此地，别无他念。说来巧合，我的房子就在中轴线的旁边，三环外，安华桥的西北侧，往北几百米就是元大都的城墙遗址。那个时候，我感觉安华桥距离我的单位所在地和平门很远，几乎要横跨整个北京城，我住的小区周围还能看到城乡接合部的麦田和荒草。妻子开玩笑说，我们是林冲，被发配到了沧州。我说，哪有，从家到单位的直线距离还不到9公里呢。其实我真是为有了自己的房子而高兴。那一年，市面上刚有了山地自行车，我花了差不多一个月的工资买了一辆，每周三天我骑着它上下班。

那时候，鼓楼外大街至亚运村的道路开通才一年多，路上车辆稀少，宽敞无比，路面簇新而平坦，我骑着车，经常撒把而行，哼着姜育恒的《再回首》，潇洒而充实。这条路是专为北京亚运会修筑的，之前这里没有路，中轴线到鼓楼戛然而止，往北就是总政大院。1990年，作为亚运会的配套工程，为了贯通北京老城与亚运村的道路，不得不将总政大院一分为二，中间开辟了这条直通亚运村的新路，取名鼓楼外大街。而鼓楼外大街北端与三环交界处，又修建了一座立交桥，取名安华桥，由安华桥往北延伸经北辰路，直抵奥体中心。北京申办2008年奥运会成功后，中轴线又向北扩展，成为奥林匹克公园的轴线，鸟巢（国家体育场）和水立方就建在这条轴线的边上。

经常穿过北京城上下班，让我有更多的时间了解北京老城和中轴线。我曾几次选择绕道二环路，虽然路途流畅平坦，但实在是有些枯燥和单调，感觉只是为了赶路，看不到老北京的风景。我还是喜欢穿行中轴线，经过鼓楼、旧鼓楼大街、地安门大街、景山西街、南长街、人民大会堂西路，然后转入前门西大街，到达和平门，这是最便捷最有烟火气的一条路线。偶尔，在我时间充裕的时候，我也会绕道景山东街，经南池子大街，进入长安街，绕行天安门广场，感受一番经济正在腾飞中的北京乃至中国的脉搏。

鼓楼那时候还没有开放，没有钟声，也没有时间博物馆，仿佛它沉睡在历史的废墟之中。直到2018年，作家莫言在这里举办"墨迹"展，我才第一次走进了鼓楼。北京钟鼓楼始建于元代，是元大都的中心，马可·波罗在书里有过记载："城之中央有一极大宫殿，中悬大钟一口，夜间若鸣钟三下，则禁止人行，除产妇与病人需要外，无人敢通行道中。纵许行者，亦须挟灯火而出。"宵禁制度早在三千年前的周朝就有了，即在"一更三点"的时刻，城门关闭，百姓不可随便走动，官府给出的理由是有助于城市安全、社会治理、维持秩序，等等。据史料记载，中国古代只有北宋时期取消过宵禁，使开封成为一座"不夜城"。我以为，宵禁这种制度可能源于古代照明设施的不完善，但更重要的原因是古人缺乏安全感。很难想象今天的我们生活在黑暗的城市中，没有路灯，没有夜生活，是怎样的情景。古今对照之下，方能感受社会与时代的进步。

从旧鼓楼大街前行，在地安门的交接处，我发现了一座古桥。每回我骑车到了这里，都会歇口气儿，手扶斑驳粗陋的桥栏和望柱。我惊讶于北京还有这么沧桑破败的古桥，它一定有故事和来历。我问了桥边闲坐的老人，才知道这桥叫后门桥，是元代遗留下来的单孔石拱桥，距今已经七百多年了。然而我站在桥上却看不到两边的河道和风景，两块巨大的广告牌遮挡了我的视线。我绕过广告牌，竟然也没看见河道，只有一片老旧灰暗的房舍，杂乱无序地纠结在一起。难道这是一座旱桥？我问那位老人，老人说，他小的时候这里是有河的，叫玉河，20世纪50年代实施河道改暗沟工程，将河床填埋，铺上石板，上面盖了这些房子。几十年过去，房子破旧了，有碍观瞻，影响市容，就立了广告牌遮遮丑。事后我咨询了几个老北京的朋友，竟然没有一个人知道这座桥。后来，我在读《元诗别裁集》的时候，看到杨载的一首诗《送人》："金沟河上始通流，海子桥边系客舟。却到江南春水涨，拍天波浪泛轻鸥。"诗中的"金沟河"是现今永定路以北的金沟河路，是元代水利专家郭守敬主持开挖的古金沟河道；而"海子桥"就是后门桥，元代叫万宁桥，由此我才慢慢揭开这座桥的身世。后门桥是元代北京城非常重要的交通要道，玉河东连通惠河，西接积水潭，桥上可人车通行，桥下有闸口制水。平时通过蓄水开闸，让京杭大运河上的客货船只穿过桥洞，抵达大运河的终点——积水潭码头。可以想象，当年这座桥是多么繁荣、风光，人声鼎沸，熙来攘往，但是随着明清两代北京城的南移，积水潭码头的地位逐渐衰落，水域面积也大大缩小，后门桥与闸口失去了枢纽的作用，以致后来成为无水之河、无名之桥。

直到1999年6月，北京市政府大规模整修后门桥及其周边环境，拆除了桥栏上的广告牌以及东、西河道上的建筑，疏通河道，修筑岸墙，复原桥身，终于使后门桥重见天日。

2022年春天，我再次来到后门桥，这时候，后门桥已经恢复了它最早的名称"万宁桥"。被遮蔽了近七十年的玉河，清澈而明净，倒映着岸边的垂柳。尤其吸引我的是两岸对称摆放的四尊镇水兽，这是疏通河道时从淤泥中挖出的元明清三朝的遗存。其中一只简略朴素，侵蚀严重，颌下镌有"至元四年九月"的字样，这是元世祖忽必烈的年号。其余三尊该是明清时期，鳞甲清晰，脊背和尾巴线条弯曲流畅，怒目圆睁，俯视着水面。桥体两侧的拱洞上各有一个螭首形的排水孔，称"螭首散水"。螭是中国古代神话龙生九子中的第九子，也叫螭吻，是龙与鱼交合而生，民间也称鳌龙，以它镇邪避灾。有人会问，古人以四只镇水兽还有两条鳌龙庇护这条玉河，为什么它还会埋没于地下？我的回答是，无论龙与兽，都不过是一种象征，寄托了人们美好的愿望，而真正源远流长的是一个民族的文化和传统，还有人类对未来生活的向往和信念，这是高于一切的真理。

如今，万宁桥已经被誉为"北京中轴线上的第一桥"。它是北京唯一一座至今还在使用的元代古桥，在北京中轴线"申遗"过程中扮演了重要角色。

1997年，我又搬回了城里，住在府右街的力学胡同，这里紧邻中南海和西长安街，是北京城的中心地带，周末领女儿步行去天安门只用20分钟的时间。与单位距离的缩短，使我不必奔波于路途之中，这是现在很多上班族求之不得的愿望，但是，我发觉我每天活动的空间缩小了，上班下班，一来一往，只有几分钟的距离，由此也让我错过或者忽略了这个城市的很多细节。新千年以后，我经常以出租车代步，每次出行都是行色匆匆，直奔目标地，我熟悉的这座城市仿佛成了车窗里快速退去的布景，越来越远，也越来越生分。

前些天，为了完成这篇文章，我计划重走我在20世纪90年代骑车穿行了无数次的中轴线，回望那些我熟识的街景和古迹，唤醒我更多的回忆，但因种种原因没能成行。我是相信记忆的，因为它能把生活中最值得记住的事情牢牢地留存下来，并且在它最需要我诉说的时候清晰地呈现出来。我对北京的记忆就是这样。

60 岁之后的我已经成了地地道道的北京人。在我年轻的时候，我还经常计算我到北京来的时间，比如，在我 28 岁生日的时候，我在北京的时间与在故乡呼伦贝尔的时间相等，那会儿我还感受不到我已经是北京人。当我过了 30 岁，我在北京的时间大于我在故乡的时间的时候，我开始主动融入北京，逐渐把它当作了自己的第二故乡。

（原载《文艺报》2024 年 9 月 23 日"新作品"专版，副题"有关'北京中轴线'的记忆"）

兴安（1962— ），蒙古族，内蒙古呼伦贝尔人，文学评论家、作家、画家，毕业于中央民族大学中文系，作家出版社编审、北京作家协会理事、中国当代文学研究会理事，出版散文集《伴酒一生》《在碎片中寻找》《天性如此》等，主编《九十年代中国小说精品荟萃》《女性的狂欢：最新中国女性小说选》《蔚蓝色天空的黄金：当代中国 60 年代出生代表性作家展示·小说卷》等。

小区记

◎ 彭 程

一

二十世纪七十年代，这里还是四季青人民公社下面的一个村子。下过一场雨后，村里的土路变成了烂泥地，泥泞不堪，难以找到下脚的地方。旁边是几个猪圈，被雨水泡过后又经太阳暴晒，气味极其难闻。几个女孩子提起裤脚，小心翼翼地走着，一个人忽然发出一声尖厉的惊叫，众人闻声望去，看到她的小腿上有一条蚂蟥在蠕动。

这个场景是妻子讲给我的，她当时就是那些女中学生里的一员。那时学校组织来这里学农，几个班的学生一早排着长队打着旗子，从校门口出发，感觉走了很久才到达。城市被远远地抛在了身后，眼前是十分陌生的村庄和田野。当年她走过的这条路，我如今每天上下班都要开车经过，仪表盘上显示两地之间的距离是五公里，并不算很长，但那时她的日常活动范围不过是从家门到学校，自然会觉得遥远。但更主要的，还是在这段行程中经历了从城市到乡村的巨大变化，强化了心理上的距离感。

她再次来到这里时，差不多是在三十年后了。看着车窗外的景色，她的表情有些迷惘，努力回忆什么的样子，接着是一迭声的感叹，说出了记忆里的画面。但对于初次来到此地的我来说，它与别的地方并没有任何不同，都是标准的现代化都市的景观。这种不同的反应，印证了那个今天人们常用的说法：没有对比就没有伤害。

这次探访的结果，让我们买下了位于这条街道旁边的一个新建小区里的房子。这是一个只有八栋楼的小型社区，其前身是一家电子仪表厂，搬迁到郊区后，开发商量体裁衣，在原址上建起了这些楼房。与不少动辄几十上百座楼宇的楼盘相比，它实在是太小了。

但比起某些大而无当甚至内部都开设公交线的巨无霸式住宅区，我更喜欢这种比较小型的规模。走在里面，有一种诸事可以把握掌控的感觉，而不会被那种茫然感、压迫感吞噬。正是因为小，我很快就熟悉了小区及其周边环境。住在一栋楼房二十层的高处，俯瞰周边，街衢楼宇一览无余。超市、饭馆、银行、车站、药店、花店、蛋糕店、咖啡馆、洗车店、美容店、健身馆、社区卫生站、三甲医院……这些被列为现代化城市的标准配置的场所，基于某种以需求关系为依据的秩序分布排列，鳞次栉比，掩映在纵横交织的街巷之间。

在这些平淡无奇的寻常都市景观中，有几处相对比较稀缺的资源，让小区拥有了一些属于自己的特色。

小区中有一片古松林，面积一百平方米左右，生长着上百株松树，据说树龄最长的几棵一直可以追溯到清代末年。松林周遭的空地上安装了一些健身设施，成了老人们的活动天地。从春天到秋天，这里都很热闹，到了冬季，则是一片空寂寥落，松树的墨绿色枝叶在凛冽的北风中摇动，发出瑟瑟的声音。

在一座巨型都市里，住所倘若能够邻近一处水体，无疑会给自身添加不少分数。小区就拥有一份难得的幸福。小区外面，隔着一道铁围栏，是一条勉强容得下两辆汽车相向开过的马路，路的外侧有一条小河沟，是京密引水渠的一道支渠，将渠水输送到两三公里外的紫竹院公园里。河两岸的斜坡上，错杂栽种着紫薇、丁香、忍冬等灌木，其下则是玉簪、鸢尾、萱草等宿根类草本植物。它们的花朵衬托着水面上的鲜艳荷花，以及在水流冲击下轻轻摇曳的碧绿水草，给这一带的环境增添了不少灵气。这样的周边环境，无疑是一个亮点，因此在二手房网站上，小区连同相邻几个楼盘的房子，都被冠以水景房的标签。

住到这里，不觉将近二十年了。在时间的缓慢的展开中，小区自然也经历了一些变化。

一个住得足够长久的人，才会留意到并依稀记住这些变化，因为它们太平常也太细微，不足以吸引注意力。住进来不久，小区中心花园里原本光亮可鉴的瓷砖地面就挖开了，换成了地砖，因下雨天湿滑难行，有老人摔倒骨折了。花园草坪上的灌木，多年中种类更换了不少。售卖过滤水的净水机，好几次变换摆放的位置。从什么时候开始，松树林旁边设置了一个旧衣物回收箱，我前后投进去了很多件不会再穿的衣服。靠近小区正门的一座楼的栅栏外面，曾经是一个室内游泳馆，常看到年轻姑娘三五结伴走出来，长发湿漉漉的，近年却改建成了羽毛球馆。

家里养了猫，妻子爱屋及乌，散步时总会留意院里流浪猫的行踪。她的爱心抑制不住地泛滥，先后用泡沫箱子自制过多个猫窝，放在它们经常出没的地方，像紧挨着围墙的大树树根下，或者楼房避风的拐角处，散步时不忘抓上一把猫粮撒在旁边。当然，这些猫们历经不断的生灭繁衍，早已不是最初看到的那些了。

每次亲戚朋友开车来，找地方停车都要费半天周折。刚搬来时，因为入住人家尚少，小区停车位还能买到。当时买房子把积蓄都投进去了，且在小区外路边停车还比较容易，便没有买。但这种情况只持续了一两年。不久下班后找到停车位变得很困难，而小区地下停车位价格一路飙升，从当时的十万元，逐渐涨到今天的一百多万。后悔没用，只能怪自己缺乏最基本的远见：因为邻近河流，小区地下车库只允许建一层，相当于两家才有一个车位。

我住的这栋楼对面，五六十米之外，是一栋某个国家部委的家属楼。刚住进来时，位于长安街上的这家部委的办公楼做装修，这里便成了临时办公地点，差不多有两年的时间，夜里整座楼房灯火通明，房间里人影晃动，直到深夜。办公楼修缮完工后，这座楼房成为该部委局级干部的住宅。

十几年前，谷歌地球软件刚推出的时候，我把它下载到电脑桌面上。随着不断地点击鼠标，指针后面的界面飞速地移动，一连串地旋转扩大，剥茧抽丝般地层层绽开，终于找到了小区的位置。显然是卫星在一个晴朗的日子拍照的，俯瞰中只能看到长方形的楼顶，更多的却是楼房投下大片的阴影，花园草坪等原本空旷的地方，都被阴影淹没了，像是浸泡在水里的感觉。

又是十多年过去了，小区的设施开始老化。有的楼房墙面上的瓷砖剥落了，地下冷热水管道经常破裂，下雨时地下车库墙角处渗水。业主微信群里，物业发送的停水停电维修的通知明显多了起来。时常有住户抱怨家里的墙壁泛黄，卫生间下水道不通畅，窗子关不严漏雨等等，有些人家重新装修了房子。

这一类情况从来不曾让我感到困扰，更想不到抱怨。这些变化，其实和一个年轻的人逐渐走向衰老一样自然，你不能指望他总是青春洋溢，她始终笑颜如花。我宁愿瞩目于那些让人心旷神怡的变化，一些流行词汇中被称为"小确幸"的东西——虽然细微琐碎，但的确能够给人带来一点儿真切的欢悦。像楼下草坪上那几株新栽种的日本红枫，低矮而优美的树形，紫红色的锯齿状叶子，给周边浓郁的绿色衬托得格外好看；像中心花园里作为水景小品修建的那一道浅沟，在干涸多年后引入了活水，有一些鱼儿来回游动，吸引了还未上幼儿园的孩子们，蹲在水边观看欢呼，伸出小手去捞，旁边的家长小心地看护着。

因为相处日久，对一些寻常景观不觉也投注了感情。单元门口前面十多米外的那棵桑树，从当年的一株小树苗，长成了如今十几米高，树干粗壮，树冠巨大，遮盖了很大一片地面。桑葚成熟时，有很多鸟儿啄食，果实落在地面上，被脚步踩过，石板小径都染成了紫色。从树下走过时，我经常感受到一种隐秘的愉快，它让我想到了自己在乡间度过的贫穷而温馨的童年。

那样的日子已经十分遥远，就像在北京中心城区长大的妻子，回忆起当年来到还是一片农田的这里。

二

当然，小区的主体和灵魂还是人，形形色色的住户构成了真实的小区生活。

仔细观察过蜂巢的人，想来会认同这一种比喻：以密集的高层住宅楼为主体的现代城市小区，很像是众多蜂巢的聚合体。在想象中让身体飞升到足够高的空中，俯瞰下方，会看到一幢幢楼房的一个个单元门口，有人走进或走出，就像是一个个微小的颗粒在慢慢移动，就像是一只蜂在蜂巢旁飞翔盘旋。这样的移动永无停歇，看似杂乱无章，实际上有着各自的动机，朝着各自的目标。

存在决定意识。楼房这种空间样式，制约了居住者的生活范围和姿态，体现在人际交往上，便是一种疏离感，咫尺天涯的比况，说的正是这般情形。邻居见面时，秉持的是一种相同的尺度，彼此客气礼貌，但隔膜淡漠，蜻蜓点水一般。在各自的眼中，对方都是清晰而神秘的。

我住的楼房单元是一层三户。对门住着的夫妇，看上去比我们大上几岁，男的一副憨厚模样，见面打招呼时笑得眼睛眯成一条缝，女人则总是低眉顺眼。这么多年，上下楼乘电梯，到楼梯口倒垃圾，见面次数不算少，却不知道对方的职业，也不想去打听，对方想必也是如此。有一次隔了很长时间才见面，得知他们去国外带孙子，住了大半年。儿子读完研究生留下工作并成家，儿媳家也是北京的，亲家夫妇要过去替班了。这是多年中最有内容的一次对话。

　　而旁边的那一户，十几年中房子一直空置，我们得以长久地享受了一份清静。中间只有短暂的几个月，出租给了附近一家国营设计院，住进去几个新近参加工作的女大学生。早上出门时，好几次碰上她们也去上班，行色匆匆。这些走出校园不久的姑娘，神情姿态中还带着一些学生模样，一边睡眼惺忪地等电梯，一边从包里掏出小镜子匆匆补妆。

　　除此之外，这个单元里给我留下印象的就只有寥寥几家了。

　　下面一层的对门人家，有一个男孩，和女儿同一年级，上的是附近的另一所中学。晚上散步有时会碰到他的父母，交流一些孩子学习的情况。男孩子个子高大，青春发育期的脸上长了不少粉刺，礼貌而拘谨，每次见面都毕恭毕敬地喊一声叔叔阿姨好。

　　中间位置的某一楼层，住了一对年轻夫妇，女方的父母从外地赶来帮着带孩子，母亲每天忙个不停，父亲则喜欢在院子里到处闲逛，见人主动打招呼，一脸逢迎讨好的笑容。后来他开始每天逐层从垃圾桶拣东西，将拣出来的旧报纸杂志纸箱等叠放捆绑好，用自行车拉到外面的一个废品收购站。有一次我看见他女儿制止和抱怨他，他的表情也有几分讪讪的，但过了些日子又重操旧业。大半年后老两口不见了，该是回了老家，不久后小夫妻也搬走了。小区尽是这一类有始无终的消息，没有人想到去关心。

　　谈得上印象深刻的是一个老妇人，因为见面次数最多。开头几年，她总是和丈夫一同下楼，丈夫高大魁梧，腰板挺直，沉默寡言，手里牵着一只总是试图挣脱的小狗。每次走进电梯时，如果电梯里有人，他马上用一种抱歉的口气说"它不咬人"。后来丈夫去世，变成了老太太每天牵绳遛狗，经常被拼命奔跑的狗拽得脚步踉跄。再后来狗也没有了，只剩下她一个人。这些变化发生在多少年中？想起来，才意识到实在是一段不短的时间。

老妇人气质高雅，身材消瘦，脸上轮廓分明，一头白发自然卷曲，年轻时肯定是出众的美人，岁月流逝仍然无法完全磨蚀掉当年的魅力。她的口音是江浙一带的，我总是猜测她是上海人，是租界洋房里长大的大家闺秀。她每天上下午都会出现在院子里，穿着整齐，总是斜挎着一个精致的小皮包，仿佛要参加一场聚会，其实她的活动半径从来都在小区中心花园附近，旁边孩子们在荡秋千滑滑梯，笑声喧哗。她从来都是一个人，安静地走路或者坐着，没有阿姨或别人陪伴，也没有见过和别人交谈。这种情况持续了有七八年，但最近我在外面住了半年后回来，十几天中再没有看见她。

刚搬进小区不久，妻子发现，她所在的行业系统的一位级别不低的领导，也住在小区的一栋楼中。夫妇两人总是一同散步，妻子紧紧贴着丈夫，小鸟依人一般。有一次迎面碰到，妻子主动打招呼，说起当年曾经一同举办过某个活动，对方记起来了，很高兴的样子，并回忆起活动的有关情况。以后每次见面都点点头，微笑而过。但这样的交谈，却是多年中唯一的一次。

散步时经常遇见的，还有一个女人。她看上去三十出头的年龄，中等身高，齐耳的短发，圆圆的脸上总有一种怕羞的表情，像是电影里的旧时的日本女人。小区里的散步路只有一条，她走的是相反的方向，因此每一次都会迎面遇上几回，每当走近时，她便垂下眼睛，步伐似乎也加快了。时间久了，知道她住在对面楼里最西头的那个单元。就这样过去了好几年，彼此间依然形同路人。她从来都是独自走路，不曾看到过身边有男人。一年年过去，她饱满紧绷的脸庞也渐渐变得有几分松弛了。有一段时间不见，再次见到时是在一个周末的中午，她正抱着一个婴孩在花园里晒太阳。这有些出乎意料，自然让我们猜测，有什么可能性发生在了她的生命中。

但有些情形是清晰昭然的，并不需要借助想象。靠近小区门口的那幢楼里住着一个侏儒，有很多次，车子驶出地库开到地面上时，看到他斜挎着一个背包向门口走，两只脚捯动得很快，妻子说有一次去附近的一家餐馆，看到他正在厨房里洗菜。有一次他病了，坐在轮椅里，被一个老妇人推着在小区里走，头深深地埋在膝盖上，走到我前面时，车轮恰巧碾上了一块翘起的砖，颠簸了一下，他抬起了头，满脸的颓丧绝望。

这个世界的残酷和不公，落到某一个人头上时，并没有道理可讲。

相对熟悉一些的，是小区物业公司的工作人员。年轻的楼长定时上门查抄水表数，催交物业费供暖费等。从开始的淳朴土气，渐渐变得精明沉稳，也将妻子从西北老家接来了，在旁边超市当收银员，短短几年中有了两个孩子。借工作之便，他帮人办理房子和停车位的出租和出售，收取些中介费。一个收废品的河南人，干了也有十几年了，我有几种订阅和赠送的报纸，每过两个月都要清理一次卖给他。随着网购的普及化，近几年见面最多的则是快递员，我选定了一个老乡，每次都下单给他，他也尽量给我优惠一两元快递费。他十分勤快，每天多次地进出小区，上楼下楼，几年如一日。打工挣钱吃饭之外，他会有某种程度的融入之感吗？

旁边单元里住着一对老夫妇，平时由一个四川籍阿姨小李看护。周末老人的儿女过来时，小李就在小区人家中做些小时工一类的零活。她与我们同岁，性格开朗，十分爱说，很快就熟悉了。那家的老人是延安时期的老干部，将近一百岁了，老伴也快九十了。她照看他们已经二十几年，说起老人的高工资时啧啧不已，又感叹老人几个儿女生活都过得乱七八糟，没一个有出息，反而还要老人接济他们。老话不是说龙生龙凤生凤吗，孩子们怎么这么不争气？

我们出去旅游时，便把家里钥匙交给小李，请她给几只猫喂食铲屎。她的女儿在北京一所有名的大学毕业后，回到成都工作。其实当年留京还是比较容易的，但女儿不听劝，执意要回去。几年间，从她的口中，我们知道她女儿谈恋爱了，结婚了，生孩子了，又离婚了，自己带着孩子。最后她以一句感叹结束："儿大不由娘，自己的日子自己过，自己的路自己走，随她去吧！"

她用最朴素和通俗的话，揭示出了一个真相：每个人终究是孤独的。独自地选择和安排自己的生活，独自面对生和死，与他人之间有一道看不见的阻隔，哪怕是至爱亲朋。

亲人尚且如此，何况并没有什么交集的邻居？仅仅是居住空间上的相近，并不足以产生出实质性的联系。我与租给我车位的邻居就是这样的关系。将近二十年了，每一年年底，我与这位邻居结一次账，将租车费通过手机转给他，连见面都不用，虽然他就住在我楼上一层，夏天开着窗子能听到房间的说话声。

小区里的日子在平静庸常中流逝，仿佛波澜不生的流水。但几百个家庭，上千个生命，晨昏昼夜，起居行止，饮食男女，欢喜忧愁，一定有很多故事，在不曾停歇的梦想和追逐中萌生发育，绽放或者凋萎。

也许是年轻时曾经深度沉浸的诗的情绪尚有一些残留，对身边的一些人，有时仍然会产生某种好奇，想象他或她的生活，快乐和哀痛，梦想之所附着，忧虑之所系挂。尤其是在夜晚，当浓稠的夜色模糊了万物的形体，现实性和真切感减弱遁隐，眺望远处那些亮灯的屋子中的影影绰绰的人影，仿佛观看一部默片，时或会陷入某些缥缈的想象中。一种轻微的眩晕袭来，类似伏在悬崖边上下瞰深渊。

那些年中有一首歌曲《时间飞了》，大部分歌词都忘记了，但对那几句被反复吟唱的，所谓的副歌部分，还能记得清楚：

"时间飞了，时间飞了，飞的是你的梦想，变的是模样。"

梦想是属于个人的，是私密的，躲在面孔帷幕的背后，藏在内心沟壑的深处，在属于各自的轨道中，依着不同的节奏步调运行，他人难以窥知。与之相比，那些具有物质形态的东西，显然更容易把握一些。光阴流转，居住在小区的每个人的模样，也和小区的外观一样，都在时间中慢慢变化，年轻的变老，活力充沛变为日渐衰弱，遵循着万物都要依从的亘古的规律。

小区是空间的容器，却盛满了时间。

三

当初卖掉南城的房子搬来这里，是为了女儿上初中。虽然是首善之都，但这个城市的教育资源分布并不均衡。这一带周边有不少不错的中小学校，附近的几个新建楼盘，便被开发商打上了"学区房"的标签，吸引了不少家长来置业安家。

对于那一时段生活的回忆，是一幅杂乱零碎的拼接画面。女儿每天早上吃过早饭，匆匆下楼，骑着自行车到三公里外的学校上学。而我们大约晚半个小时出门，直接下地库开车上班。周末通常是各种校外补习班，以及轮流到两边父母家探望聚餐等。四年后，读完高中一年级的女儿出国留学。

此后长达十多年的时间，有关她的回忆，便集中于各个假期，有漫长的暑假，也有短暂的圣诞节假日。画面中总有她住的那间屋子，多数日子里都凌乱不堪，书桌上、沙发上、床上，随意地堆放着书籍、CD唱片、化妆品、挎包和衣服等。最整洁的时候，是在她每次回国的当天。头一个晚上，我们会花上两三个小时，把房间收拾齐整，玻璃光亮可鉴，地面一尘不染，在惬意的疲惫中上床休息，期待着第二天的降临。

如今，这些场景有时还会出现在深夜的梦境里，零碎片断，似真似幻。也许随着岁月流逝，女儿的气息越来越微弱稀薄，梦里浮现的情景将会更为模糊？对我们来说，是希望这样，还是不愿如此？

不久前，我梦见了父亲，梦中场景是在小区里的净水机旁。我看到他正在打水，身影佝偻，神情落寞。我内心忽然涌起一种强烈的感情，快步走过去，伸出双臂搂紧他，手掌抚着他瘦骨嶙峋的背部的触觉特别清晰，心中弥漫着温暖的感觉。我醒来了，睁开眼，天花板在浓稠的夜色中泛着微弱的白光。我反复回味着梦中的场景。那时父亲去世已经四年了。

父母也在这个小区住了十年，与我同一栋楼，相邻的单元。每当想到这一种难得的经历，我都会感到欣慰。他们的晚年生活平静单调，甚至可以说很乏味，但在今天的回忆中，却总是被一道温馨的光亮笼罩着。

女儿留学期间，每一次假期回国，独自在家的日子里，母亲都要变着花样，给孙女做各种好吃的。每天临近中午，她都走过来敲门，或者打来电话，招呼女儿去吃饭。女儿尽管有时内心不大情愿，但还是会过去，因此母亲在和院里相熟的老太太们聊天时，多次夸孙女乖，懂事，听话，不像有的人家的孩子那么叛逆。

距写下这些文字整整十年前的那个春节，恰逢父亲的八十岁生日。分散在国内国外不同城市的兄妹几家人都到齐了，一共二十多口人，几个年幼的孩子在客厅里追逐打闹，撞倒花盆，碰碎茶具，格外热闹。吃年夜饭时，父亲十分庄重地起身致辞，对孩子们的关心孝敬表示感谢，说自己感觉还能活上十年。他说话时那种害羞似的神态，让我们都笑个不停。

但谁也无法预知未来。几年后，父亲突发脑溢血，救治无效去世，没有实现他的目标。这是死神第一次眷顾家里人。女儿从纽约打来电话，表示想回来参加爷爷的葬礼，我们阻止了她。

父亲离世后，一向开朗幽默的母亲郁郁寡欢，沉默少言，好像变了一个人。弟弟接她去自己住的城市散心，有在那里为她养老送终的打算，但住了半年后，她表示不习惯陌生寂寞的新环境，还是愿意回到住过多年的小区。从高铁站接母亲回来的路上，车子在拥挤的车流中慢慢挪移，我暗暗地下了决心，要好好地照顾母亲，让她可以数得出日子的余生尽可能过得愉快。

但命运喜欢不按常理出牌的游戏。仅仅几天之后，请来照顾母亲的保姆刚从内蒙古赶到，送母亲回来的弟弟还未及返回，我就得到了女儿身患绝症的噩耗。晴天霹雳一般，命运不可理喻的叵测和残忍让我惊骇不已。此后一年多，我仿佛生活在地狱中一样。

十几个月中，女儿先后几次手术，辗转于医院和家里之间。精神和体力都变得衰颓的母亲，已经不再主动过来这边，我不用担心她看见孙女瘫痪在床。我努力像往常一样，每个周末过去陪她吃一顿饭，同时一次次编造借口，解释以往都是一同过来的妻子，为什么今天没有露面——她前后几次在十多公里外的医院病房里陪床，最长的一次近两个月。母亲不说话，我不知道她在想什么。

正是新冠疫情期间，电视新闻每天都播放美国又死了多少人，母亲担忧，多次催促赶紧让女儿回来。我说孩子一切都好，因为航班中断暂时回不来，请她放心。那时我已深陷抑郁，时常神态恍惚。我恨自己无法装出轻松镇定的样子，但却无能为力。母子两人都沉默无语，看着电视屏幕上的画面不停地变换。空气中渐渐积攒起一种无形的压力，让我难以承受。我匆匆地告别，脚步迈出门口后才略微感到一点儿轻松。

如今，在已经过去了两年多后，回想起这一切，我仍然如鲠在喉，无法释怀。

几年前的一次体检中，母亲查出腹部的主动脉血管瘤，看了几家医院，医生都说情况复杂，兼之年龄已高，无法手术，只能日常多加小心。母亲多次对亲友邻居说过自己的病情，自嘲肚子里有一颗"不定时炸弹"，不知何时会爆炸。不过也好，听说从破裂到断气很快，不会长时间遭罪。这一劫最终未能躲过，在一次短暂的腹部剧痛后，变为持续的钝痛和昏迷，并于两天内去世，也算是如她所愿。在最后的时刻，弟弟打来电话，我起身从女儿的病床旁离开，走到旁边单元里母亲的房间，与弟弟妹妹一起站立在床脚处，看着母亲侧卧蜷曲着身体，紧皱眉头，呼吸越来越微弱，直到鼻息全无。我们泪流满面。

整整两个月后，女儿也告别了人世。来路和去处，从此都成为一片虚空渺茫。

一年多的焦虑和期待骤然间消失，仿佛一个大步疾跑的人，突然停住了脚步。有一段时间，我像是梦游一般，身心被一种漂浮失重的感觉裹挟，空虚茫然，接触到的一切似乎都不真实。

有一天黎明前就醒来了，再也睡不着，便出门下楼，走进那片古松林中，在一排长椅上坐下。过去多年中，差不多每天都从旁边经过，但几乎没有进来过。

时间还早，眼前空旷无人。一幕幕情景在脑海中浮现。多年里，在春夏秋三个季节里的早晨，母亲都会来这里，做操，舞剑，练太极拳，再与认识的人聊上一会儿天。女儿生病期间，我去超市购买消耗量很大的各种物品，必须要经过古松林旁边的那条路。松林被一圈铁栅栏围着，上面爬满了藤蔓，我躲在茂密的枝叶后面，做贼般地快速溜过，怕被母亲看见。但后来我意识到过虑了。母亲姿态木然地坐在轮椅里，那时她已经走路费力了。她并不朝这边扭头，和其他老人也很少交谈，倒是旁边保姆在欢快地与别人家的阿姨聊天。小区的净水机也放置在距古松林不远处，父亲发病的当天早晨，还拉着小车前来打水。

如今这一切都已消失，成为过去。如果我不记得，还能有谁记得？如果我忘记了，是否意味着不曾存在过？

椅子被露水打湿了，我这才留意到脚下的一丛开着紫色花朵的鼠尾草上缀满了露珠。"野每春其必华，草无朝而遗露。"眼前的情景，让我想到了东晋陆机的《叹逝赋》里的句子。当年醉心古典文学，这是我格外喜欢的一篇。这句话之前还有几个句子，我仍然背诵得出："悲夫！川阅水而成川，水滔滔而日度。世阅人而为世，人冉冉而行暮。人何世而弗新，世何人之能故。"如今遭遇这样的变故，才认识到当年读到它时的感伤怅惘之感，不过是青春期症候的表现，有一种"为赋新诗强说愁"的矫情造作。

天色明亮了，开始有老人陆续走进古松林，一边抻腰举臂，一边带几分诧异地看着我。在这个时间，一个看上去还在上班年龄的人在这里呆坐，是有些不对头的地方。我只好起身离开，回到房间，回到又一轮煎熬之中。

我们把治疗期间的器具物品处理掉，把未用完的药品赠送给微信群里的病友，似乎这样可以抹去一些伤痛的痕迹。过去多年中，电视机只是摆设，几乎不看，如今想打开时，才发现它已经老旧过时，无法收到信号。于是新买了一台智能电视机，虽然仍然不看，却经常开着，将声音放大，借以驱散房间中给人带来压迫感的空寂，也让自己有一种与生活连接的感觉。

有一天，电视的音乐频道在播放一首汪峰演唱的歌曲《时光倒流》。歌词中交织了沉痛和期待：

只因为你已不在这里，
这思念让我心动。
我想哭，却流不出眼泪，
我想喊，却发不出声音。
我愿意，抛弃我的所有，
如果能，时光倒流。

女儿，我们也愿意时光倒流，流回到你生病之前。那时候的任何一段时间，从牙牙学语到蹒跚学步，从青春期脸颊上的婴儿肥到一头秀发飘逸飞扬，如今想来，都是天堂里的光景，祥光笼罩，仙乐飘飘。我们多想往事重现，那时的每一个瞬间，都会让我们欢喜，因欢喜而晕眩。

但仅仅时光倒流，还不是目的。时间的特性是无法停滞驻留，它会继续前行。必须是倒流到某一个时间节点，然后再更换行进的方向，这样，后面的一切才会不同。就仿佛一位旅行者，回到几天前行经的一个交叉路口处站定，选择了一条与此前不同的路走下去，此后面前呈现的便是截然不同的风景。对我们来说，那个时间节点，要在听闻噩耗的那个日子之前，不，要在你的大脑里那一团细胞发生最初的恶性变异之前。

如果能够这样，我们愿意付出一切。但这怎么可能？

四

母亲和女儿离去两年多了。

我也已退休，踏上生命最末一段行程。为了让余生尽可能过得清静适意，便在一百公里外的一个山水相连的地方，购买了一处住房。大部分时间都住在那边，城里的房子反而成了客栈，有需要处置的事情才回来住上一两天，而这样的事情并不多。

每次回到小区，都要打扫一次室内卫生，擦拭掉家具表面的浮尘，在摆在钢琴台面上的女儿照片前的小碟子里，放上几个水果、几块糕点。然后去小区旁边的超市，买上够停留期间吃的食品，放进空荡荡的冰箱。

旁边紧邻的那间房子，在空置了多年后，终于住进了一对年轻的新婚夫妇。此前的装修，前后折腾了两年，装了拆拆了装，扔掉的废弃建材很高档，看来户主是有钱人家。我只看到过一次小夫妻的背影，倒是每次从门口经过时，脚步声经常引得屋里一只警觉的小狗吠叫不停。有一次来了不少人聚会，笑声歌声喊叫声一直闹腾到深夜。第二天一早出门时，看到楼梯口的垃圾桶里塞满了空酒瓶。

下面那一层楼的男孩，去外地读了大学，毕业后又去国外读研，回国后在一家高科技公司工作。他的父母将房子让给儿子结婚住，搬去了在郊区新买的房子，周末才回来看看。男孩看来热衷健身，肌肉发达，见面问候还是那样彬彬有礼，但性格开朗了很多。有一次在电梯里碰见他的父母，问起女儿情况，已经毕业了吧，找到工作没有，回不回国。我们含糊地应付过去。

每次回来，我都会到旁边父母住过的空房子看看。

房子是弟弟当年买下来给父母住的，如今已经委托给房产中介公司挂牌出售。上门看的人不少，但真正有意向的不多，因此不着急完全腾空，一些物品就放置在原来的地方。像好几本家庭相册，就一直放在书柜底层的抽屉里，我有一天过去时，集中翻阅了一次。几十年的记忆，浓缩在这些照片里，随着手指翻动，光阴飞速掠过。有一些照片，父母的年龄比我现在还要年轻，神采奕奕，目光明亮。

一张父母和女儿合影的五寸照片，嵌在一个小相框中，放在书柜的最高处。照片里的祖孙三人，笑容欢畅，喜气洋洋。那是女儿出国几年后一次暑假回家时拍的，我去照相馆洗印出来。当时母亲将相框里原来的照片取出，把这张放进去，说这回总算能够天天看见孙女了。现在，祖孙三人已经在另一个地方相聚，再也不会分离。

因为长久不住人，一些地方开始损坏。母亲的房间里，窗帘杆下面，窗框的顶端，有一截木板松散垂落了下来，悬吊在窗玻璃上。客厅阳台一扇窗子关不严实了，一次下暴雨，斜风将雨水从缝隙里吹灌进来，将木地板泡了，好几处地面翘起。我只做些简单的修补处理，房子售出后，新主人肯定会重新装修。

如果停留的时间更长一些，我会到院子里走上一圈。

小区依然很热闹，总是有人在走动，但许多不是当年的人。一些人搬走了，新搬来的陌生面孔，以四十岁上下的人为多，大多数应该是中小学生的父母，给买这里的房子赋予了一种为子女未来投资的意味。想到了古希腊哲学家赫拉克里特的说法：一个人不能两次踏进同一条河流。河流依旧，但河床里流淌的已经是不同的水流。

有一次，很意外地遇见了照顾母亲近一年的内蒙古保姆。她在辗转服务了周边小区的几户人家后，不久前又回到了这里，照护当年常与母亲在一起聊天的一位老人，她如今半身不遂了。我这才意识到，已经好久没有看到那位看上去很健壮的阿姨。走在院子里，与父母当年在一起活动的老人更少了，这不奇怪，毕竟时间过去了两年多。同样的时间，对老人意味着更多也更明显的变化。

有一天去外面办事刚回到家，有人敲门，是四川阿姨小李。她说好久不见你们了，不晓得去哪里了，刚才在院子里看见背影，赶紧来打个招呼。她照护的老干部，在过完百岁生日后不久去世了，两年后老伴也离去。因为勤快能干，她被住在小区的一个公司老总看上了，请她去几公里外的公司打扫卫生。她说老总人很好，事情不多，开的工资不低，还给她租了一间房子住。她说有事就随时招呼我哟，我抽空回来，路也不远，骑车一会儿就到了。

一些熟悉的面孔，也在发生细微的变化。有一天傍晚走出小区门，正是小学放学的时间，几个家长牵着孩子迎面走来，其中有一位，正是多年前晚上散步时总是迎面走来的女人。她身边的男孩模样清秀乖巧，快到她的肩膀高了。女人的神态平静惬意，目光很坦然地直视前方，全然不见当年的那种羞涩躲闪。仿佛一具熟悉的躯体内，住进了一颗全新的灵魂。

有一次回去，车开到小区入口处，新来的门卫没有像惯常那样给车抬杆，而是走上前来，问我去几号楼。显然，他把我当成了小区的访客。

忽然想到，若干年后，自己会不会也成为某个小区居民记忆中的一个瞬间，就像父母的身影时常闪现在脑海中一样？但很快沮丧地觉得不可能，没有人会在意你，这里已经没有挚爱的亲人了。能够被人牵挂也需要资格。

女儿离去后，我们接连出去旅行了几次，想让大自然的阳光和风，驱散内心浓重的雾霾。第一次动身前，妻子将存款理财的凭单整理好存进保险箱，连同密码等一并写下来，交代给住得不远的外甥。我们彼此提醒，要预备接受一切突如其来的事情，包括意外和变故。不再相信某种所谓补偿之说，诸如已经遭遇过苦难，将来会获得赦免。经历和见闻告诉我们，相比锦上添花，更常见的倒是雪上加霜。

不再规划长久的目标，做安排只限于眼前的范围，因为知道命途中有着太多的不可预测。但另一方面，对过去经常疏忽的细节却开始留意，像走路避开房檐，担心被高空坠物砸到，哪怕外出几天，也要把煤气阀门关上。这是大苦难派生出的小识见，知道了生命脆弱，意外随时可能降临。

当身如转蓬漂萍，穿行于一处处不同的地域空间，出入于一座座旅馆酒店的陌生房间时，偶或也会想到小区里的家，那个已经住了二十年的地方，此刻会是一片静寂，阒无声息。忽然觉得它也像是一间熟悉的客房，在曾经热闹喧哗后，迎来了长久空置的孤寂。

"夫天地者，万物之逆旅也。光阴者，百代之过客也。"李白在《春夜宴桃李园序》中，将天地自然比拟成一座大旅馆。的确，对于短暂的、与永恒的时光相比仿佛蜉蝣一样的肉身生命来说，哪个地方不是暂时寄身之地呢？天地是一座旅馆，每一个具体的处所就是一间间客房了。

我十分清楚，在若干年之后，等到年老体衰，行动不便，跑医院是稀松平常的事情时，还会搬回这里，长久地住下去，直到生命终了，用自己浮尘芥子般微渺的一生，诠释过客的角色，印证上面的譬喻。

这一点将确凿无疑。

只是，这开始和结束的时间，没有人能够说清楚。

（原载《作家》2024 年第 4 期）

彭程（1963— ），河北衡水人，毕业于北京大学中文系，光明日报高级编辑，出版有散文集《漂泊的屋顶》《急管繁弦》《在母语的屋檐下》《心的方向》《大地的泉眼》《阅读的季节》《杯子上的笑脸》等。

悲伤是一条暗河

◎ 欧　娜

　　老欧同志，一年不见，您好吗？

　　想来想去，叫您同志比较合适，您听着习惯，我也叫着顺口。咱们之间不像父女，更像战友，而且是那种交情很浅的战友。我不知道这封信您是否能看到，但我还是想写出来。从某种角度讲，这封信是写给您的，也是写给我自己的。我想把这几十年来没有对您说的话一股脑倾泻出来，就像月光穿越黑暗流泻在冬日的大地上，尽管没有多少温度，但对我来说也算是一抹微光、一种慰藉。也许这样我就可以渐渐释怀，可以不再经常心痛，不再夜里流泪，不再半夜惊醒。

　　仔细回想，三十七年来，我们竟然一次正式的交谈都不曾有过。关于您的许多故事，我倒是记忆深刻。因为您总爱在两杯酒下肚之后，扬扬得意地讲述您在高原的故事，您重复了一次又一次，不知道您是真不记得您已经讲过了，还是想让我理解您对我的亏欠。我不忍打断您的慷慨激昂，每次都当新故事一样听。其实我的耳朵早就听出了茧子。那个时候我想，您不厌其烦地讲您的高原，一定是对自己的工作很满意，可是您的高原跟我有什么关系呢？您为什么从来就不关心我这个女儿呢？工作也好，生活也罢，您随便问问我也好啊！我一度怀疑您是不是我的父亲，怀疑您是否爱我。又或者是，我离您理想中女儿的标准还相差甚远，远到您对我都无话可说，视而不见？正因此，我也从不主动找您汇报思想，只是铆着劲儿想努力做出点成绩给您看。我们父女之间好像都在暗中较劲，仿佛谁先开口，谁就输了。事实上，我们都输了。老天收走了属于我们父女之间该有的亲密与温暖。

这一年，我无数次想对您说点什么，但我再也没有机会了，您也再听不到了。三十七年来，我从没有梦见过您。奇怪的是，您走后没多久，我就连续梦见您两次。一次是您18岁参军时的模样，梦中您的样子有点模糊，但我分明能看出您的开心与兴奋，可惜我还没来得及把您看清楚，您就搭上绿皮火车消失在我的视野里。还有一次是您近几年的样子，好像是您要远行，去一个什么地方，您临出门时回头看了我一眼，什么都没说。可是在梦里，我对您说呀说呀，却怎么也听不到自己的声音，眼睁睁地看着您转身走掉了。我急醒了，发现自己已经泪流满面，后来就再也睡不着了。您知道吗？您走后这一年，我开始吃安眠药了，不是每天吃，只是在想您的时候才吃，或者半夜惊醒的时候才吃。我是军医，经常劝年轻的战友不要吃安眠药，说这样会产生依赖性，对身体不好。但是您看看，我现在也偶尔吃上了安眠药。这都是因为您。

您走后这一年，其实我每天都在想您。有时候是有意识地想，有时候是无意识地想，有时候是被迫地想，但无论哪种想，想的时候心里都像针扎刀戳一样疼痛。我想您，不是那种女儿对父亲的思念，更多的是反思我们父女之间的关系为什么会变成那个样子？为什么几十年来，我就叫不出一声"爸爸"？我们的问题到底出在哪儿呢？

去年的那天下午，疫情正严重的时候，我严严实实地把自己包裹起来，炎热的天气和对您的担忧令我窒息，我穿过重重关卡，焦急地冲进家门的那一刻，我就感觉到我被整个世界遗弃了，知道了什么是至暗时刻。您的突然离世，不是因为疫情，而是因为高原后遗症。当时，您在屋里用手机高兴地给外孙女拍了几张照片，突然感觉胸口疼痛，您没有当回事儿，说我躺一会儿就好了。可是等救护车赶到的时候，您已经停止了呼吸。我跑进家门，发现您的眼睛一直睁着。您是不相信65岁的自己怎么会突然离开人世，还是不放心妈妈、我和您疼爱的外孙女？几天后的早晨，天光暗淡，我走进那个一辈子都不愿再次走进的地方，平生第一次参加了一个最不情愿参加的仪式。那是您的葬礼。高大健壮的您，竟然用一个小木盒子就装下了，真是不可思议。我有一种撕裂感、破碎感，仿佛被雷电击中了一样，感受了难以言状的疼痛。那天之后，我的世界再也没有了晴日，如同成都漫长细碎压抑潮湿的冬天。我没有想到，一个人从这个世界彻底消失仅仅只需要一个小时。一个小时之后，这个人便逐渐被人们遗忘，仅活在最亲的几个人心里，仿佛他从未来过这个世界。

那天之后，我还是我，我又不太像我。我还像往常一样吃饭、工作、睡觉。我与人交流，偶尔也能挤出一丝笑容。如果我不说，没人知道我经历了什么。但是您可能无法想象，我这么一个爱美的年轻女人，竟然时常忘记洗脸，衣裳随意乱穿，长达半年不修边幅，但我却没有觉得有何不妥，反倒感到轻松自在。从前我对未来生活豪情万丈，随着您的消失，这种豪情也跟着消失了。这样的状态，或许就是网络上说的"躺平"。不过到了夜里，该躺平的时候我反而躺不平了，因为脑海里总是闪现您的影子，那影子时而清晰，时而模糊，但一样冰冷。回不去的从前和到不了的将来，足以令我辗转反侧，直到天明。

我记得，就在去年，您小心翼翼地将用过的口罩挂在阳台上，晾一晾再用，用过了再晾、再用，直到口罩起毛球才肯换新的，任我说了多少次，您也不会改变。您习惯早起拖地，我常常在早上五六点钟就被您冲洗拖把的声音吵醒，我为此抱怨过您，您却依然如故。雾霾天里，您将所有的窗户打开，说要多通风，我前脚刚关上窗户，您总会第一时间发现，又将窗户打开，我们不停地开开关关，我们心的距离就在这一开一关之间越来越远。我知道您在西藏戍边几十年，习惯了寒冷的空气，但是您想没想过，我一受凉，就容易感冒？您不会关心人，即使关心人，也是用一种粗暴的方式。有段时间我因为减肥不吃晚饭，您明明是在担心这种减肥方式会对我的身体健康有害，可从您嘴里说出来的话却变成了这样："不吃饭，等着饿死啊！"好好的话，在您嘴里就是如此难听。我赌气地回您："我倒要看看，会不会饿死！"这就是我们父女交流的方式。人们都说，女儿是父亲的小棉袄，我这件小棉袄，是不是不合您的意，让您如此讨厌？

但是我仍然想念您。您走后，我开始怀念您那些可笑又可爱的行为，怀念我们意见不统一，您坚持自己意见时的那种倔强表情，怀念您据理力争时的大嗓门，怀念那些我们再也回不去的不痛快的从前。是不是您在缺氧的西藏待久了，与现代都市的生活格格不入？是不是许多退役下来的老军人，都像您一样固执？可是您在老战友和亲戚朋友们面前却不是这样啊，您总是那样豪爽大方、谈笑风生，大家都评价您是一个善良、开朗、乐观的大好人。可您在我面前为什么会是另一种样子呢？我的理解是，您不喜欢我。是的，我因为性格的原因，不善于主动跟您交流，不会在您和妈妈跟前撒娇，不会用女儿的方式讨好你们，但是我的这种性格和我们之间的疏离感，难道您就没有责任吗？在我小的时候，在最需要大人关心、最需要大人教我如何去面对世界、如何去跟人打交道的时候，您跟妈妈在哪儿呀？

　　属于我们的回忆实在少得可怜，少到我需要回老家去寻找丢失的记忆。从前回趟老家，至少要坐八个小时的大巴车；现在坐动车再转大巴车只用三个半小时。从前下了大巴车，还要步行五六个小时的山路，才能到您山沟沟里的老家——当然也是我的老家；现在不用步行了，乡村公路已经通到您的老家。路，还是通往老家的路；路，却不是当年的路。我翻过从前和您一起翻过的那座山头，山上满目苍翠，可我心里却一片灰暗；乡村阳光普照，可我心里却阴雨绵绵。我回到生活了15年的县城。那时的我，眼里只有好吃好看好玩的，那个在我眼里曾经很大的县城，如今看来只是一座巴掌大的小城。是您凭一己之力，让我从乡村走到县城，再从县城走到省城，让我知道了山外有山，让我一步步朝着自己的理想迈进。可是您不在了，即使我的理想实现了，又能给谁看呢？我宁愿用我的理想，换来您的复活。尽管我一直都在埋怨您，但我终生都得感恩您，老欧同志。遗憾的是，老家之行，我没有找到太多关于您的记忆，我感到十分悲伤，也许我寻错了地方，也许您的故乡根本就不在您的出生地邻水，而在您服役几十年的遥远的西藏。确实，您在西藏的时间，比两个邻水还长。

　　有一件事，我一直没有告诉过您，其实小时候发生在我身上的许多事情我都没有告诉您。但是现在，在您离开一年之后，这件事情我想告诉您。我也不知道什么原因，就是想给您说说。我上小学的时候，因为害怕，每天晚自习后都要以百米冲刺的速度跑过外婆家的那条黑暗的小巷，现在已经被改造成了小集市，已经不像我小时候那样阴暗恐怖了。您知道吗？有一次您从西藏休假回来，来接放晚自习的我，那天我是多么开心幸福啊！因为这是第一次有人接我放学，而其他女同学，每天晚上都有爸爸妈妈接送。这事不能怪外婆，因为她年龄大了，走路不方便。您接我放学的那天，我再也不用害怕会遇到坏人——那里经常有坏小子出没，再也不用独自跑过黑暗的小巷了。那一天，我有了前所未有的安全感和幸福感，我也和别的同学一样，有了父亲的陪伴，有了父亲的保护。可惜那样的日子实在太短暂了，仅仅几天，您又匆匆回西藏去了。您的陪伴还不如不陪伴。因为您让我享受到的快乐是那样短暂，我还没有反应过来就已经消失了，我幼小的冰凉的心还没有被焐热又开始变得冰凉，您给我留下的是漫长的孤独与委屈。也许从那个时候起，幼小的我就开始怨恨您，开始变得叛逆。那时我经常想，我的生活里没有爸爸，我就是自己的爸爸。从那以后，我再也没有叫过您一声"爸爸"，一直到您去世。

　　您和妈妈都在西藏工作。未成年的我，后来只身一人去了温江寄宿学校。宿舍条件很好，有座机电话。每次听到电话铃声响，我们八个女生都会抢着去接，都认为是自己父母打来的电话。我也每次都期盼是您和妈妈打给我的电话，但每次我都失望，失望后来变成了绝望，再后来我开始恐惧电话铃声，恐惧到我会用手去捂自己的耳朵，但是电话铃声和同学跟父母通话时的笑声，却残忍地穿过我的指缝，一次次冲击我的耳膜，我无法忍受对同学的嫉妒和对你们的怨恨，只好一个人逃到操场，把自己淹没在无边的黑暗之中。您知道吗？那时的我是多么孤独啊，甚至比孤儿还要孤独，因为孤儿没有父母，心里不会有念想，而我有父母，却跟没有父母的孤儿一样。在寄宿学校军训时，宿舍没有电话，每隔三天，我们可以排队用座机电话给家长通一次话，每人限制三分钟。您可能不知道，我也曾去排过队，也曾想给您打电话。我排队的那天，我前面的同学打通电话后，叫了一声"爸爸"，然后一句话也说不出来，她哭了整整三分钟。轮到我的时候，我突然慌了，我叫不出"爸爸"，我们心与心的距离比四川和西藏的距离还要遥远，我不知道对您说些什么。我没有拨通电话号码，失落地转身走开了。我一个人躲到操场一角，伤心地哭了很久。后来，我再没去排队打过电话。您哪里知道，我其实是多么想给您和妈妈打电话啊，可是我们那么陌生，我真的不知道该对陌生的你们说些什么。

我是女生寝室的室长。有一天，寝室里的两个女生发生了争执，惊动了生活老师，我因为不满生活老师的不公平处理顶撞了老师。我被带到了教务处，几个校领导轮番教育我，意思是：不管老师是否公平，我顶撞老师就是不尊重老师，必须立刻向老师道歉，并写出书面检讨。我坚决不干，因为我没错，我认为自己是在伸张正义。学校给您打电话，让您领走被退学的我。第二天您乘飞机回来，把我从四川接到了西藏。您为我的叛逆很生气，而我却暗自高兴。因为我终于可以和你们生活在一起了，我们一家三口终于可以团圆了。

可是让我没有想到的是，我们的关系并没有因此而得到改善，甚至反而越来越糟。我在拉萨插班上学。由于高原反应和您对我像士兵一样的严格管教，让我更加叛逆。我开始和同学逃课泡网吧水吧逛公园，而忙碌的您，一开始根本没有察觉到我每天都在逃课。后来有人向您告密，您才知道我逃课的事。您悄悄跟踪我，在网吧堵住了我，我急忙躲进女厕所，反锁了门。您在外面大声吼叫，叫我马上滚出来。倔强的我，与您无声对抗。您一拳头打穿了厕所的木板门，把我揪了出来，给了我重重的一耳光。那是您唯一一次打我。我的心比脸还疼。我在同学面前丢了脸面，没有什么关系，可是被您一耳光打碎了的心，何时才能弥合？我足足一个月没理您，我用无声抵抗您的无礼。我承认，从此我更恨您。但是我再也没有逃过课，学习也越来越好。我好好学习，唯一的目的，就为了跟您赌气。我要让您看看，我到底是不是您心目中的那个叛逆的我。后来，我考上了军校，又一次远离了你们。我心里很高兴，终于可以摆脱您的控制了。

但是上军校不久，我就开始各种不适应，因为管理很严，训练很苦，我偷偷哭了好多次。我实在忍不住了，就给您发了一条短信，大概意思是：第二天如果没有见到您，我就要当逃兵了。到现在为止，我都不明白当时为什么要给您发那样一条短信，是因为想念您了？显然不是。现在想想，唯一的可能，就是为了让您着急难受。因为我的人生都是您设计安排的，我考军校也是您的主意。尽管当时我不愿意，但是我还是莫名其妙地接受了。现在想想，很可能是因为当时我自己也没有主意，只能顺从您的主意。第二天，您和妈妈出现在我的面前，您为我请了一天假，带着我玩了一整天，给我买了一些我想要的东西。我折腾够了你们，才答应不当逃兵了。其实我从小独立生活的能力就很强，这都拜您和妈妈所赐。从那时起，我再也没有给您惹过麻烦，直到研究生毕业，直到去西藏服役。在您眼里，或者按您的要求，也许我并非一个优秀的军人。也许就为了证明自己，我学习和工作都十分努力，后来因为工作成绩突出，还荣立过两次功。

老欧同志，您走后，我才真正体会到生命的无常，人这一生有太多突然、太多遗憾、太多猝不及防。现在我才明白，父亲的爱是无声的深沉的，尤其像您这样的以前在高原叱咤风云的父亲。在我慢慢回忆起一些事情后，开始感到愧疚与自责。我痛苦地闭上双眼，任泪水无声地流淌。为什么人总是在失去之后才懂得珍惜？以前，我一直以为您不爱我、不关心我，这样使得我们的误解越来越深，深成我们父女之间无法逾越的沟壑。我现在才明白，我也有错。天底下哪一个父亲不爱自己的女儿啊！这是我通过回忆、反思，才慢慢明白过来的。

比如说，我小时候特别喜欢吃土豆，并且只爱吃土豆。炸的炒的蒸的烧的，只要是土豆，我都喜欢。当兵上高原后，我每次休假回家，已经退役的您，每次都会给我亲自炒土豆丝，我每次都把它吃个精光。但是当时您如果问我想吃什么，我一定会告诉您，我现在不挑食了，在部队什么都能吃，不一定非吃土豆。但是您从来不问我，我从来也不说，您炒一辈子土豆丝，我就吃一辈子土豆丝。我们父女之间就是这样，不习惯去交流，很少去了解对方内心的需求。不善交流，这是您的遗传，这点您得承认。现在，再也没人给我炒土豆丝了。

在这个世界上，没有人会如您一样，早早在日历上把我的生日圈起来。无论我们在不在一起，您都会准时发来一句"生日快乐"。仅仅四个字，没有多余的一个字，这就是您的性格，一个大校军官的性格，干脆、不废话。您也会发在家庭群里，让所有的亲戚为我祝福。今年，我生日那天，我再也收不到您的"生日快乐"祝福了。路过彩票店，我随手买了一张刮刮卡，竟然中了一千元的奖，惊喜之余，我又暗自神伤。我想，一定是您怕我孤单，以这样的方式祝福我。

我翻看以前的家庭照片，看到以前上学时那个又黑又胖的自己，眼泪无声地滴落在照片上。我不是因为那时的自己难看而流泪，而是因为我吃惊地发现，三十七年来，我们父女竟然没有一张两人的合影。老欧同志，您说说，我们哪里像父女啊！其实您是这个世界上唯一不嫌我丑的人，无论我是胖是瘦，在您眼里，我就是最好看的。爱美的妈妈曾经批评我不爱打扮自己，说我丑，您总是会第一时间大声反驳道："哪里丑了？我看很漂亮嘛！"您的这句话，让我一直很自信。

您知道，成都的冬天很少能见到阳光。以前，我和所有的成都人一样期盼着蓝天白云，如今我不再期盼了。因为有一天，我开车等红灯的时候抬头看了看天，天上的白云一小团一小团地飘浮在湛蓝的天空，像极了宫崎骏动画里的天空。我本来应该高兴，可是我却突然流泪了。因为这么美的天空您再也看不到了，这么美好的生活里再也没有您了。我的眼泪哗哗地流，根本无法控制。我关上车窗，疯了般地哭喊道："为什么！为什么！为什么您要那么早地离开我！回来！回来！您给我回来！"我声嘶力竭，全身不停地颤抖。跟在后面的车使劲按喇叭，我知道绿灯亮了，可以走了，可是我要去往何方？

退役这么多年，您一直保持着军人的作风。家里大大小小的东西，都是您整理收集，小到我的出生证、团员证、小学毕业证，您都认真地收藏着。什么东西我都放心交给您，每次需要时，只要给您一说，您保准能找出来给我。这一点您做得很好，值得表扬。您走了以后，我不得不学着您的样子，自己开始操心各类事情，将各类证件资料分档归类，但有时还是会找不到，就像我现在找不到您一样。

退役脱密期过后，您申办了护照，计划着出国旅游。可是您的护照干净得好像是假的，上面除了您的大头照，一个出行过的印章都没有。您说再等等吧，等等再出去玩。可是还没有等出游的那一天，您就匆匆走了。您退役后买了辆小车。可是十五年过去了，汽车里程表上显示还不足三万公里，我十分震惊，问您为什么买了又不开？您说从高原下来有眩晕症，担心开车出问题。作为医生的我，当时没有引起重视。如果我每年带您去医院做体检，也许您就不会那么早地离开我们了。其实我也提醒过您，从高原下来一定要注意身体，有几次我都给您在医院办好了体检手续，您总是以各种理由推托，不愿意去医院。您对自己的身体太自信了，您就是这么倔强，我拿您一点儿办法都没有。您的自信与倔强，害了您自己。当然我也有很大责任，作为女儿和医生，我也太粗心大意了，没有保护好您，我很后悔。现在，每当我坐在您留下的那辆车的驾驶位上，都会深深地感到自责。我常常坐到车里发呆，我想明白了很多以前想不通的事。您说我不吃饭会饿死，是因为您小时候经常饿肚子，能让女儿吃饱穿暖就是对我最实在的爱。经历过贫穷饥饿的您，始终把节约放在第一位。每次我们一家人下馆子，您从不允许剩菜，没吃完的菜您都会打包。当时我从心里嘲笑过您的小气抠门，现在想想，真是羞愧！

您从西藏退役回到内地，我又去西藏服役，我们总是错过彼此，无形中使我们父女之间心的距离越来越远。现在，我女儿已经上小学三年级了。因为我在西藏，都是您一直抚养孩子，送孩子上学放学。您走后，我从西藏回来，第一次去接孩子放学，第一次参加家长会，第一次陪她参加校外集体活动。同学们的家长见我很陌生，说："以前都是姥爷，从来没见过你啊！"我没有对他们说您已经不在了，但是那一刻，我心如刀割，深切地感受到您为我做了很多很多，您把对我的亏欠，都还给了我的女儿、您的外孙女。您一直在替我履行妈妈的职责，而我却一直在与您冷战、一直在抱怨您对我的亏欠。现在，我也在西藏服役，也不能陪伴自己的女儿，我才真正理解了您。您和我一样，不是不愿意陪伴孩子，而是因为职责，无法陪伴啊！

您知道我不爱说话，不善与人交流，我的悲伤无法向人诉说，只能用写信这种方式来释放心中的悔恨与忧闷，我让悲伤在心灵深处静静流淌，直到干涸。也许到了那个时候，阳光会照进我心底的河床。

今年中秋节，月亮比以往任何时候都大、都圆、都亮。在这个最有家庭仪式感的传统节日里，因为您的离去，蒙上了忧郁的颜色。我独自站在河边，看着皎洁的月光，看着来往的行人。月圆之夜，有人在思念，有人在期盼，有人却留在了昨天。老欧同志，谢谢您带我来到这个世界上！我唯一能报答您的就是：往后余生，我就是您，我的坚强就是您的坚强，我的快乐就是您的快乐，我会用您给我的眼睛去欣赏世界，用您给我的勇敢去笑对人生。

今天，您在那个世界一岁了，祝您生日快乐！

（原载《北京文学》精彩阅读版2024年第8期）

欧娜（1985— ），女，四川广安人，毕业于陆军军医大学，研究生学历，武警西藏总队拉萨支队卫生队队长、军医，曾在报刊发表《我和爸爸的高原》《送你一朵格桑花》《高原女军医》等散文和纪实作品。

傲之魂

◎ 李复威

　　姚雪垠先生的"傲"，在文坛上曾经引起热议。姚老在文章和报告中，直言不讳地肯定自己的艺术成就和创作贡献，毫无遮掩地转述名家权威对自己的肯定和褒奖。这些做法，有些读者和听众感觉"不甚习惯"，似易引起某些质疑与非议。对姚老这样学识渊博、经历宏富的大作家，出现这样的情态，我也曾百思不得其解。我想，想要真正全方位地认知姚老，应该有更多、更深刻的了解和探索。

　　徐悲鸿先生有一句名言："人不可有傲气，但不可无傲骨。"傲气是一种品性上的缺陷，傲骨则是人格上的魅力。二者虽都有一"傲"字，但所包孕的内容截然相反，一贬一褒，两种品质、两个境界，不可混为一谈。而二者之间，表象上又非泾渭分明、一目了然，有时是难以分辨的。

　　姚老的一生，向往光明，追求真理，虽遭遇众多坎坷，仍执着如一。姚老倾其后半生全部心血，冒着风险潜心创作。他的大部头历史小说《李自成》获得了享誉中外的成就，在某种程度上填补了"五四"以来中国长篇历史小说创作的空白，将我国长篇历史小说的创作从演义层面提升至现代小说的轨道上来。这是姚老的贡献，是姚老在文学史上树立的一座丰碑。这样的成就，是值得姚老骄傲自豪的。

　　姚老一直担任中国新文学学会的会长，在每次学会年会的开幕仪式上，他都会做一次主旨讲话。他曾多次谈及文坛巨匠茅盾、历史学大家吴晗等生前对《李自成》的高度评价。有些是公开披露过的，有的则是私下交谈的内容。透露这些信息，表明了姚老对自身创作的自信。茅公等名家的评价，当然不是姚老杜撰的。至于能否全部作为终极结论写入权威的文学史，那无疑是另一个范畴的问题了。法国作家司汤达曾说过："一个具有天才的人——具有超人的性格，绝不遵循通常人的思想的途径。"人无完人，当然不能用这个尺度去苛求每一个努力不辍的奋斗者。

　　一次，在学会的学术讨论会上，一位青年学者在发言中多次提及自己研究成果的意义和影响，似有"自我炫耀"之嫌。有人就此向会议领导小组反映，提出"自己的成绩让别人去讲"的观点。姚老听后大不以为然，说："这是什么逻辑！宣讲自己的学术成果、交流研究心得，这本身就是我们召开年会的宗旨。讲自己研究成果的意义，即使是推论，也能开阔大家的思路，这有什么不对？自己讲自己，有初衷、有背景、有直感、有反省，清晰见底，一举多得，何乐而不为？炫耀不炫耀，要看他是不是实事求是，态度是不是诚恳。"为此，姚老还专门讲到，有些文人受某种传统思想的影响，往往有一种言不由衷的"故作谦虚"和"过度谦卑"的陋习，表面上低眉哈腰、温文儒雅，颇似谦谦君子，而骨子里却自以为是、傲慢狂妄、不可一世。这是不可效仿的。

　　学会每年开年会都会遇到一个"排座次"的棘手问题。姚老总是向我们再三强调，既要尊重对方，也要为我们的荣誉力争，即使是地方上赞助出资开的会，也绝不能让我们的学者、专家受屈。他们学有专攻，术有所长，是国家宝贵的财富，我们要特别加以爱护。

一次，姚老约我们在他家中聊创作经历。其间，家人告之，一位湖北的某地方官员前来拜访。姚老接过名片一看，脸上微露不悦："让他等着，来过两次了，是来求我为他个人写字的。真是不厌其烦，让他等着。"

当年，姚老向我们透露，台湾文学界邀请他去访问。姚老说，自己是想去，但还没有最后拍板。"我要掂量，台湾方面是如何看待这次访问的，是用什么规格接待我这位大陆作家的。若轻率了，怠慢了，违背两岸'一个中国'原则，我是不会去的。我代表的是大陆作家，有我们的尊严。"这尽显姚老的人格之傲、尊严之傲——一个正直的知识分子的风骨。

每次我们去姚老处汇报学会工作，他总是热情接待，没有一点儿架子。对于学会对他的一些特殊照顾，他都婉言谢绝："我是会长，年纪是大一些，但也是一名会员嘛。一视同仁，不能搞特殊。"一次在山西大同开年会，其间组织大家去嵩山观光。姚老渴望登顶一游，但又腿力不济，会上给他安排了一个人力轿子登临。返归以后，姚老总是心有不安地再三表示，让别人辛辛苦苦抬着爬山，不是滋味，这个福享得太大了。

一年暑假，姚老在京的家庭住房需要内部装修，我是在京的学会副秘书长，他嘱托我在师大校园内代找一临时住处。一切落实之后，一天晚上，我听到敲门声，开门一看，出乎意料的是姚老在儿媳的陪同下站在门口。我住在校内没有电梯的宿舍楼五楼，那时的姚老已是行走不便，有时还需要人搀扶，爬上五楼真是谈何容易。我实在过意不去，连连表示，"姚老，有什么事电话告知我一下就可以了，何必您亲自……""我是来看看你，聊聊天的。""蓬荜生辉呀！"我告诉姚老，正值暑假，所有校领导都外出了，均不在京，无法尽地主之谊招待他。姚老一再摆手，说："不必！不必！"

姚老是性情中人，发表一些看法时，直言快语，心中不存芥蒂。姚老的时间极为珍贵，对其他作家那些大部头的历史小说，他是不可能从头到尾细读的。而在翻阅之中，如发现有历史知识方面的低级错误——创作中的"硬伤"，他总是一针见血地指出，不留情面。姚老对这种"硬伤"非常敏感，且很难接受。他认为，这是一个历史小说作家创作准备欠缺火候的表现。由此，他发表的一些意见，也的确容易让人产生"以偏概全"的印象，率直之下留有小小的遗憾。

奋斗者在成功和胜利面前，总是会欣悦无比和踌躇满志的。姚老就曾以体育比赛为例，指着电视屏幕上的镜头，风趣地谈及他对此的看法："你们看，获胜者兴高采烈、欢呼雀跃，又是击掌拥抱又是披旗跑圈，那可不是什么作秀，是发乎内心的激动，而失败者就蹲在旁边捂面抽泣。难道能上前去表示歉意，说：'对不起，让你失意了、痛苦了？'这是比赛！竞争！这就是人生的内蕴，是靠真正的实力说话的，是不相信眼泪的。高兴、激动，那是胜利者的权利，是对其努力拼搏的回报。这跟谦不谦虚风马牛不相及。"

后来姚老患重病期间，我们曾去姚老家探望，姚老坚持要下床到客厅去晤面。他感谢会员们对他健康的关心，详细询问学会工作，这种惦念之情让人感动不已。

姚老的这些点点滴滴，总引发我的思考。

谦虚无疑是人的美德，谦虚也要有道。谦虚的内蕴是从本质层面上真正认知到，个人的成就离不开对前人成果的继承，离不开无数知识的积累和智慧的铺垫，离不开内部、外部、集体、团队的合力。一滴水的能量再大、作用再强，在浩浩荡荡的洪流中也只能是一滴水。谦虚应是人的本真品德的自然流露，坦坦荡荡，通通透透，不必着意表现在冠冕堂皇的言辞、表面举止的客套上。事业上的奋斗、真理上的辩论、科学上的探讨、艺术上的追求是特别强调科学性和客观性的，是容不得"故作谦虚"和"过度谦卑"的。这极易混淆事物的正确属性，误导人们走入认知的歧途。目标正确、使命需要的"个人褒奖""自我表彰"，在许多场合是必要的、不可或缺的。低调是一种好风格，但不能因此而闭锁、阻断了信息。你的成就中，包含有国家、社会、同行的业绩，这是全社会共同创造、共享的财富。前人的挫折、坎坷，甚至失败，都是后人取得成功的垫脚石。"不懂谦虚"和"为谦虚而谦虚"，都是不可取的。

为胜利而欢呼、为成功而欣悦，是奋斗者理直气壮的一种心绪——傲。这样的"傲"，是信念的宣泄、荣耀的放射、志向的冲腾、成就感的矗立。借用苏联诗人马雅可夫斯基的一句诗，对正义和真理的成功、胜利、荣耀，要"骄傲得周身骨骼发响"。这种傲志、傲情，对于自我，是马不停蹄、继续奋斗的一种心誓、一种宣言。对于同志、朋友、进取者、奋斗者、创造者，是一种鼓舞、一种激励。对于骄妄自大者、以权凌弱者，是一种人格威力的震慑、一种威武不屈的警示。这是"傲"的可贵的功能和威力，这种"傲"与自命不凡、目中无人、轻漫狂妄的人品缺陷没有任何联系。充满理性智慧和辩证思维的"傲"本身就蕴含着"谦"的基因，昭示着成功者、胜利者清醒的自我约束和理智的自我认知。

为此，在任何环境和任何时刻，都要在心魂上保持一种灼灼风骨——傲之存理，谦之并行，不越界、不泛滥、不卑怯、不矫情，如黄山上的青松，既凌崖展臂、雄风卓卓，又俯瞰深壑、定力沉沉。这种"傲"的真谛就是建立在充分实力基础上的坦然、非凡以及走向更大胜利的坚定与自信———一种个人品性的高超境界、一种焕发巨大正能量的人生理念、一种自强不息永不止步的奋斗哲学。

伟哉，傲之魂！

（原载 2024 年 3 月 15 日《文艺报》副刊，副题"从姚雪垠先生的性情与风骨说开去"）

李复威（1941— ），辽宁沈阳人，毕业于北京大学中文系，文学硕士，北京师范大学文学院教授，退休后旅居澳大利亚，出版有《新时期小说的嬗变与拓展》《新时期文学面面观》《摘下兽与鬼的面具》等文学论著，近年致力散文随笔写作。

尴尬一代的读书人

◎ 董　晓

　　时间流逝得太快，父亲已经走了五年了。这五年里，常有人约我写点回忆父亲的文字，但都被我婉拒了，一来是因为怕回忆起来徒增伤感，但最主要的原因是一旦回忆起父亲的性情与处事，将不可避免地触碰一些过于敏感的人与事，便作罢了。前不久，《广东艺术》的编辑又向我约稿，且望我写出父亲的另一面，不同于此前他的学生和同事写的纪念文字。考虑再三，便答应了。

　　父亲是读书人，不过官瘾也还是有那么些许的。记得是1986年秋天的一个晚上，时任南京大学文科副校长余绍裔教授来我家，对我父亲说："学校请你出山。"余绍裔是著名的俄罗斯文学专家，于是父亲立马用俄文回答道："绝无可能，我老婆会跟我离婚的。"但是我清楚地记得，父亲的回答含着明显的作秀语气，余校长回了一句"她敢！"便抬腿走人了。于是，父亲便走马上任当上了中文系主任，仅仅过了两年，便又接替余绍裔教授，当上了主管文科的副校长，可谓"官运亨通"。不过，毕竟是经过历史的浸染后尚能保存着些许反省能力的知识分子，读书人的良知没有丢掉，在关于全国文科大整顿的讨论中，说了许多让当时的教育部感到不爽的话，自然就丢掉了官帽，回到中文系继续当教授，倒也乐得清闲，潜心写出了他自己最满意的学术著作《田汉传》。

父亲常说，他所从事的学术研究领域完全是命运的安排。20岁考入了北京俄语学院，一年后转到南京大学中文系，在南大中文系又泡了整整五年，后幸运地做了陈中凡先生的研究生，研读中国古典戏曲。"文革"当中和叶子铭一起领了批判田汉的任务，关在省委大院里好吃好喝，除了写了一大堆歌颂样板戏的时效文章外，批判田汉的任务竟未完成，但读书卡片倒是积攒了一摞子。"文革"结束后，大约因为专事吹捧样板戏，故留在了当代文学教研室。后因时任系主任陈白尘先生要抽调人手组建戏剧教研室，便又成了陈白尘的手下，专事中国现代戏剧研究。这么一算，倒也是古今中外各个领域粗略地逛了一圈，眼界算是打开了，成了那一代读书人中的幸运儿。不过，父亲也时常坦言，他是时代造成的一锅夹生饭：大学五年学的是苏联引进的那套文学理论，研究生阶段的学习经常被运动打断，研究生毕业论文竟然是《论接受贫下中农再教育的重要意义》，直至不惑之年后方能够全身心地读书思考，可是毕竟有太多的课要补，实在是力不从心，虽心里意识到缺陷，却已无法将错过的那些必读之书一一补上。他不止一次地说，要是能年轻十岁，一定再读两个博士学位，那样才能真正地做学问。

父亲在学术上的尴尬是显而易见的。他有强烈的突破禁区的欲望，故从来都是以宽容的心态对待一切新的思潮、新的观念。记得1985年所谓探索电影《海滩》上演时，颇受质疑，父亲在接受媒体采访时力挺这部电影；新时期之初，小说《杜鹃啼归》被指责亵渎传统道德时，他也写文力赞这部小说；还曾撰文批评过长篇小说《李自成》的缺陷，让姚雪垠气愤不已。因为一些出格的文章，曾被省里封杀了一阵子。为此，在学术界留下了一个

"思想解放"之名。不过，父亲的学术研究，终究未能跳脱"别车杜"和苏联文艺学的框框，对西方文学理论的隔膜终究使他不能乘"思想解放"之勇而实现学术研究的真正突破，而往往是勇气可嘉，然功力不足，面对新的文艺现象，虽努力以开放包容的心态加以观照，但终究因话语的陈旧而无法做出深度阐释，未能在学术研究中实现观念的突破。回顾自己一生的学术研究，父亲最大的遗憾就是：作为研究戏剧的人，在写完中国现代和当代戏剧史后，应该在有生之年写出一本足够分量的《戏剧理论》，但此一愿望竟未能实现。他坦言，不是不想写，是实在写不出来，理论功力远远不够，直至40岁后方才竭力恶补未曾读过的西方名著，这样哪里能够积淀起足够的理论功力呢？这恐怕也是父亲那辈读书人中普遍的遗憾。记得在父亲快要退休的时候，有一次我回家，看到他坐在书桌前捧着一本厚厚的书读得津津有味。我上前一望，原来是伽达默尔的《真理的方法》。那一刻，我能体会到父亲心里那份焦虑。这是父亲难能可贵之处。

　　父亲深知自己学术上的尴尬，这种自我反思的能力确是他的一个长处，使他对年轻时代做过的荒唐事始终保持着反省，因而对时代的变化始终保持着清醒的头脑。不过，这也使他常常因时事之不济而徒增烦恼。记得35年前的春夏之交，他也同当时念大学二年级的我一道熬过了许多不眠之夜。也正是那个时候，父亲第一次主动递给我一支云烟，在吞云吐雾中开始了父子间的谈话。父子如兄弟，那一刻，我算是体会到了。我与父亲之间没有所谓的代沟，我能够理解他的苦恼和忧虑，那是那一代知识分子在经历过当代中国不寻常的历史波折之后形成的一种内在的责任感。

这份责任感当然是可贵的。然而，父亲又同绝大多数那一代知识分子一样，常常又是天真幼稚的，这是无法跳出的固有观念使然。他时常感叹自己缺乏对历史的洞察力。他不止一次地对我说，在他读研的时候，曾与中文系青年教师黄景欣一起赴苏北农村搞社教，那些日子里，经常与黄景欣彻夜长谈。黄景欣的才华和思想的敏锐让他钦佩不已，对现实的认知又让他目瞪口呆，心惊肉跳。后来他感叹说，作为同龄人，黄是珠穆朗玛峰，而我是珠穆朗玛峰下的一棵草。我想，这绝对是父亲的心里话。1965年，年仅30岁的黄景欣因绝望而自尽了。这才有了父亲后来的感叹"南京大学一流学者都死了，苟活下来的都是二流学者"。

虽然在现实生活中，父亲不是一个情趣盎然之人，但其骨子里无疑是一个理想主义者，这应当是他所生长的时代造就的。父亲早年学的俄语，向往苏联，跟那个年代的大多数中国人一样，喜爱苏联文艺，崇拜苏联的情结极为强烈。在我的记忆里，每每听到苏联歌曲，看到苏联电影，那种打心底里来的认同感是极为明显的。可是，父亲又毕竟是一个理性之人，在了解了苏联的历史之后，特别是面对这个帝国突然间轰然倒塌之际，又会自觉地加以反思，尤其是对苏联历史上的种种悲剧，常常会自觉地去思考，于是，在情感与理智之间，常常让自己处于一个尴尬的境地：嘴上猛烈地抨击苏联的历史谬误，感情上又难以割舍那段充满乌托邦色彩的历史。

正是带着这种复杂的矛盾心态，1998年，在全国莫名其妙地又掀起一股讨论《钢铁是怎样炼成的》的热潮之际，写了一篇随笔《"保尔热"下的冷思考》，把梁晓声编剧的《钢铁是怎样炼成的》着实调侃了一番，算是反省了自己内心的"苏联情结"。父亲在他的《踱步斋》里收进了一篇随笔《我的"仇父情结"》，虽然回忆的是童年时代他的父亲给他留下的冷酷专横的印象，但其实是想借这个话题表达对专制集权的批判。这是父亲后半生最主要的心结，是他后半辈子教书读书写书最主要的精神动力。于是，在父亲的心里，反对专制集权、弘扬启蒙话语、探寻中国戏剧的现代化道路，就成了一条互相呼应的逻辑线，三个任务相互照应，形成一个闭环的系统。于是，对五四新文化运动的认知，也就顺理成章地停留在了呼唤启蒙，追求民主与自由的话语模式，很难就五四运动复杂多面的特质进行多视角多维度的审视，也就难免会遇上尴尬的情境。

记得2009年在北大中文系召开的纪念五四运动90周年的国际学术研讨会上，父亲的发言被来自美国的年轻一代学者张旭东反驳，且难以从学理上予以回应，这正应验了父亲自己所承认的学术上的"夹生饭"：知识结构、观念体系和话语模式的差异导致了对问题的思考几乎不在一个层面上，故难以形成对话。这恐怕也是父亲那一代学者普遍的尴尬。在批判极左思潮，反思历史与审视现实的过程中，这种尴尬体现在观念的自我矛盾性：一方面，基于对历史的反省而痛恨极左思潮，对现实有着强烈的批判意识，但另一方面，极左思潮在他身上留下的烙印又是那样深，以至于会不自觉地以非此即彼、非黑即白的理念面对复杂的历史与现实问题，甚至会出现"以'左'反'左'"的简单粗暴的情绪化倾向。这一点，父亲自己也时常意识到了，但却无法克服。这正是他的尴尬之处。知识分子所常有的强烈的使命感和责任感驱使他经常执笔批判当下的诸多丑陋现象。于是，《失魂的大学》等等这类呼唤大学精神的回归，批判政治功利主义的杂文随笔常会见诸报端。

不过，这种批判的激情当中多半是鲜明的政治理念，立场观念非常强烈，以至于出现了令人啼笑皆非的场面：记得有一年的三八节之夜，父亲主动打电话给北京电影学院的一位女教授致以节日的问候。父亲的问候极为真诚，都是发自肺腑之言。因为父亲确实很敬重这位女教授。她翻译过捷克剧作家哈维尔的文集，同时也是一位信奉女性主义的学者。无疑，父亲因自身的价值观念而敬重她。可是，没过多久，在南京举办的女性主义电影国际研讨会上，父亲关于女性主义的无厘头的搞笑致辞却又惹恼了所有在场的来自世界各地的女性学者，使她们愤怒不已，这场面让那位北京电影学院的女教授着实尴尬不已。的确，父亲无法进入西方女性主义理论的语境，完全是在两个轨道上发声，出现这种尴尬场面也就不难理解了。

父亲终归是名教师，虽因其五大三粗的外形和大嗓门而令学生惧怕三分，但其实父亲始终是打心底里关爱学生的，对学生非常宽容。不过，他也有被学生嘘声伺候的尴尬时候。那是35年前的一天。那年，学校把当时的全国劳模曲啸请来给学生作报告。父亲时任文科副校长，主持了这次报告会。在提问环节，有学生给曲啸抛出了几个刁钻的问题，弄得曲啸十分难堪，父亲见状，拿过话筒，在台上呵斥那几位学生不懂礼貌，结果整个礼堂顿时嘘声一片，父亲狼狈不堪。当时我是大二学生，自然也加入了发嘘声的行列。不过待周末回到家，父亲却并不生气，反倒觉得学生们有自己的想法倒挺可爱的。父亲的这份宽容对我影响很大，算是我从父亲那里得到的最重要的精神财富。

　　父亲的尴尬还真是无处不在，似乎老天爷就喜欢跟他开这种玩笑。由于母亲喜欢唠叨，且常有胡搅蛮缠之举，故每每到不可理喻之际，父亲总以"按我们山东老家的习惯，这种女人就得打！"这句话完成自我宽慰。但是这句话父亲恶狠狠地说了几十年，却从未碰过我母亲一根手指头，倒是在我高考结束那一天晚上，父亲被我母亲狠狠地扇了一耳光。那是因为母亲收拾书房时，偶然发现了夹在《鲁迅选集》里的一封情意缠绵的信。那是父亲早年在北京俄语学院读书时的初恋对象写来的，想必父亲舍不得销毁，故藏在了《鲁迅选集》里，谁承想就此挨了我母亲一巴掌。父亲的晚年生活也难逃尴尬之境：临近退休之际，踌躇满志，打算潜心阅读未曾读过的那些欧美名著，并准备从陀思妥耶夫斯基开始，想好好体验一下，为什么《卡拉玛佐夫兄弟》如此伟大。无奈天不遂人愿，恰逢退休之际患上了眼疾，也就是当年拉美文豪博尔赫斯所患的那种，无法治疗，不可逆转，虽不会失明，但读书写字将成为奢望。陀思妥耶夫斯基的伟大终未能体味到，这不能不说是终生的遗憾。人的一生，怎会没有遗憾呢？

　　（原载《广东艺术》2024年第3期，副题"回忆我的父亲董健"）

　　董晓（1968— ），江苏南京人，毕业于南京大学外文系和北京师范大学中文系，文学博士，现任南京大学文学院院长、比较文学与世界文学专业教授，出版有《走近〈金蔷薇〉》《乌托邦与反乌托邦：对峙与嬗变》《契诃夫戏剧的喜剧本质论》等论著和《一切都在流动》《白色的虹：巴乌斯托夫斯基短篇小说选》《茨维塔耶娃文集》（随笔卷和回忆录卷）等译著。

张贤亮和我家的碗

◎ 李　唯

　　我娶的婆姨喜欢陶瓷。大件的瓷，譬如梅瓶，我家买不起，于是我婆姨就买碗。我家因此有很多碗，摞在碗柜里。许多的碗从买来后一次都没有盛过饭或汤，十几年甚至二三十年间没有起到过碗的作用。我的婆姨在家里是个厉害的人，坚决不允许我和我女儿打破这些碗终身只是观赏而不许使用的规矩，倘若我触碰尤其是不小心打碎了其中的一只碗（这种事在我家的历史上曾经发生过几次），我的婆姨就会发飙，我家瞬间就会天翻地覆，我就没有好日子过。我的婆姨视这些碗如同视山川河流为祖国领土完整的一部分，神圣不可侵犯，甚至不能允许除她之外的人拿在手里把玩。但唯独对一个人例外，这个人就是张贤亮。

　　我家当时住在银川市的唐徕小区，张贤亮当时在唐徕也有一套房子，他一个人单独住，把这里作为他的工作室，一个人在房子里静静地写东西。张贤亮是不做饭的，他也不会做饭，因此他的屋子里是没有碗的。没有碗的张贤亮又必须要吃饭，我家门前当年有一大片空地尚未盖楼，作为了小区的贸易集市，有很多的路边摊和小饭铺，张贤亮便到这儿来觅食。他不愿意使用路边摊和小饭铺里的碗，嫌弃那些碗在一桶反复用了多次的水里整天浸洗，脏，所以他就顺道到我家来拿碗。张贤亮那时候已经很显赫了，已经是全国知名作家，不再是当年那个见了我还有几分拘谨恭顺的南梁劳改农场的业余作者，尤其他已经是宁夏文联主席，是我的领导了；还有一个原因，他和我全家已经十分熟络，故而张贤亮到我家来拿碗，径直打开碗柜拿了就走，不跟我和我的婆姨多一句废话。我的婆姨看在眼里，心在滴血，敢怒不敢言，任凭他拿走。更让我的婆姨心里滴血的是，那些张贤亮拿走的碗，他多半不还回来，吃完了，不知道顺手往哪里一扔，那些碗从此便和我家天各一方，永远分别了。

张贤亮很多次地来我家拿碗，把我婆姨积攒的碗一点儿一点儿地消耗殆尽了。每次来，他还总要和我聊会儿天，作为他写作了一上午的轻松一刻。我赔碗还要陪聊。这次宁夏纪念贤亮仙逝十周年，有编辑跟我约写纪念文章，我突然想起当年张贤亮跟我的那些神聊。张贤亮跟我聊的都是他对同时代著名作家的看法，都是对于他们文学成就的评价，那些人都是当代文学大家，一个堪称文学大家的人对一帮文学大家的评说，好比是茅盾在谈对老舍的印象，这都是当着我的面聊的，因为不是媒体采访而需要遮掩、需要虚饰、需要谄媚的恭维，完完全全是真心流露，是友人间的私下交流，有赞颂更有批评，不能说就是诋毁，但也是凌厉戗击。我忽然想到，这岂不很有意思？把这些都写出来，一是能交付了约稿，另外也能换几个稿费回来，就算是张贤亮赔了我家的碗。

张贤亮不是一个谦逊的人，对于跟他同时代的文坛，对于那些也是文坛骁将的大家，他是有一种睥睨的，至少他内心是这样。他认为他要比他们写得好，甚至要好得多。尽管他在公开场合不这么表露，公开场合他也逢场作戏，也阿谀奉承，也说谄媚的话。我不认为居高临下地睥睨同行，尤其对于一个大作家来说是一个缺点，你不站在高处去审视他人你怎么可能写出有高度的文章？我之所以要特别指出张贤亮这一点，是想说明，他在没有任何外界约束的情形下，在完全能够真实谈论自己想法的情形下，你很少能从他嘴里听到他说别的作家的好话。我唯一一次听到他说另一个男作家作品的好话，是张承志。从张贤亮嘴里听到他称赞张承志，令我有些意外，因为我曾听说他俩关系不睦，至少我知道他们基本没有直接交往过。我听到张贤亮称赞张承志的那一次是他提起张承志的中篇小说《西省暗杀考》，张贤亮的原话是："太他妈的有骨头了！"张贤亮认为张承志是个有骨头的作家。《西省暗杀考》这篇小说我迄今也没有读过，因为找不到，这篇小说在张承志的小说里并不显赫和出名。我是后来与宁夏籍演员洪宇宙相谈，他参与了由这部小说改编的电影的拍摄。这部电影没有公映，故而看过的人很少。我从洪宇宙那里知道了内容，是说几位西北边地勇士，只身赴险，去刺杀清朝皇帝，最后被清廷绞杀，集体殉命。故事写得金戈铁马，大义凛然，慷慨激昂，彰显了勇士们的铮铮铁骨。我跟张贤亮交往并交谈了这么多年，我了解张贤亮对于所有敢于向官府亮剑、敢于抗争、敢于赴死的人物和故事，骨子里都是迎合和颂扬的，这跟他多年被压制的经历有关。当时张承志还没写出他后来的力作《心灵史》，我想张贤亮如果活着能看到，多半也是会夸赞的，尽管他跟张承志的关系谈不上密切。

中国作家里跟张贤亮关系最好的是冯骥才。张贤亮不止一次向我说过冯骥才对他的好。说他出国，路过天津，冯骥才夫妇招待他，给他准备出国的行装。张贤亮始终感激冯骥才。但张贤亮从来没有夸赞过冯骥才的作品，甚至从来没有提起过。甚至我主动提起冯老师的作品，如《神鞭》，这普遍被认为是冯骥才的代表作，张贤亮都避而不谈，是那种因为是好友即使是私下也不方便评说的避谈。张贤亮这样对待好友冯骥才的作品，我揣摩，这可能不是张贤亮认为冯骥才写得不好，而有很大可能是张贤亮不喜欢冯骥才作品的风格。冯骥才大部分创作的是市井小说，多是市井人物和故事。天津这个地方有它独特的地域文化，紧邻京都，皇权脚下，日子过得不咸不淡，绝少有饥寒交迫，也绝少有富贵逼人，规矩特别多，从不敢僭越。我感觉天津的文学创作是抽去了激烈的部分，东西写得精巧、平缓，很少见到剑拔弩张。天津有很多作家都写市井，选择了一条避开尖锐的社会现实而更能被容许的路径。除冯老师外，天津还有一位林希老师，写市井写得极好，十分精彩，和冯老师一样，亦得到很多喝彩。但张贤亮不喜欢。张贤亮的生活里充满着太多的磨难，牢狱、多年被刑囚、饥饿、随时随地的死亡，直到四十四岁才第一次亲近女人（张贤亮亲口对我说的）。所谓的市井生活从来没有光顾过张贤亮，张贤亮当然认为冯骥才写得轻。是轻，而不是轻飘，说轻飘就是贬低了。冯骥才的小说从来没有打动过张贤亮。我有时候很奇怪张贤亮和冯骥才这一对文坛挚友，自古以来，我们熟知的文坛都是，两个人在作品上相互欣赏和倾慕，所谓惺惺相惜，从而成为毕生至交，张冯却不是这样。

张贤亮唯一称赞的中国女作家，或者说我从张贤亮嘴里唯一听到过他赞扬的女作家，是铁凝。那时候的铁凝也是刚出道不久，代表作还是《没有纽扣的红衬衫》。张贤亮对铁凝大加赞扬，说铁凝很灵秀，灵秀包括铁凝写出来的文字以及为人。张贤亮不止一次向我具体描述过铁凝小说里他认为写得灵秀的段落和细节，尤其是细节，看出张贤亮是细读过的，因年头长了，张贤亮具体点赞之处我已经记不清了，我迄今还印象很深的，是张贤亮说：读铁凝的小说，你会觉得她稿子的卷面（当时作家都是手写稿，用电脑写作那是许多年以后的事了）是干干净净的，字体是小巧娟秀的，不像很多人稿子的卷面，是腌臜的，粗鄙不堪。

张贤亮还说过王安忆。张贤亮说王安忆是源于两人的一场遭遇战。张贤亮此生其实从来没和王安忆有过交集，那一年，王安忆不知出于什么，突然在《收获》上发表了一部中篇小说《叔叔的故事》，被普遍认为是影射张贤亮的。小说描述的男主角叔叔，是一位著名的男性作家，很有才华但毛病很多，其中最大的一个毛病是泡妞，到处撩骚妇女，和年青的一代抢女孩，大致内容如此。张贤亮直到他死，从来没有对王安忆的这部小说作过任何文字上的回应。那一次，我实在是忍不住，问了张贤亮，我说贤亮你看过王安忆的那篇小说吗？张贤亮说他看过了。我说，那你感觉是什么呢？你认为是影射你吗？你认为你是那样的人吗？张贤亮哈哈笑，回复了一句，这可能是张贤亮对这部小说的唯一一句回复，原话是："她如果能写出我那些故事的十分之一，我马上买张机票去上海，我跪下给她磕头，我谢谢她！"张贤亮不是一个胆大不惧的人，他坐了那么多年牢，成名之后，在很多事情上，他还是很胆小的，但唯独在一件事上，他从来不惧甚至还乐见其成，那就是说他有男女作风问题，拿男女关系来攻击他、污黑他。张贤亮多次对我说过一段话，因为有年头了，我已不能原词复述，大概意思是：这许多年来，江湖上到处传说他因为常年坐牢，男性功能折损，机器坏了，现在若是有人说他到处撩搔女人，就等于是为他正名啊。

张贤亮跟我聊得最多的还是与宁夏近邻的陕西省的三位巨匠：陈忠实、路遥、贾平凹。这有个背景，当时评论界提出了文坛西北王的概念，一部分评论家提出张贤亮是西北王，另有一部分评论家不以为然，陕西省则是集体缄默，显然并不纳服。张贤亮本人是在意这个封王的，所以他很关注陕西文坛尤其是这三位领军人物的文学动向。对陈忠实，张贤亮是很看重的，张贤亮从来没有夸过陈忠实，至少我没有听他夸过，但这种默然却不是漠视，而是陈忠实自《白鹿原》之后的拔地而起让张贤亮感到了分量，感到了压力，很大的压力。和张贤亮交谈中，我感觉张贤亮甚至不愿说起陈忠实，提到陈忠实他就闪避过去，这是觉得某人太过强大在倾轧自己而不想说起的心理。陈忠实让张贤亮感到了灼目，我感觉张贤亮在心里已经有了他已写不过陈忠实的想法，这种感觉让他很难受。对于陕西的其他两位，路遥和贾平凹，张贤亮谈起来则很轻松。但张贤亮从来没有说过路遥和贾平凹的坏话，尤其对路遥，在极端贫困中写作，为文学不惜生命，张贤亮是怀有敬意的。对路遥，他只是说："路遥的著作，其实只有一部，那就是《人生》。"那时候路遥已经写出了《平凡的世界》。而对贾平凹，他以尽可能的礼貌评价说："贾平凹的东西，写得有点小机智。"

张贤亮还评说过其他的作家，我不能列举他们的姓名更不能透露张贤亮说了什么，我即使无所谓写了出来，我的编辑也会有所谓删了去。

但有一桩事，我觉得我要是不说，我对不起中国文学史。

那已经不再是张贤亮来我家借碗的那个期间了，我和张贤亮都搬离了我们居住的那个小区。我调到了天津，而张贤亮发达了，他创办了镇北堡西部影城，赚了大钱，住进了影城堡里一栋像地主宅院的四合院中，据说影城的员工都开始称呼他老太爷。我和张贤亮基本上已不再来往，并且我在文学上已开始鄙视张贤亮，我认为他在文学上没落了，他有钱了，他被钱所累了，他不再有锋芒，不再有锐利，也不再有文学的润泽。他在《收获》上发的那个最后的长篇《一亿六》那是个什么玩意儿！他太有钱了，他不敢再写了，他和我们大家都知道他如果再继续锋芒再继续尖锐他将会失去什么，他舍不得和不敢失去，所以，文学对于张贤亮，死了！忽有一日，我携眷回宁夏省亲（我的岳父等亲属还在银川），张贤亮让他的妹夫、著名画家张少山来告知我，说他想见我，让我去他的影城一趟。我去了。在他的"地主府邸"里，见到了他。我那时不知道张贤亮已经病了，离他去世还有不到一年。我和张贤亮见面、寒暄，随后，张贤亮有些迫不及待地说起了他召见我的正题：他正在写一部新的长篇小说，因为这部长篇写成了也不能发表甚至都不能张扬，所以他想找个朋友来给他鉴定一下，看他写得行不行。张贤亮认为在他信任的朋友里我是个有文学鉴赏能力的人，恰好我又回到了银川。张贤亮在宁夏还信任一个人，那就是我的同学杨仁山，当年也是《朔方》编辑，张贤亮认为杨仁山的文学鉴赏力和文学修为要在我之上，杨仁山当年号称"宁夏第一编"。但杨仁山早已调离了宁夏，此刻不在银川而在杭州。张贤亮给我述说了小说的基本故事，他说这是一部"政治幻想小说"，可以说是中国有文学以来的第一部。它的大致情节是：一个文化大家，靠创办文化产业发了大财（这听上去像张贤亮自己），这位文化大家有了钱后，把他所有的钱都用来贿赂方方面面，打通所有关节，他要当一个县的县委书记，他要承包一个县，来实现他的政治抱负……张贤亮说他已经写了八万多字，书名还没想好，他很想叫《资本论》，还说马克思的这个书名不知为什么总是萦绕不去，从他劳改时候起他就萦绕不去。我听了，半晌无语，被震撼了。我提出，能否让我看一段文字？文学，经常是听故事和看文字的感觉是不一样的。我对张贤亮说，我就在你这儿看，现在就看，就在你的书桌上，在你的电脑上看。

张贤亮犹豫了好一会儿，他显然不想让别人看他未完工的作品。最后他说，你来看吧。

我就过去趴在他的旧电脑上看，看了差不多一个小时，将近四万字。

写得真好！

张贤亮这部长篇如能写完发表出来，真是要秒杀现下文坛上那些写得黏黏糊糊不知所云却能屡屡获奖到处张扬的所谓大家，秒杀！

这才是张贤亮！

之后不到一年，张贤亮去世了。我很着急，我无比急切地问过当初在张贤亮身边能接触到张贤亮遗物的影城负责人，当时的负责人，我问她："张贤亮的电脑呢？你最后见到张贤亮的电脑了吗?"她一脸茫然地看着我,反问我:"啥电脑?"是啊,张贤亮逝世,遗留下那么多的财物,你光去看看影城中的财宝屋(好像就叫财宝屋吧?),那里,摆放着张贤亮生前收集的各式古家具,光一把椅子,就值十几万,光一个柜子,就值几十万,光一张大床,就值几百甚至上千万,谁还会注意一台旧电脑呢?

那台电脑,张贤亮的电脑,没有了。

那部旷世之作,没写完的,没有了!

迄今,张贤亮已殁十年。十周年了,是要举办一些追悼活动的,照例会有缅怀文章和追思会什么,我自然也会缅怀老友。但现在的追思和缅怀,大多流于成就和道德的堆砌,成就还好说,道德完美到了让人毛骨悚然的地步,多少被追思的人都被说成道德的高峰,多少被追思缅怀的人都不再像是我们在其生前认识的那个活生生的正常人,变成我们完全不认识的人,变成祭礼上纸扎的假人。我不愿意这样去追悼张贤亮,我愿意实在一点儿地去怀念他。对张贤亮的一生,我的评价是:才华横溢,毛病不少!

贤亮,安息。

（原载《朔方》2024年第9期,有增订）

李唯(1953—　),山东沂水人,毕业于复旦大学中文系,曾任《朔方》杂志副主编、宁夏作家协会副主席,后任天津电视台电视剧制作中心副主任、中国电影文学创作委员会委员、天津电影家协会副主席,著有影视和话剧剧本《黑炮事件》《美丽的大脚》《我的父亲焦裕禄》《跟我的前妻谈恋爱》及小说《腐败分子潘长水》《暗杀刘青山张子善》《中华民谣》《坐庄》《马义是警察》等。

他就是神骏，他就是猛禽

◎ 周晓枫

2023年11月4日，作家周涛突发心梗去世。

这是微博的一条热搜。一条很快就冷下去的热搜。世界依旧喧响，草原倒下角马或狮子，都是日常。对每个人来说都一样，死亡潜伏在头顶的乌云里，公平是雨点终会落下。

但，他是周涛。

第一次知道这个名字，是三十多年前。我那时二十一岁，还在上大学。数次全麻手术及后遗症，导致我如今记忆极糟，可我不曾忘记初读周涛的瞬间，就像阿里巴巴不会忘记芝麻开门的震撼。当年我爸爸在部队负责文艺宣传工作，他随手带回一本书，是解放军文艺出版社于1990年6月出版的《稀世之鸟》。7月我从山东大学放暑假回京，随手翻开了它。

本打算漫不经心读上几行，可随后几小时，我不再能够移动自己。带着近于惊慌的惊喜，我翻回封面，确认作者的名字：周涛。这是个陌生的名字，可在我看来，与众多教科书上盛名的散文家相比，他们根本不处于同一个世界，这并不是谁好谁坏的问题。他是我想象中那种任性的英雄。有些英雄是疆场厮杀，有些英雄是千里纵横，而周涛在暮气沉沉的僵尸文字里唯他血气方刚。他以一己之力，劈头盖脸，翻天覆地。当头棒喝，我就像交响乐中被击中的铜钹，不是在自身的余震里，就是在周围惊涛拍岸的轰鸣里。

成为作家是我始终的唯一理想，报考大学的第一志愿就是中文系，但即将读到大三，我在审美上依旧混沌。诚然，对于多数写作来说，风格如何塑成，难以找到清晰的源头，就像一个人的体重增加，难以细分是糖还是油之功……但有些食物，特别易于吸收热量和营养，且美味。周涛的散文，对我构成美学上的暴力式启蒙，同时让我轻微的不适和不安。必须承认，它瓦解我对散文的陈见，破坏我对散文的倦意，它一定秘密参与了对我的重要改变。我随后的习作，就像睡蛹破茧，字里行间突然具有某种态度和锋芒，某种动荡中的侵犯性。像被燧石击打，我看不到自己的火焰，但又分明处于闷燃之中，我写下的句子像被灼痛而明亮起来。

周涛的第一篇散文《巩乃斯的马》，写于1984年，在今天看来依然野性蓬勃。他那些远在上个世纪写下的文字，是多么具有超越性啊。连即兴的比喻，都充满妙趣。

他的猫，是"小开本的猛兽"。他写一只初试犬威的小狗，"凯旋而归得意扬扬，有如占了便宜的一年级小学生"。他写霜降时坠落的黄蜂，以至不忍把它们"扫进尘土和枯叶里，便用扫帚挑起它，轻轻放在窗台上。它像一个打秋千的小孩一样紧紧抓住扫帚尖，然后落在一片宁静的秋光里"。他的天空"成了一件洗得发白的干净的旧衣服，上面隐隐留下几道浅白的印痕——那是风在拧开它时留下的折迹"。他"亲爱的麦子"是"呈颗粒状的，宛如掉在土壤里并沾满了土末的汗珠般的东西"。他的大树："它不靠捕杀谁、猎获谁而生存，但它活得最长久。这可真不是一件简单的事儿，它连草也不吃，连一只小虫子的肉也不吃，但它却能长得最高大、最粗壮、最漂亮。"

他的灵感，涌如层澜。他的文字可以善良柔情，也可以疾风席卷。他的笔下翻涌，有千军万马，有河山壮阔，有些是涉笔成趣的小令，即使篇幅不长，奇怪，却给人一种远超实际的体积感，比如他的《过河》。

《过河》写一匹马恐惧入水，壮汉尚不能降服；而一位步入垂暮之年的哈萨克族老太太，枯坐僵卧、似有重病，瘦弱得难以步行，但被扶上马背落鞍之后，"马的脊背竟猛然往下一沉，仿佛骑上来一个百十公斤重的壮汉"。即使马"还是不想过河，使劲想扭回头，可是有一双强有力的手控住了它，它欲转不能。它小蹄朝后挪蹭的劲儿突然被火烧似的转化为前进的力，踏踏地跃入河中，水花劈开，在它胸前分别朝两边溅射。铁蹄踏过河底的卵石发出沉重有力的声响，它勇猛地一用力，最后一步竟跃上河岸，湿漉漉地站定"。"我把老太太扶下马，又把她从独木桥上扶回对岸，然后在她的视线里牵马挥手告别（我不敢当她的面上马）。她很弱，在河对岸吃力地站着，久久目送我。此事发生在1972年冬天的巩乃斯草原，而天山，正在老人的身后矗立，闪闪发着光。"

这篇千字文，却聚力万钧。力透马背，力透纸背；不着一字，写尽一生。有一年中国作协的岗位招聘考试，我是出题人，毫不犹豫选择这篇来做阅读分析，我觉得以此能够考量出编辑水准。

我不喜欢大量使用引文，偶尔摘抄，一般也不算铺张，属于那种相对克制的类型。但出色的表达，迫使人抄写或背诵，不能篡改和概括，因为原文完成的是那种不能被移动的表达，否则就会丢失信息、精度与魅力。

周涛的散文，就是这样。

他的表达有力道和筋骨，沉着与燃烧，凶猛而柔情，沧桑且天真，气象开合同时充满动人的细枝末节，如此明澈并带有使光亮得以确认的阴影。古典情怀，现代观念，他有野生之美，也有天然的优雅。磊落、任性复狂狷，他不受禁束，他写花是植物的生殖器，他写人们对金钱的崇拜"就像小孩崇拜自己屙出来的屎"。他有古典的韵味和现代的锐气。与他同龄同代的写作者，多忙于在散文中塑造自己的道德人设，而周涛的表达无论微妙或猛烈，都天真天然，毫无表演痕迹——他就像保罗·策兰说过的那样，"不强加自己，而是暴露自己"。因此周涛是个特别的异数，无朋相伴又无可匹敌。他在艺术上的孤独，可称之为勇猛。

他注定孤往绝诣，因为常人没有他那样的才情、赌本、豪情和勇气，所以难以追随脚步，只能遥望背影甚至转移目光。而对我们这辈的写作者来说，他同样是孤注一掷的英雄。我们以为是悬崖的地方，他策马一跃而过，让我们知道所谓的悬崖只是沟壑；他开疆拓土，踢开原本让我们止步的荆棘。

孤独地，走在前方，走在视线边缘的远处……这样一个不在阵营里的人，也意味着因不在区域中心而易被忽略。但周涛，很少蹙眉委屈和抱怨，他的骄傲让他不屑做这样的流露。他直面文学的寂寞并这样谈及："最致命的寂寞不是这些表面的浮华，而是，听不到回声。你的心血，你的呼唤，你的美，像蒲公英一样被风吹向远方，你看不到它在哪儿落地、生根、开花、结果，它们发表了，出版了，也就飞走了，不见了。你怎么能知道它落在谁的手上？又怎么能知道长在了谁的心里？你怎么能知道它在另外一颗心灵里产生了多么大的能量？不知道，几乎不可能真正知道。轰动只是一种假象，评论大部分是些非常规范的客气话，真正感人的回声基本上是听不到的，而历史公正伟大的回声，是你生命的长度所不可能抵达的。这就是文学。这就是文学的寂寞。从文者因而也就是自觉或不自觉的殉道者。"

周涛是诗人出身，有人直言他的散文比诗好，他这样说："我理解这种称赞并且也相信，因为我的散文是站在诗的肩膀上的。我花了二十年，经历过痛彻心脾的疑惑、思考、实践、寻找，而终未能真正完成诗。那是因为在诗的领域内，我的对手太强了，他们以惊人的洞察力和才气及对现实的直觉把握向我摆出一个又一个阵势，尽是些我前所未见的棋局。我感谢他们——这些未曾谋面的影子对手。他们帮助我战胜了一部分自己，同时也使我享受了一段时间的散文领域里的轻松自由。"

真坦诚啊！

我认为，散文所需要的诚恳也许大于其他文体。小说家，凭经验和想象力；诗歌，靠直觉和天赋；散文，更多依赖品性和品德。当然并非绝对，任何一种文体都需要综合因素的配比，我只是分析：什么占据其中支撑性的脊骨。除非是那种知识性或智识性的散文，写作者能够得以部分隐藏；但凡涉及个人的生活与情感，散文写作者都很难遁形。好散文需要更多的真，更多的忘我与不羁。

诗歌可以仅凭智力，就抵达技艺层面的高飞或深潜，而散文没有翅膀或鳞甲，只有血肉之躯——毫无倚仗的脆弱因无畏彰显而逆转为强悍。我是从这个角度产生偏见，来理解周涛的诗与散文。我也以为周涛的散文比诗好，因为作为诗人，他不够"坏"；而作为散文家，他足够"好"。周涛有一种少见的真气与诚挚，没有被岁月和环境修改，他有率性而为的孩子气。都说孩子弱力，殊不知童言无忌——因此才获得突破常规与禁忌的能量。

通常，人随着年事渐长，趋于沉稳，但周涛的行文行事，实在不像他那个年纪和身份。他明明是我的前辈，但他那种毫无城府的坦荡，让我在心理上不怎么使用"您"的尊称，仿佛他是我的同龄人，甚至更年轻。比如，他对自己相貌的满意，他是这样欣赏书籍扉页上自己青壮年时期的照片："那是一张具有中国特色的阿兰·德龙式的头像，他公然在那里向读者证明，认为作家都是丑的这种看法显然是错误的，这位划时代的美男子正是一位作家，他显得在才华和容貌上都超过了那位风流倜傥的前辈诗人徐志摩！我久久地凝视着照片上的自己，我被我所征服。我打开自己写的书，一篇一篇地翻过去，以一个陌生读者的角度重新审视、品味着它们，我设法挑剔而又无从挑剔，我承认，它们是散发出光辉的。在这样一个边远黯淡的环境里，我竟然生长得如此光芒万丈而又不为人知……我被我所感动。"

设想换一个人，这样的自我表扬会招致排斥和反感。作家这个职业圈里，有许多人自恋到难以理喻、难以原谅的程度，他们沉迷于自我吹嘘与自我赞美，罔顾基础的事实与他人的反应。我甚至怀疑，他们著作等身带来的自信，不是因为作品之多，而是因为人格渺小——多数人的著作叠摞在一起，也不会有多少高度。

然而为什么，周涛说得意自负的话，就让人莞尔甚至由衷觉得他可爱呢？我想，一是因为周涛在容貌上确有足够的英气，说是美男子并不为过；二是因为他有体能，虽然身形修拔，但他曾在大学一年级就赢得全疆大学生乒乓球单打冠军，既有技术和耐力，灵活性和协调性也是过人的；三是因为他有头脑，在才华上有足够的锐气，才有周涛独有的脾气和语气，包含着他特有的淘气和骨气，才让人服气。周涛所言并非夸耀，算是写实主义的白描手法和直抒胸臆。我也由此想到，很多人对散文的抒情抱有敌意，其实只有假抒情和抒假情才让人厌恶，只要出自现实与内心的真实，无论怎么抒情，都不会成为笑柄。

真，就是写作上的大道至简。周涛的修辞出色，却是以心性的单纯取胜，所以他看童话会津津有味，所以他童言无忌、口无遮拦，才能写出那样让人望风披靡的文字。

其实我对周涛只是文字上的熟悉，现实中并无私交。真正能有对话往来的见面，其实只有一面，是《美文》杂志主编穆涛给我打电话，说他出差在北京，让我马上赶过去，大家一起聊聊天，见见周涛。

周涛跟我想象的一样，个子高，上了年纪的他依旧挺拔。他当然失去了曾经的英俊，但眼神，是孩子那种有光亮的，谈吐也没有暮气。儿童、少年、青年、老年，他好像属于所有的年纪又不属于其中任何一个年纪，总之他给我一种年龄认知上的恍惚感。他聊了什么，我没有记住内容，总之比较日常，但他始终有种神气活现的劲头儿。而我，除了感谢他曾对我年少时的影响，我们之间的交流谈不上热络，我的恭敬更是礼貌。我骨子里有害羞到怯懦的一面，只是习惯以极致相反的方向呈现自己——说到底，我是一个由"社恐"扮演的"社牛"，在人际交往时内心是紧张的。内心的紧张加上内心的尊重，当面对周涛时，我的热情仿佛被冻住了。我也忘了自己到底说了什么，我肯定表达了对他文字的热爱，但没有表达出实际热爱的程度。

后来，也没有什么交往。我曾写过一篇创作谈《语文的语，文学的文》，提到周涛的散文审美和探索实践被低估："1969年周涛先生毕业于新疆大学，那年我刚刚出生；出版《稀世之鸟》的时候是在1990年，这位前辈使我在散文审美上获得重生。这位独行侠的拓荒意义，被许多当代散文研究者忽略了；周涛先生虽大名鼎鼎，他的率气、胆气和才气受到公认，但以我看来，他所获得的声誉仍不足以匹配他在散文方面的巨大贡献。"周涛从别处看到这篇文章，他在朋友圈转了，没有告诉我；是其他朋友截屏告诉我的，我很高兴自己的话被他看到，但我也没有回应。写作者的尊严有时是害羞的，害羞者的致敬有时是懦弱的。我们匆匆见过一面之后相忘江湖，我并不知道那是唯一的见面，也不知道在网上转发文章是一种最后的联系。

2023年6月，刘亮程曾邀我去新疆，我正好有事，没有去。后来看到活动的照片，知道周涛也在。很遗憾，我错过了与他相聚的最后机会——尤其是，我错过了在新疆的周涛。

新疆，他的挚爱之地。

他更习惯于这块干爽的高地。他说自己总的来说，"不喜欢阴、湿、热、闷"。他的博格达峰是"钢蓝色的"，他说伊犁河："你别想从它身上挑出缺点来。"他笃定"新疆很好，新疆自古就是英雄好汉驰骋的地方，现在仍然是"，他才能这样传神地描写牧人："这时候他正蹒跚地朝着那条被苇丛遮掩着的河走过去。他一步一步地走着，走得很慢，显得笨拙。他走路的姿势，有一种幼儿刚开始学步时的陌生，还有一种久卧病榻的人初次下地时的荒疏。每一步跨出去，都含有试探、不自信的意味，而他的身躯又那么沉重，这就使他很像野兽直立起的样子，像一只熊。他对走路的确是陌生的，这个牧人。因为他大多数时间是生活在马背上，他的腿已经有些弯曲，即便在行走的时候，两腿间依然仿佛箍着一个无形的马肚子。他肩膀宽阔，两条粗壮结实的手臂行走时无所适从地放在身体两边，似乎有些多余。"

一个人的写作风格，与他的性情和经历相关，也和他的地理环境和心理环境相关。新疆，出产中国最优秀的散文作家：周涛、刘亮程、李娟等等，写得都那么独树一帜，那么野力蓬勃，他们不同，却都具有几乎失真的天真，呈现几乎绝迹的奇迹。也许，正因新疆的阔远使万物渺小，反而使个人更能体会和尊重自己的存在。

周涛出生在北京，九岁随着被下放的父母从北京迁居新疆。其实，他在年少时并非没有受过罪，他经历过父母从京城干部沦为边地农民的落差，他经历过像芨芨草一样被吹到荒野而不能自控的命运，他曾经不被允许离开营房二十五米以外散步。在1989年，在周涛仅仅四十多岁还算血气方刚的年纪，他就写自己已经老了。然而，他热爱这片呼吸和血肉都已融入其中的土地，他就这样，走在"纯铜一般坚硬细腻质地淳朴而且泛红的土路"。周涛写过自己二十六岁去探望被开除党籍下放当农民的父母，走在这样一条生硬的土路上："它诞生过你，它负载着你，在世间的一切道路都抛弃你的时候，它收留你。"所以周涛这样回忆了自己："他有一点感动，还有一点悲伤。他想，正是这样一条土路上，自己曾经是一只满脸皱皱巴巴浑身红不拉叽只有八斤重的小老头；一只可怜的小落水狗；一个吃奶的怪物。后来他成了一个穿着红肚兜的光屁股的哪吒三太子，剑眉大眼貌似神童，莲身藕臂冰肌玉骨，似乎事事皆会于心却连一句囫囵个儿的话也说不清。再后来他成了万人嫌、惹事精，像个脱毛待换的半大公鸡，除了骨头没有二两肉，不知哪儿来的精神四下里乱窜。终于，他长成了一个人，身高七尺有余。天下英雄谁敌手？拔剑四顾心茫然；时不利兮骓不逝，以手抚膺坐长叹。他碰了壁，吃了苦，遭了冷眼，长了冻疮，世路千条我无路，华灯万盏我无家……他知道了这世界不是好惹的，不好惹就不好惹，它让你拔剑四顾心茫然，它让你四处感到压迫却找不到挺剑而刺的地方……他还得回到这条土路上来寻找自己的家。"

也许因为他太骄傲了，以至让人忽略他内心的失落，忽略成为作家在年少时几乎必然遭受的受挫。也许因为年少的受挫和后期的失落，他不得不以骄傲来维护自尊。足够孤独的人，才需要用足够的骄傲来支撑自己。他就是这么矛盾，可以用冲突性的词语来同时描绘。比如可以说他稚拙又老练，他的老练与油滑熟腻无关，他的老练竟然像稚拙一样具有顽强的生长性。周涛这样形容自己："我的老练里有一种坚硬的固执、像牛角一样的物质，但是它却能生长，长成各种弯曲和尖锐的形态。特别是这坚硬的物质里充满了空隙，它有不断地接受和接通血脉活力的本领……"

他这样总结自己："我不是英雄但并不反对真正的英雄，生活平凡却绝不躲避伟大的崇高；我是坚强的，同时也很脆弱；我非常灵活，但难免在我认为最重要的事情上固执原则；我就是这么一个人。"他曾用别人的话自况："咬紧牙关，我就是我。"

周涛就像他的新疆一样，既热烈又凛冽。周涛这样写乌鲁木齐，写这座他生活其中时间最长的城市："奇迹般地在不到一百年的时间里经历了游牧、农业、商业城市三个时期，它身上各个时期的胎记都没有脱尽，然而它却兴致勃勃地准备投身到一个更新的时期中去。"难道周涛不是这样吗？他也有赤子、少侠与老英雄交混的气质。天真而坦荡，经历沧桑而不被摧毁。是战士，也是隐士；有达观，也有悲观；他可以庄重肃穆，可以顽泼调皮；可以如先知雷霆万钧，也可以如孩子百无禁忌。他有灼烧的热爱，也有凛然的几乎需要保留在厌世里的清澈。想起周涛的形象：拔剑四顾，睥睨自雄，觉得他就是那种单枪匹马、一意孤行的人；然而，纵然他锐意不羁，又总觉得他有一种念旧的情义和责任。在那些别人轻易离开的领域，他却心怀惦念和挂碍，他并没有那么容易解除自身的禁锁。换言之，他终生保留了他认为重要的东西，他没有背叛他的童年、他的亲人、他的土地、他在美学上的信仰。而地上跑马、天上飞鹰的新疆，喂养了周涛和周涛的散文。写马的时候，他就是一匹马，他就是神骏；写鹰的时候，他就是一只鹰，他就是猛禽，有斧刃般能深嵌猎物的钩爪……仿佛隐身的王，在写作时成为万物。

从最初读到周涛的文字到现在，我还是没有学会平静，只要重读那些经典篇目，他还会带给我持续的余响。即使我只见过他一面，也知道他在起点上可能影响了我的一生。他让人为难，他让我觉得称呼"周涛"是对他辈分的不敬，叫"周涛老师"是对他作品的不敬。何况，我不是那种能开口拜师学艺的人，他也从未知晓自己早年写下的那些作品，是如何被一个匿形的学徒默默向往。我跟他不熟悉，不了解他的生活，甚至不敢在亲密意义上妄称兄长。他早年的作品才华横溢，不仅影响了我，也影响了许多探索中的年轻写作者，从这个角度来说，他是有恩于我们的。很多时候，长大后的我们为了轻装要学会忘恩负义，我们会嘲笑自己曾经的偶像，会嘲笑自己当初的盲目与误判，就像一个自以为是的中年男人嘲笑自己当初梦寐以求、遥不可及的女神沦为不过尔尔的平庸大妈。然而，只要在年轻时爱慕过周涛的文字，我们就会终身不悔其志。

我从他那里学到的，不止审美和技艺，更重要的是性情上的诚恳。因为散文终将呈现性情，修炼文字是必要的，但更重要的是修炼性情。我指的并非道德意义的完善，而是尽力保持诚挚——这就是散文所需要的道德。有力拥抱自己的生活，诚实展露自己的心迹，没有什么能比这更快地提升文字质感。"修辞立其诚"是古训，要在众多写作者中脱颖而出，"修辞利其诚"也是成立的。我沿用从他那里学到的真诚来表达赞美，也同样表达对他后期作品的批评。

周涛对中国当代散文的开疆拓土意义，为什么在一定程度上被忽略？并非全是批评不公，也有他自己的原因。他后期的创作没有最初那么元气淋漓，没有那么生猛无忌，那种锐不可当的力量下降了，并且产量也没有那么高。通常情况批评滞后于创作，这更要求创作的持续和有效。我们会忘记涟漪，因为它会很快消失，湖面复归平静；但我们不会忘记海浪，因为前者会消失，而它奔腾不息，退潮也是在酝酿下一场的汹涌。也许是因为散文自身的文体艰难，消耗素材和消耗情感都是巨大的，写作者难以长期高能耗地输出。也许是因为年事渐长，周涛也从豪杰的慷慨转向智者的豁达，平静安宁对生活来说是好事，可对写作而言，易于流失那些极为珍贵的顽劣和愤怒。也许他孤独太久，即使对一个骄傲者来说，没有获得匹配的鼓励和荣誉也难以漫长地支撑下去。我们可以怀疑他不知道自己如此被爱，可以怀疑他不在意自己如此被爱，可以怀疑他是否因不知道而不在意，或者因不在意而不知道。也许，他是如此热爱自由，寻求自在，甚至不再受到名利或其他任何的吸引，他对生活的热爱或失望，已经不需要用文字来表达。总之，周涛后期的散文远逊他早年的作品。

周涛在2019年出版过一本长篇小说《西行记》，带有他个人生活的某种自叙气质。虽然在封面上被冠以"重磅"，但我觉得整体一般。个别好的段落，可以裁切为独立的散文——《西行记》从思维方式是散文的，而没有充分建立长篇小说的语感、结构和价值。或者说，周涛小说的一般和散文的优秀是同一个原因：离自己太近。

可我怎能忍心苛责呢？决定一位作家成就的，正是他向上攀升的至高点，而那些挣扎、徘徊甚至挫败，是可以被忽略的。我，乃至是我们，现在又如何去怀念呢，如何让他知道那些推迟表达的感激？

我的怀念总是滞后。无论是苇岸还是胡冬林，我在它们离开数年之后才能动笔，我需要用更漫长的时间才能消化和适应。我的不适和不舍，在当时几乎变成一种轻微的怨意。但是对周涛，我会尽快写，因为我想让更多的读者知道、了解、熟悉和热爱。因为，我觉得他的孤独里也包含着我们这些受益于他的读者的疏忽所造成的责任。我不愿他如彗星，我不愿他离开时划出灿烂的尾迹就归于黑暗。即使我以前和以后都失去了熟悉他的机会，我也立即开始写作，哪怕众声之中多我一个声音，哪怕因此多出一个额外的读者，我也会感到安慰。晚来而潦草的铭记，无以报答，仅仅像是我个人的回忆与悔意。他已离去，那些酝酿魔术般奇幻语言的胸腔，现在已如花岗石般坚硬。在他留下的空旷里，无论我们怎样呼唤，是否都会变成无望的回声？

对于写作者来说，终点不是墓碑——当他写下太多，墓碑上的字就无法再匹配和称量。我们哀悼一个作家，是因为我们失去了他未来的文字；而阅读，就是尊重他曾经写下的文字，并使之永远不死。在社会关系的层面，往往人走茶凉；但优秀的作家不是，即使足迹已远，身影已渺，文字的余温依然灼烫。是的，作家的老与不老，看的是他的活力；一个作家只要文字活着，他就是在呼吸，在生长，在兀自歌唱；那些写下的句子如海，永远有自己的澎湃和潮汐。

周涛，仿佛永远保持着热血下的温度。他那么有力而耀眼，让我笃信，无论那里是怎样的黑暗，他也是劈入其中的闪电。他的文字是春天的种粒，只要我们的内心不板结枯竭，它们就会成活；哪怕新疆大雪，在最冷中那也是天地之间的蒲公英，在自由中拥有生机。

自由不是姿态，而是内心的热爱。周涛的童年理想，是当骑兵。在这个冬天，山河降下暮色……马蹄飒沓，长鬃披拂，骑行疾驰的他跃入繁星形成的旋涡之中。

（原载《绿洲》2024 年第 1 期）

周晓枫（1969— ），女，籍贯吉林，生于北京，山东大学中文系毕业，曾任文学编辑多年，现为北京作家协会副主席、老舍文学院专业作家，出版有散文集《上帝的隐语》《鸟群》《斑纹：兽皮上的地图》《巨鲸歌唱》《有如候鸟》《幻兽之吻》及童话《小翅膀》《小门牙》《星鱼》《你的好心看起来像个坏主意》《我的名字叫啊吨》等。

纯净之人，赤子之文

◎ 凸　凹

○

张守仁先生去了。

消息传来，我如五雷轰顶，先是晕眩了一下，后是大放悲声。就惊动了夫人，她推门而进，惊异地问："你这是怎么了？"我抽泣着说："张老爷子走了。"她"呃"了一声，转身离去，很快就抱来一摞老先生的书，放在我面前，轻声地说："好在他还有书给你留下，能够作为永久的纪念，所以你要节哀。"

夫人也熟悉张守仁。因为自从我们相识以来，他几乎每两个月给我打来一次电话，电话的时长均在一个小时以上。为了节省体力，我每次都打开免提，所以，我们在电话里热烈地交谈，她在一边静静地听。我们在电话里聊文学，也聊时事、文坛逸事和人情世故，一切都很家常，坦率得毫不设防。夫人被吸引，觉得文人之间的话题很有意思，能让她拥有另一种看世界的眼光。而且，每次通话结束，他都不忘说一句："问你夫人好，我们打扰她了。"张先生很绅士，尊重女性，礼数周全，让夫人很受用。另外，她很喜欢张先生的语风，说："你看人家老先生，讲话不紧不慢，温文尔雅，声音好听。"我说："你只知其一，不知其二，其实他也有不儒雅的时候。"于是，我便给她讲了一个故事——

2000年，他带我去河南新县，出席一个散文研讨会。他要求我跟他住在一个房间，说我是一个青年才俊，且唇红齿白，容易跟美女作家搅在一起，所以他要看好我，对我负责。我觉得跟他同居一室很是拘谨，想调到别的房间去。他正色道："每次外出参加笔会，我几乎都是和汪曾祺同住，难道你比汪老资历还老？"他的反问，近乎揶揄，让我惭愧，只好乖乖地跟他住在一起。那时电视里正直播着世界杯的比赛，他每晚都端坐在床沿上观看。他静静地看，好像在欣赏一篇美文。第二天，情形突然大变：他看好的一支球队，总是踢出臭球，他大失所望，情绪就焦躁起来。他对我说："凸凹，请允许我说句粗话。"我一愣，赶紧说道："您尽管说。"他猛地站起身来，指着屏幕上那个踢臭球的队员，怒吼了一声："傻×！"这突然爆发的一句国骂，把我惊呆了，大气不敢出一口，小心地陪着他。夫人听完故事，居然毫不诧异，嘻嘻一笑，"这个张老师真有意思，我喜欢，因为这说明他有真性情，值得你追随，往深里交。"

从前年开始，他的电话突然少了，猜疑之下，去年年中，我主动（因为一直是他打来电话）给他打过电话去，一问始知，他搬进了昌平的养老公寓，跟外界的联系就少了。他劈头就说："谢谢你给我打电话，因为在这里住着，有末日感觉，很是寂寞。"那一天，我们聊了一小时四十分钟，怎么委婉地提醒，他也舍不得撂下电话。临了他问我："凸凹，我这一辈子是不是还活得有点儿价值？"我毫不犹豫地说："您岂止有点儿价值，是很有价值，您在散文界可谓是举足轻重，疑似国宝。"他哈哈大笑："不许胡吹，你这是小说笔法。另外，我想问你，我的《林中速写》算不算名篇？"我还是毫不犹豫地说："不仅是名篇，还是经典。"他说："你不仅是散文家，还是书评家，有你的这个评价，我知足了。"放下电话，我心中五味杂陈，张先生自知路途所剩不长，他需要验证，于豁达中有不甘，因为他太热爱生活，热爱文学，热爱散文，对"生"有强烈的眷恋。

他终于恋恋不舍地走了。

抚痛之后，我沉下心来给他画像——

张守仁，1933年9月生，上海市人。大学文化。1950年2月考入华东军政大学学习，不久进入南京外语专科学校学习。1953年起在部队任译员。1957年考入中国人民大学新闻系，1961年毕业分配到《北京晚报》任副刊编辑。后来到北京出版社工作，与同事创办《十月》杂志。先后任编辑、副主编、编审。1961年开始发表作品。系中国作家协会会员。精通俄语、英语。著作有《废墟上的春天》《文坛风景线》《你就是爱》《寻找勿忘我》《永远的十月》等书。译作有《道路在呼唤》《魏列萨耶夫中短篇小说选》《屠格涅夫散文选》等。散文《林中速写》曾获中华精短散文大赛奖，被编入国内数十个散文选本以及中学阅读课本。曾编辑出版了《高山下的花环》等多部名作。他一人担纲编选的《世界美文观止》，在文坛有广泛的影响。因为文学工作成绩突出，被评为北京市劳动模范；也因为在编辑岗位上取得的巨大成就，被公认为是新时期以来"四大著名编辑家"之一。

这是张守仁先生在文坛上的公众形象。

就我个人的感受来说，他对文学及文学事业爱之弥深，敬之弥切，将之视如生命。他以极大的热情，爱散文，爱写散文的人，像圣徒一样，以博大、无私的爱意，关心同路者，呵护后来者，且乐此不疲。在我心中，他是先知、导师和父亲。

一

　　记得是2011年4月，春色渐浓，我吃了香椿的新芽，口齿清爽，很想读一本温暖的书。正巧收到张守仁先生赐赠的《永远的十月》，素雅的封面上，有一丛兰花，幽幽地发出暖意，一如早就定下的一个邀约，便独居一室，静静品读。

　　张先生的文字真是纯净，读的时候，好像幽暗的室内有阳光一缕一缕地照耀，从始至终，内心都涌动着一股暖流，盈满得既感动又忧伤。这种感觉，一如早年被爱情俘获，因为感情纯粹，所以感动；因为世态浇薄，所以忧伤。

　　张先生的笔致，至纯至性，唱的都是文学至上、精神至上、感情至上的心灵大歌。他唱得不管不顾，一如古田野上的荷锄者，甘于庄窠，陶然击壤，"帝力于我何有哉"，他很自足。

　　感动之余，我不禁回溯起与张先生的多次交集。

　　张先生是《十月》的创办者之一，享有"四大著名编辑家"的文学声誉，是改革开放以来新文学历程的亲历者，由他之手，推出了一大批当代文学名作和当代文学名人，与《十月》一起成长，与《十月》一起辉煌，可谓阅尽文坛春色。在风云际会之间，他始终在场，因而有历史见证人的资格。他见多了文坛上的世俗、功利、争竞和阴私，完全可以成为一个文坛上的世故老人，借名家以自重，借名篇以称雄，沾沾自喜。然而，他的笔触总是那么低调，以文学老农的身姿，朴实地叙写壮株之所以长成，好收成之所以得来，写得贴心贴肺，一派敬重。

他爱笔下的每个人物，他以十分的体恤，道出他们的甘苦，好像每个人都是自己的亲人，即便是瑕瑜互见，也只是说好；他也爱每篇他推崇过的作品，即便是在时间深处，有了明显的破绽，也不忍珠玉蒙尘，而是怜惜地拂拭再拂拭，让其兀自发光。

他跟汪曾祺可有一比，都是温暖的底色，他们都不居高临下地臧否人物，品藻物类，而是感同身受，平等以待。不同的是，汪曾祺疼爱的是他想象中的事件和人物，以人道主义的关怀，"人间送小温"；而张先生疼爱的是与他相遇的作家和作品，以温厚的胸怀，为文坛道珍重。相形之下，汪曾祺笔下没有恶人，在张先生眼中，遍地是好作品。

其实文坛早已不是一块净土。市场规则，功利诱惑，红尘滚滚，此消彼长。但从张先生的字里行间，读不出一点儿渣滓，而是满眼亮色。掩卷沉思，反观其人，发现这是他的文学观念使然。在文坛和文学之间，他看重的是文学。文坛多的是名利与是非，只有文学才直逼心灵。在文坛之上，他站立；在文学面前，他匍匐。所以，文坛闹热，他始终是个旁观者；文学冷落，他却矢志不改，虔敬地投入。他是文学的信徒，因而他有定力，"常在河边走，就是不湿鞋"，对名家不谀不媚，对无名者不轻不贱，谁写出好作品，他都平等尊崇，大声叫好，像个不谙世事的孩子。

最难忘二十世纪九十年代初的一个深夜，铃声猝响，兀然惊魂。夫人拿起电话，甚恼，对着话筒训斥道："你是谁，还让不让人睡觉？"那边赧然低语道："对不起，我是张守仁，找凸凹。"依稀听到这个如雷贯耳的名字，我心中一惊，赶紧把电话抢过来，示意夫人不要吱声，然而她还是嘟囔了一句："真是的！"我不得不说："张老师，对不起，我夫人她不懂事，请您多担待。"他却不迭地说："是我不懂事，哪有半夜三更给人家打电话的，然而你老兄写了那么好的散文，我忍不住要吱声。"于是就有了我终生难忘的七十分钟"午夜真谈"。他对我的作品如数家珍，大加赞誉，弄得我羞愧难耐，大汗淋漓。之后，就是推荐，就是公开鼓吹，热情洋溢，不遗余力。以至于我的长篇散文《大地清明，故乡永在》甫一在《十月》上发表，他就给《新华文摘》的编者打电话，"强迫"人家转载。五万多字的长文居然很快就被全文转载，还获了当年的"十月文学奖"。

事实上，不少青年作家都享受过这种"待遇"，张先生不仅替他们推荐文章，还为有困难的作者四处奔走帮助解决生活上的难题，比如安排就业，举荐任职，沟通隔阂，化解矛盾。张先生真像足赤的阳光，只要你是庄稼，他都要不由分说地送去温煦、持久的照耀。

为此，我在许多场合，都发出真心的感叹：一如有人说汪曾祺是中国最后一个士大夫，在当代中国文坛，张守仁先生也许就是最后一个文学赤子了。

记得蒙田说过，儿童的天真不是真正的天真，只有成年人的天真才是真正的天真。梁遇春就此衍绎道，儿童的天真，是一种生物本能，因为他不谙世事，不知利害，便可爱而不可贵；只有成年人的天真才是可贵的，因为他阅人无数，历经沧桑，已知轻重，已知进退，再天真而处之，便是一种伟大的操守了。以此推之，张先生的赤子形状，乃是一种人生品格，在他那里，文字无欺，精神高贵，文学神圣！

张先生的赤子情怀，固然源自他的出身、他的性情和中国诗书为上的文化传统，但最重要的一点，是作为俄罗斯文学翻译家的他，承接了俄罗斯文学伟大传统的濡染和涵养。俄罗斯文学家，总体上不畏权贵，不惧苦难，不堕俗志，追求以文学为本的自由言说，铸就了思想、精神和情操为上的内在品质。托尔斯泰的宗教情怀，陀思妥耶夫斯基的道德自审，赫尔岑的灵魂拷问，屠格涅夫的阳光心态，魏列萨耶夫的悲悯体恤，都让人感到，文学是个伟大的存在，是人间道德之上的道德，是世俗伦理之上的伦理。于是，他们爱文学，胜过爱生命！他们也都是一群"天真"与纯粹的人——他们在文学与人生之间画上了等号。不然，就不会有果戈理觉得《死魂灵》第二部没有写好而愤然焚稿。屠格涅夫也曾真诚地说道，读一读果戈理，在俄罗斯大地上走走，很好。

我便也由衷地想说一句，嚼一嚼京西的香椿，读一读张守仁，很好。

二

记得是 2013 年 5 月 16 日（星期四）上午十时许，张守仁先生给我打来电话。一般他都是晚上来电，这一次却选择了白天，我觉得他一定有迫不及待的事情要吩咐。

电话一接通，他就尽情地叙说文学感悟和文坛见闻。张先生虽年逾八十，却思维敏捷，激情澎湃，大珠小珠飞溅，且只容你接听，不容你插话。

最后，他说——

我受中国作协委托，正编一部《世界美文观止》，将由作家出版社出版，你小子的散文《人行羊迹》被我收入。此次来电，核心的意思是我写了一篇关于你的六十字评传附于选文之后，有关情况，要与你核实。

他一字一句地念给我听，以免生纰漏。

我很感动，说："您对我真好，即便是红口小儿您也不糊弄。"

他说："岂止是跟你，对每个入选作家，我都是如此办理，谨严持重是我张守仁一贯的作风。"

他对我说："我视编书和写作为生命，凡五十年，不敢有丝毫懈怠。"

他还说："我感到累了，编完这部书，就罢手，当了一辈子劳动模范，可以理直气壮地休息了。我准备在老家——上海的崇明岛上给自己买块墓地，认真地料理一下后事，并刻一块碑，上写：写过，编过，生活过。"

我说："您发现了那么多人，推出了那么多人，帮助了那么多人，包括我凸凹，您的生命信息、精神品质已融入这些人，他们会为您延续，所以，您将不朽。"

他说："依你的逻辑，我张老汉是不是有资格说，我没有愧对人生？"

我说："岂止无愧，还是超量贡献，令人景仰。"

"因为咱爷儿俩投机，我向你透露一个个人信息。"他说——

我能有现在的作为，缘于幼时的一个信念，即出人头地。我的父亲，好吃懒做，不务正业，不仅导致家贫如洗，还给家庭带来灾难。记得十岁那年的一个深夜，嗜睡的我意外醒来，发现母亲端坐于床上，衣着整齐，头发也梳得一丝不乱，但房梁上静静地垂下来一根绳子。哪怕我少不更事，也一下子明白了，母亲不能承受屈辱之重，她要自寻短见。我立刻跪在她身边，乞求道，妈，您千万别抛下我们自己走，我发誓，我作为您的大儿子，一定会上孝您老，下护弟妹，吃苦耐劳，出人头地，给张家洗刷耻辱，光大门楣。母亲未死，我却一生负重前行，以兑现诺言。最后，母亲得以善终，弟弟妹妹在我的资助下，也都生活幸福，各有所成。我也在文坛上有了适当的地位，可以安心休息了。

听了他老人家的叙述，我喉头发热。因为我在家也是长子，父亲很早就去世，撇下寡母和我及两个年幼的弟弟，我不得不挑起家庭这副重担——赡养母亲，扶助弟弟，为他们操办婚事，为他们建盖家居，为他们寻找就业门路，体力、精力、心力，为他们耗去大半。五十刚过，我已华发满头，身心俱疲。

我对张老说："文人的风光背后，都是生活之苦啊。"

他说："是的，文人的辛酸故事我知道得很多很多，因为涉及隐私，也就不对你说了。"

我说："苦与累倒是好的，因为可以少生闲心，少生杂念，应付生活之重之外，只剩创作了。"

他哈哈大笑，"这或许就是你常说的大地道德、乡村哲学，哈哈哈——"

他独自编竣的皇皇六十万言的《世界美文观止》于是年年底如期出版。

接到样书，我像捧起了一团火，心情难以平静。我从腊月始读，直到次年的元宵节终卷，四十余日的沉潜阅读，消享大福，不敢轻浮，掩卷抚额，我放声大哭。这是精神游历之后的痛快淋漓，一如朝圣者通过窄门看到天光，获得了新生。从此我懂得了什么是敬畏，什么是谦卑。

我激动地打电话给他，近似崇拜地表达敬意。他在电话里对我说，他集一生之力，干了一件事，就是编了一部《世界美文观止》；好像上苍把他诞于人间，就是为了这一件事而来，如今他编完了，就什么也不干了，他真的太累了，真的该休息了。

他已年过八旬，白发斑驳，褐斑盈颊，遍尝人间沧桑，他的话有巨大的人生况味。我被震撼，便再次读那部书，竟依然读得废寝忘食，读得天昏地暗。这种暗色，一如血色，是生命的内在驱动。书中的情感、思想都是心血的结晶，穿越时空，奔窜着在我的眼底和心间涌流。

这是一部在时间深处慢慢积累的书，编者用一生的搜求，从漫漫文海中，一粒粒拣拾，反复摩挲，反复比较，才看出那珍珠内在的纹理，才惴惴不安地放进手中的玉盘。终生的等待和涵纳，才有了"大珠小珠落玉盘"的局面。用编者的话说，他从全世界上百个国家和地区，万余篇作品中，呕心沥血地鉴别，才选出这160篇美文。

编者是美文的赤子，几十年来，张先生心无旁骛，专心地读散文、写散文、翻译散文、评审散文、研究散文，似乎是为散文而生。所以，他洞悉散文世界的源流脉动，他谙熟散文艺术的嬗递传承，有深刻的底蕴、丰富的经验和独特的眼光，因而就有了权威的地位和不可争辩的话语权。他大可以驾轻就熟、探囊取物、轻松辑录，但是，他却选择了敬畏和"苦"。

其一，以史为经，以文为纬。这部"观止"，打破了以往单纯的"美文集萃"的编法，而是遵从人类历史的整体走向，注意选取那些反映了人类的历史进步、观念递变、时代脉动和体现了人类的思想高度、情感深度、经验广度的文章入典。这从入选的伊索的《鹰与蜣螂》、马克思的《致燕妮》、杰弗逊的《独立宣言》、高尔基的《不合时宜的思想》、庄子的《庖丁解牛》、司马迁的《报任安书》、梁启超的《少年中国说》、李嘉诚的《活出我们民族的精彩》、莫言的《讲故事的人》可见一斑。这种编法，须以扎实的历史修养为依托，须以博大的人文情怀为支撑，是一种有难度的操作。张守仁先生是一个温文柔弱的人，却敢执牛耳，可以看出，他是有文学担当的。因此，他编的不是一部简单的"美文选"，而是由美文呈现出的人类的精神史、思想史、情感史，是一部浓缩了人类经验的文化大典。用极少的阅读成本，却得到最宏富的心灵享受，他赐读者以大福。

其二，追求独特，拒绝类同。既然是"观止"就立足一个"止"字，不仅是高山仰止，而且还要是独一的存在。所选篇目，看重的是有没有独特的情感、独特的思想、独特的论述、独特的表达，便不以作者划界，也不以名分取舍，可谓在美文面前人人平等。对相类的题材，他选最精简、最朴实的叙述，不被表面的玄奥宏富、华丽铺陈障目。譬如同样是揭示生活的本质，他不选梭罗的《瓦尔登湖》（即便是片段），而是选埃及马哈福兹的《生活》。前者虽然最负盛名，但文字烦琐，颇考验读者的耐心；而后者虽籍籍无名，但他只用了一个形象的譬喻，几百字的篇幅，就深刻地表达了相同的题旨。他说："同是一条溪中的水，可是有的人用金杯盛它，有的人却用泥制的土杯子喝它，而那些既无金杯又无土杯的人就只好用手捧起来喝了。水本来是没有任何差别的，差别就在于盛水的器皿。"短文有大意，它告诉人们，水就是用来解渴的，口干舌燥之下，不挑剔器皿。而生活就是用来过的，本能的满足，也不需华丽的包装。而现在的情形是，人们看重器皿，为"形式感"而活。为什么物质发达了，生活便利了，人们反而看不到幸福的模样，且深陷困顿？究其缘由，就是增加了额外的"支出"，远离本质，为"奢侈"买单。人们本末倒置、买椟还珠，在虚妄处整天空忙。也就是说，身体走远了，而心还停留在原地。

其三，洞悉全貌，攫取经典。这部"观止"，每篇选文之前，都有编者的"题解"，用极精当的文字，对作者的生平背景、创作轨迹、艺术特色、文学影响进行勾勒，在引导赏析之外，让读者看到文字背后的"人"。这就意味着，每编进一个作者的一篇美文，编者都要对这个作者作整体的把握，在对其文本进行大量阅读的基础上（包括作者的传记），选取最能体现他艺术特质、独特贡献的篇章入典。由此看出，编者的前期准备是个浩繁的工程，非老实人和美文的圣徒所不能为。正因如此，编者融入了自己的阅读经验、真实发现、写作体会，构建了一个有"我"的编选体系，并且在"题解"中，树立开放的阅读坐标，引领读者用"对读"的方式，延伸阅读。譬如介绍梁实秋的《雅舍》时，指出要想到刘禹锡的《陋室铭》；编进印度普列姆昌德《捕鳄》时，告知有《爱斯基摩人捕狼》可供参阅；德富芦花《海上日出》固然美，清代姚鼐的《登泰山记》堪称异曲同工；当然，在读了马哈福兹的《生活》之后，不要忘了还有梭罗的《瓦尔登湖》那缜密的衬托。另外，既然是世界美文，自然要关涉译文，在编者的自序中我们看到，在选择之前，编者要把同一篇文章的不同译本悉数放在案头，反复甄别，优中选优。倘无优者，就自己动手，以最大化地传达原文的美趣和意绪。

总的来说，张守仁先生选编的态度，一如鲁迅所说，盗天火煮自己的肉，呈现的是普罗米修斯的精神风仪。当下选家林立，选本纷呈，但可靠的读本不多。因为他们对文字缺乏敬意，不愿付出身后的工夫，现成者拿来，亲近者送来，仓促拾掇，盈筐即可。他们不是"选"，而是率性集约，看重的只是一个"选家"的浮名，功利之下，眼中几无读者。与此相较，《世界美文观止》是迄今各类选本中，最权威、最经典的一本，它是选本中的选本、精华中的精华，是经典美文的世界版图，读者可以放心地把它放在枕畔、案头，按图索骥，纵情领略，圆满地完成自己的精神之旅。

面对张守仁先生向世界美文的致敬之作，我心中油然生出一种感恩情怀：张老先生，您是一个伟大的"坐行者"（蒙田语），虽足不出户，却代我们行了万里路、读了万卷书，把我们引渡到精神的"窄门"，见到了天光，作为散文的小徒，能承领到这样的大恩，我真诚地向您叩首致敬！

三

关于张守仁先生，说了这么多崇高、庄重、激越、深情的话，也应该补之以轻缓的絮语，因为，有时"絮语"更能见性情与心地。

记得是2013年的12月底，我受金上京博物馆馆长、作家刘学颜邀请，与张守仁、崔道怡和徐迅一起赴阿城，出席"当代名家看阿城"活动。

前日二十一点十分乘北京——哈尔滨Z1列车，第二日早七点十分到哈尔滨，九时半到阿城。本来举办方安排休息，但张守仁先生却极力主张出去考察，觉得把大好的时光耽误在宾馆里，不是文人的浪漫。我提醒他要体贴一下崔道怡先生，他年龄大，身体又瘦弱，或许难以承受十几个小时的颠簸之苦。

张先生一笑，故意放大了声音对崔先生说："老崔，你行不行？"

崔道怡一愣，哼了一声，说道："你以为就你是普希金，我也是莱蒙托夫，你行我就行。"

"哈哈，跟你崔大师相比，我张守仁充其量也就是魏列萨耶夫。"

崔老看了看我，"嘿嘿，你们张老师这是名恭实倨，欺负我不会翻译。"

两位文坛前辈斗嘴，我和徐迅会心一笑，觉得他们俩感情深笃，相互之间有别样的尊重。我便对徐迅说："迅啊，咱们也要学样啊。"徐迅说："凸啊，你就放心吧，你怎么欺负我，我也不反抗啊。"

便就近去考察亚沟金人摩崖石刻。

石刻系男女二像，体量与真人同。男像清晰，头大颚方，体现出食肉族典型特征。

因三日前下过雪，又无人来，故沟川、坡顶均莹白无染，脚踏雪上，咯吱作响，脚窝深陷，有北国况味。我心生大愉悦，与徐迅爬上石刻背后的山岭，居高临下，放声大叫。静鸟惊，梢雪落，一如蛮人来扰。

此时，张崔二老正相互搀扶着行至中腰，张老对崔老说："你站在原地别动，我上去会会那两个臭小子。"遂也迅疾地攀上岭来，跟我们一道大叫。已是八十多的老翁，居然身手矫捷，我们大为惊讶，纷纷叫好。

在中腰的崔道怡递上话来："你们这叫别有用心，助长他的虚荣，要知道，他已是个大老头子了，又有心脏病。"

张老回应道："谁说我有心脏病？你这是酸葡萄心态，哈哈，有的时候，虚荣也是力量，君子不言利，但为荣誉而战。"

晚上，徐迅去会鲁院的同学，我陪二老去河边小榭喝茶。

茶间，张守仁先生兀然说道："老崔，凸凹，我要跟你们坦白。"

崔先生说："你要坦白什么？"

张老说道——

我自己的散文写作格局之所以小，是因为家贫无教，只上了一个俄语学校，做了一个小小的俄文翻译，搞文学时底蕴就不足，一如小植株生于薄地，地力不足，不能持久地供给养分，高不盈尺，就急切地开花，所以，只能开小花，结小果。

我当时觉得，他的说法，颇可状文学的芸芸众生。一个人文学成就的大小，某种程度上受先天条件的制约。从张先生身上，我还感到，即便是同等高的植株、同等轮廓的花朵，因所居位置的不同，也会有不同的风致和印象（影响）——居于洼地，猥琐；居于涯际，俏皮；居于峰顶，招摇。虽然张先生自称身矮，但他居于《十月》的神圣殿堂之上，即便是没有自己的创作，因为他见证和推动了新时期文学的辉煌，以著名编辑家的身份，也足可以在文学史上散发出明亮的光辉，可谓小花也惹眼、微果也盈满。而我等就不同了，因为身陷乡野，即便努力向上伸展，也高不盈尺，要想被人看到，殊难。二十年前就有人鼓动我到京城发展，靠地势可拔高自己的影响，但当时雄心勃发，认为是金子哪儿都发光，是嘉卉哪儿都溢香，依张老的逻辑看来，我是过于一厢情愿了，有自误之嫌。

因此，对张老的说法我大为赞同，连连称是。

崔老猛地喝了一口茶，对我说："凸凹，你动动脑子好不好，他的自谦是表面的，其实他心里高傲得很，他是想要咱俩夸他。"崔老指了指杯子，对张守仁说："给我倒茶。"我赶紧提壶，崔老制止了，"不行，就得他倒。"

张老躬身倒茶，一脸的谦逊。崔老说："你再殷勤，我也不夸。"

"那么，我们夸你。"张老调皮地一笑，夸道，"谁比得了你老崔，京城四大名编之一（崔老插话说，还有你），是小说的权威，你发谁的小说谁火，发谁的小说谁得奖，嘿嘿。"

"守仁，不许你再说下去了。"崔老摆摆手，"你终于得逞了，为了躲闪你对我的羞臊，还是夸你吧。"

于是就夸，夸张老在散文界不仅有自己的主张，还有名作，还桃李满天下。

张老赶紧打断："我有什么主张？"

"要有我，写独特，独特写，这是谁说的？"崔老反问道。

张老像做错了事的孩子一样，赧然一笑，"是我说的。"

崔老说："不仅是你说的，你还有系统的阐述。"

"要有我"。散文就是写自己，写自己的感受、情绪、体验、识见、发现，写自己对往事的回忆，对另一时空的向往以及心灵深处的瞬间波动。没有"我"的散文，就没有灵魂。

"写独特"。散文要写个人独特的、与众不同的经验、经历、感受、见识。你说秋山红叶美，我说红叶是经不住霜冻的早衰；你抒写爱之甜美，我则诉说爱的牵挂。重复别人、重复自己的散文，不过是工艺商店里的绢花而已。应该独出心裁，标新立异。所以散文不能多产，多产的散文，像掺入了水的酒，淡而无味。

"独特写"。就是每写一篇要有点独创性，切忌用熟了的、用滥了的套语，老套子、现成语言是散文创作的大敌。独特的感受要用独特的语言、独特的句式、独特的视角、独特的手法、独特的切入点去描述。不必拘泥于一格，务必拓宽路子，可向小说、诗歌、戏剧、音乐、绘画、建筑、生物学甚至哲学汲取营养，博采众长，为我所用，不断丰富自己的艺术手法。甚至可以搞点"杂交"。杂交在生物学上可使新品种富有生命力，用在文艺领域，也可使作品呈现一种从未有过的生气和活力。

随着崔老的叙述，我也不时地补充，弄得张先生既难为情，又一派欢欣，他不迭地给崔老和我倒茶。

夜色渐浓，情谊渐厚，该回旅馆了，但是我们三个人都懒得动身，就沉浸在厚暗的氛围里，感到特别温暖，特别受用。

还是张守仁先生先欠了身子，因为他一直惦记着买单。我赶紧抢过去拦住了他，"我来。"他说："这可不行，你们爷儿俩一直夸我，我得感恩。"

"感恩"一词，用得有些重，所以崔老"嗯"了一声，"守仁你就算了，好像我们搞的是红包批评，弄得我们爷儿俩很不名誉，再说，凸凹他是小字辈儿，你别把他惯坏了。"

回去的路上，张先生趁人不备在我的衣兜按了一下。我把衣兜里多了的那叠东西掏出来塞进他的手心，大声说道："岂有此理！"

崔老回头看了看我们，"嗯？"

我和张先生同时颤抖了一下，然后相视一笑，老老实实地跟着崔老向宾馆走去。

（原载《星火》2024年第5期，副题"缅怀张守仁先生"）

凸凹（1963— ），本名史长义，北京房山人，现任房山作协主席、北京文联理事、北京文艺评论家协会理事，出版长篇小说《大猫》《玉碎》《玄武》《京西之南》《美狐》等十二部、散文集《风声在耳》《夜之细声》《故乡永在》等三十部，及中短篇小说集三部、评论集一部。

无法返回的路

◎ 傅　菲

2002年春，万物起身。这个春天与我密切相关。我的孩子即将降临这个世界。我放下了所有的事情，专注于搜罗地道食材，烧饭、陪爱人散步。世界上，没有比新生命的到来更重要更美好的事情。

4月23日，我女儿在上饶市立医院出生。从医护人员手中抱过胖嘟嘟的女儿，我抚摸她。头发、额头、脸颊、下巴、脖子、后背、手、脚，都一一抚摸。她头上没有（幼婴特有的）皮屑，眯着眼在我怀中睡觉。我抱着女儿给我爱人看，说："女儿就像一匹骏马，取名骢骢吧。"

上饶县郑坊镇枫林村是我出生、成长之地，十五岁之前，我没有吃过饱饭，冬天穿一条单裤，十个指头结起瘿瘤一样的冻疮，筷子都拿不起。读初中，喝稀饭饿不住。有一次，找我爸要三毛钱，我爸问我要钱干什么。我说，馒头五分钱一个，三毛钱可以买六个馒头，一天吃一个。我爸打开抽屉，手伸进去摸钱，摸了几个来回，也没摸出五分钱，说："饿了，就去喝杯热水，和你一起去郑坊读书的昌林、其运、正权，同你一样饿着上课。"

没有钱，我是不会结婚的，不想妻子、孩子和我一起受穷。贫穷是对生命的惩罚、摧残。青春年代，尽管我有过恋爱，但一直没有结婚的念头。我把收入的大部分交给我妈，自己没有钱存。二十九岁那年，我遇上我爱人，对未来生活，我们有过很多讨论，也有很多向往。订婚那天，带我妈去我爱人家，在路上，我妈很愧疚地说："你给我的钱，我都用完了。"

女儿出生，我三天三夜没合眼，忙着送饭、洗尿布，给爱人换洗衣服。女儿吸奶水了，我就给她擦拭嘴角。我对自己说，任何时候，我都不会抛弃这个家，以生命去守护她们。

一个生命到来，另一个生命离去。七月底，我十三岁的侄女因先天性心肌炎病逝。就医半年多，哥哥嫂子住在我家，抱着孩子去南昌、上海四处求医。孩子软绵无力，瘦骨伶仃，一餐只吃一小勺饭，喝点肉汤。哥哥整天茫然，双目空空。作为无可医治的孩子父亲，他的无助令我心碎。我甚至无言安慰。最后半个月，侄女已无法进食，靠滴液维持生命。在滴液时，侄女蜷缩在她妈妈怀里离去。临终时，孩子说："妈妈，我坚持不下去了。"

五月份，上饶市成立了临时机构"严打办"，从公检法和新闻机构等部门抽调人员组建。我单位指派我去"严打办"工作。我的职责就是每个月出一期工作简报。工作很简单，也很轻松，纪律极其严明。办公室有六十多平方米，四人一间，分坐四个角落，不可以闲聊。手头无事，就学习法律文件、法规汇编。我就带《人民文学》《天涯》《作家》《花城》《散文》等杂志去办公室阅读。

1994年开始，我就订阅非常多的杂志。《收获》《人民文学》《小说选刊》《十月》《当代》《散文》《天涯》……我尤其喜欢《人民文学》《天涯》《作家》。每晚我要读两个小时杂志，才会入睡。这些杂志，是我青年时代的陪伴者，给予黑暗中的我以慰藉。在办公室读杂志，再多的杂志也觉得不够阅读。我读杂志，是非常快的。闲得无事，我就在笔记本上写，写我故土的景致、河流、乡人。一个月下来，我一共写了七篇。我找出蓝色方格稿子，誊抄了《土屋》《田野》《河流的秘密》《夕阳耀枫林》四篇，组章标题取名《露水里的村庄》，另三篇组章标题取名《纸上的故乡》，装进了两个大号信封。

十六开大号信封，黄皮纸，包起来，严严实实。信封粘好了，可不知道寄给谁。我从来没投过散文作品，也不知道杂志散文编辑是谁。办公桌叠了一大摞杂志，我抽出一本《人民文学》、一本《散文》，按图索骥。给《人民文学》的收件人是韩作荣老师，给《散文》的收件人是张森老师。

寄出了，我也就没再想投稿的事。一个第一次写散文的人，把投稿当作给自己的鼓励。

自女儿出生，我晚上也不出去玩牌了。以前，我很喜欢玩扑克牌，玩一种叫"打三"的游戏。我难寻敌手，十玩九赢。朋友都带着恐惧心理和我玩牌。他们都说我记忆力超强，打出的每一张都记住。我哈哈大笑。其实，我从不记牌，是掌握了出牌的规律。不玩牌了，就带女儿。因为居住环境改变了，也或者是因气候变化，我落下了严重的失眠症。

8月10日，在江西省作协工作的江子老师，给我打来电话，兴奋莫名："《人民文学》第八期发了你一大组散文，这是我们江西作家第一次在《人民文学》发这么大组章的散文。"

我难掩兴奋之情，说："我订阅了《人民文学》，邮递员怎么还没送来呢？我去找找。"

江子老师在电话说："你不写就不写，一写就搞出这么大的动静。"

接电话时，已是临近中午了，我正在八角塘菜市场买菜。我走出菜市场，去步行街邮政报刊门市部。门市部卖四十多种文学刊物和文学报纸。我提着菜篮，问售货员："2002年第八期《人民文学》到了吗？"

我每月都要来买报刊。售货员认识我，说："前三天就到了。"

我说："一起到了多少本？"

售货员说："一起到了二十本，卖出七本了，还剩下十三本。"

我掏出钱，说："全部卖给我。"

售货员说："买这么多干什么？又不是买糖果。"

《人民文学》拿在手上，我开始翻目录，看到《露水里的村庄》和自己的名字，又翻内文，确定发了四篇。我就给徐勇打电话。他用的是联通号码，信号不好，打不进去。我连着按号码，都是"嘟嘟嘟"的声音。我缓了缓，手发抖，从口袋里掏钱，掏了一把散钞，给售货员，说："买十三本，你算算钱，杂志给我。"

售货员说："不能卖你这么多，有固定读者来买的，期期买。我最多卖你五本。"

我说："好好好。"我继续打电话，徐勇接通了电话。我说："我在《人民文学》发了一组散文，明天，我送一本杂志给你看看。"

每有好事或伤心事，我找的第一个人就是徐勇。他是我师范同学，一起创办校园文学社。参加工作头四年，还是室友。

拿着五本《人民文学》回到家，才想起菜还没买。我又回到八角塘买菜。随意买了点菜，就回去逐字逐句读《露水里的村庄》。

读完，我热泪盈眶。不是被自己的文字感动，而是觉得一阵阵酸楚。自1988年5月，我每天写日记，每天至少写两千字，即使是除夕也不间断，写我身边人物，写四季景色，写里弄邻居，写田野四季，写气象，写了整整六年。我用十六开会议记录本写。会议记录本便宜，可以写很多字。其间，我还尝试写小说，写过八个两万多字的短篇小说，一个字也没发表过。1998年，我彻底停笔不写了。我像猎狗找食物一样，满街找钱，找了好几年。

　　阅读，我一直坚持了下来。每年还是订阅很多杂志。住在单位家属楼时，我只有一张书桌、一张床、一个书架。床上、书桌上、书架上都是书，一摞一摞堆着。我缩在书中间睡觉。

　　随后，散文类选刊转载了《露水里的村庄》，还收入《2002年文学精品·散文卷》《精品散文·2003》两个选本。2019年，孟繁华老师主编的《新中国70年文学丛书·散文卷（第二卷）》还收入了这组散文。

　　2003年第3期《散文》在第二条位置，刊发了《纸上的故乡》组章。我第一次投的两家刊物，就这样发表了。张森老师给我写了回信。回信的内容，我忘记了，记得信纸是百花文艺小便笺，笔迹俊秀、有力。

　　韩作荣是谁，张森是谁？韩作荣是主编，张森是责任编辑。他们是我按图索骥找出的收件人。仅此而已。但我确定了一件事，刊物编辑是一个值得我终生敬重的职业。编辑是最公允的一个群体，从海量来稿中遴选出可用之作，擢拔新人，提携年轻人。他们有独到的慧眼，对来稿及作者进行严格的甄别与筛选。他们是作品的"质检员"，也是发掘作家的"侦查员"，更是作家写作道路上的"助推员"。此后二十余年的写作与发稿、出版历程，印证了我当初的判断。作者的职责就是努力写出好作品。我是《天涯》发稿较多的散文作者之一，其"新锐散文榜"是不定期栏目，每期推四人，我是第一期的入选者，直到2013年10月参加《天涯》主办的"全国名家看海南"采风活动，才去过海南。我也是《散文海外版》转载作品较多的散文作者之一，共转载十八次。写作初期，数度入选其重要栏目"散文新星"，直到2019年初冬，我参加第十八届百花文学奖，我才去了天津百花文艺出版社。编辑是有高格调、高品质的一个群体，是文学传承、文化传承、艺术传承、思想传承的托钵僧。近年，会有写作者"请"我介绍编辑认识或荐稿给编辑，我都这样说："你自由投稿去，编辑会根据自己的判断选稿。你得相信编辑。"

这是我的实话。我何德何能"介绍""荐稿"。我坚持主动投稿，反而编辑的约稿让我"提心吊胆"，生怕约稿编辑失望。我抱有退稿也是一种鼓励的想法。

2013年11月12日，在自媒体上，看到韩作荣老师病逝的消息，我在家独坐了一个下午，以表哀思。我没有拜访过韩老师，也无缘认识韩老师。如果不是我女儿出生，我还是一个满街找钱的人。鬼使神差，我写起了散文。我从没想过自己能写散文。当年，假如韩作荣老师、张森老师没有给我发表作品，我很可能不会坚持写。我很可能是地方文史写作员，"东摘西录"，以此糊口。《人民文学》和《散文》给予了我巨大的鼓舞，培养了我的写作自信，拉高了我的审美标杆。对于底层写作者，写作自信和高阔的审美，非常重要，可确保自己写作不沮丧，即使处于低潮期，也不会惊慌，沉下去，磨炼自己，通过耐心摸索走出来。

新世纪初，上饶市区有三十多家报刊亭，零售期刊和报纸，《散文》每期零售有两百多份。2002年初冬，我去铅山县篁碧乡采访，乡政府阅览室居然有《人民文学》《天涯》《花城》《散文》杂志。篁碧坐落在武夷山脉第二高峰独竖尖山脚下，公路是鹅卵石铺的，路途颠簸，十分偏僻。有一个干部，和我谈起了《露水里的村庄》。他说："我单位领导走遍上饶市所有乡镇，他说，他去哪个乡镇，都有人问起你，可见你名声在上饶很响。"

不是我名声响，而是刊物影响力惊人。纸媒时代，是我这代人的黄金时代。

散文是一种低门槛、高难度的文体，越写越艰辛。对文本、题材、篇幅，我做过很多摸索。我的视点从没离开过饶北河上游的故地。我绝不歌颂贫穷，绝不歌颂苦难，绝不描述幻象的乡村。

自2015年初，我的中心是两个：烧饭和写作。我走向了大地最深处，大部分时间在上饶北部乡野生活。作品也开始大量出版。刊物和出版社编辑一直在引导我，"往哪里走、怎么走"。路越走越荒僻，越荒僻的路才是越开阔的路，也是无法返回的路。我只有不断地寻找路标，埋头赶路。

（原载《满族文学》2024年第4期）

傅菲（1971— ），江西上饶人，毕业于江西师范大学中文系，中国作家协会会员，江西滕王阁文学院特聘作家，长年专注乡村和自然题材散文创作，出版有《屋顶上的河流》《深山已晚》《元灯长歌》《蟋蟀入我床下》等三十余部散文集。

有条河叫虎渡河

◎ 陈应松

　　河流是大地的创伤，也是大地的血脉。横亘在公安水乡平原之上的这条河流叫虎渡河，正是在无数次洪水的啮噬、践踏和蹂躏中，在凶猛的杀挞掳掠中成为如今的模样。为了生存，地处低洼水泽上的人们，开始挽堤筑垸，阻挡洪水的侵蚀肆虐，不能让村庄和人畜被大水湮溺。

　　我喜欢"春水"二字，再加上"涣涣"二字：春水涣涣，这正是我想象和沉浸的思念。我出生在虎渡河边，那一年冬天，河里可以走汽车，冰凌之厚，前所未有。在我十四岁见到滔滔长江之前，我以为虎渡河是天下最大的河，世界上所有的河流都是虎渡河的模样。她热闹，她汹涌，她清澈，她宽阔，她是我们生饮的水，是玉液琼浆，玄醴香醪，大地佳酿，是我们生命的滋润和风尘的洗濯处。

　　岸边的野樱花、桃花、杏花，在春风摩擦的亲昵位置互抛媚眼，就像是路遇的乡亲在寒暄，也作为河流蜿蜒澄静的衬托。一头黄牛站在河滩上反刍，一群羊在风中疾走，它们有足够的时间，帮助河流成为风景。在河堤上，竹园、柳林、杉道、草滩、庄稼，随着河流蔓延。从大堤朝远处看，肥厚奢华、汹涌澎湃的油菜花才是春天的奇观，挟着黄色火焰的响声跃过河流的堑壕，奔向更远的平原，没入春烟深处。一条机渡船发出的声音如此寂寞，来回在两岸穿梭；一只微小的鸬鹚舟，像是从遥远的记忆仓库里翻出的画片，出现在滩头，这是我们小时的景色。更美的景色是这样的：小船盖着船篷，船篷被雪紧壅，泊在沙洲，河上岸上，全是积雪——这个镜头一直留存在我心中的一角。但我须踏着深深的雪，去河边挑水或淘米洗菜。河面上冒着白茫茫的雾气，接着一两只野鸭在远处浮沤着，见人来了，快速潜入水中，又从另一个地方钻出来；听到了野鸭清寒的叫声，它们的叫声，叫得天荒水远。

冬天裸露出河底的沙滩汀渚，一个个伏在浅水里，好像溺毙的怪兽。只有当桃花汛暴涨的时候，河流才会恢复她丰腴盛大的模样。如今因为不时断流，河流瘦小，失去了往昔的威仪，甚至没有了涛声，踞蹲在平原的狭缝里，像偃息的闪电，不再显示她摧枯拉朽、吞噬一切的力量。在时运的冷落中谦卑、克制，蜷缩在历史的角落，没入沧溟的时间。一条被推上坡岸的老船，像是某个回忆的悲壮部分，像是天空下蓝得发烫的追念。可是，这条美丽的河流，像一条大鱼，游动在烟水苍茫中，依然是我所有闪光的乡愁。一群群白鹭是不离不弃的子民，它们翅膀的扇动，让这片锦绣大地的美更加高远无垠，深邃迷人。

虎渡河是一条野河，因为水运的衰微，几乎被人忘记和忽略了。随着三峡大坝的建成，河水变小变缓，沦为季节河，冬季不再成为航道。那些在长江、川江、汉江和洞庭湖等地跑船的船民，不再在这条河流的码头上猫冬，修补他们的船帆。他们彻底地消失了，与他们一同消失的，是青石码头上洗衣的砧声、纤夫的号子声、渡工的桨声，还有小火轮犁开波浪行驶的机器声、停靠码头和启碇离港的汽笛声。

虎渡河是一条缩小版的长江，虽是长江的支流，也不注入长江，而是由长江水倾泻其间，简直是倒灌，然后疯癫地窜入洞庭湖。原来，它不过是一条消化长江洪水的走廊，是一条凶险之河，借道公安县境，给两岸人民带来了无尽的灾难。这条向南流淌的河流，它的暴虐和柔情让我又爱又恨，恨爱交织。但更多的时候，我爱她，对于公安人，她就是养育无数生命的源泉。选择与什么样的河流为伴，是一个人的宿命，就像你不能选择母亲。在我为公安所写的赋文中，有许多文字赞美她也同时怨怼：

"……挽垸为家，击壤为歌，与水搏命，子孙不怠。以苍灏之气，承慈母之怀，筑桑溪苇岸，村烟渔火，鸿蒙摇影，接魂弄色，谷禾菰蒲，景绝四邻……真正草木榛榛，人情彬彬，山河灵秀，风俗敦庞。""蓄霓霞云气，铸藻绣文章；得烟水之哺，造富乐之邦。百湖之县，鱼米之乡，尧舜古风，厚土百丈。秀者事诗书，魁垒昂然甲三楚；朴者勤稼穑，秋社欣意开佳酿。菱藻描珉璆翠湖，黍稷覆锦绣花径。麦浪荷焰，为风物大制；碧波金畦，是丹青巨匠。不逊桃源天境，更有水韵公安。春潮耄耄引乡愁，疑乃一梦是江南。""水常割城掠地，其史以水为惧，以水为害，苦水久矣。夏汛暴涌，白浪狂突，云昏天回，惊魂难定，黎民为鱼鳖，生灵遭涂炭。民倚大堤为长城，堤护百姓以存亡。保境安澜，为民御灾，唯一堤耳！""昔时此地，螭蛟泛滥，狂悖凶慝，恶浪喧虺，浊流澎湃，水漫四野，毁田殁舍，倾城破垸，饥溺遍野，何来安澜？幸有荆江分洪工程，浩然横亘堤畔；三峡大坝巨龙，镇澜伏魔神将。绿天红雨，花踪满蹊。风光韶秀，天净沙白。长堤岿嵬，金汤永固。好景应当歌，盛世才安澜！"

公安这片水乡大地，就是史书上说的云梦古泽。《周礼注疏·职方氏》有云："正南曰荆州，其山镇曰衡山，其泽薮曰云梦。"云水之梦泽，广袤苍莽，碧雾笼罩，生命勃发，奇风廲景，异彩纷呈。为百湖之县，百河之境。河湖港汊，是其地貌特征。河流将这块平原分割成无数岛屿，只是因为河流不宽，我们没有一种在岛屿生活的感受。在桥梁稀少的年代，我们的出行，全靠渡船，有时一天要过数道河，涉数条水。

公安在历史上就是有名的鱼米之乡、安宁之邦。可惜好景不长，南宋一一六八年（南宋乾道四年），荆江大水，湖北路安抚使方滋"使人决虎渡堤以杀水势"，于是虎渡口向南泄水，泛滥成灾，虎渡河借凶猛洪水四处扩张。后又遇吴三桂扒矶，《楚北水利堤防纪要》载："虎渡口，旧两岸皆砌以石，口仅丈许，故江流入者细，自吴逆蹂躏，石尽毁折，今阔数十丈矣。"吴三桂扒河口，为阻滞清军的进攻，但遭殃的是两岸百姓，致使虎渡河张开了血盆大口，吞噬沿岸田舍，更加肆无忌惮。

扒河引狼入室，虎渡口逐渐扩大，洪水屡屡为患。公安县铸巨型铁牛一尊置于大堤上，以镇洪魔，并改虎渡口为太平口，以杀"虎"威，祈求平安。如今的太平口已经建为秀美景区，"太平口"三字镌刻在一尊巨石上，三字为我所题。

关于太平口，我从小听到的故事是：一个叫杨令公的湖南将军带兵攻打荆州城，在虎渡口扎营时，军师说此地不可久留，羊留虎口，凶多吉少，不死也要脱层皮。杨将军遂命令人马开拔，迅速过江打荆州，结果因城内守军早有防备，杨将军部下死伤无数，败退江南。返回虎渡口时，他传下一道命令：从今以后，这里不准叫虎渡口，一律喊太平口，违令者斩。

《荆州府志》记有虎渡河之名由来："后汉时郡中猛兽为害，太守法雄悉令毁去陷阱，虎遂渡去。"另一说为："孝子施宜生过此，虎感其孝，负子渡河以避之。"如果古人真看到群虎渡河，我以为那是滔天浊流的幻景，洪水暴虐的隐喻。

没有一条长江支流是由长江注入，这条地处北纬三十度的河流，有她的奇特神秘之处。河流，陆地表面线形的流动水体，源头一般发源于高山，无论是长江、黄河，还是亚马孙河、尼罗河。但是，虎渡河却发源于滚滚长江，不过百十公里，却暴怒无常。

出生在虎渡河边的明末公安文学家袁中道的《澧游记》中形容虎渡河"仅为衣带细流"，这大约是明时的真容。公安县的清朝全境图表明，虎渡口至我的出生地黄金口主流经今荆江分洪区范围（深渊口），从黄山东入湖南境称为东河，是虎渡河的支流；另一支从黄金口直下孟家溪、新剅口、郑公渡、泗水口进入湖南境内，称为西支，又称沱水，是主流。今金狮、玉湖、东港一带全是由大小湖泊串通的湖网地带，如王家湖、上纪湖、桂湖、下纪湖、均湖、长湖、马长巷、东湖等，互相串通在港关以上苏家渡入沱水河。但后来历次大洪水，支流成为主流。

如今的虎渡河流经湘鄂两省，全长一百三十七公里，从二十世纪七十年代起开始冬季断流，在我的老家黄金口，常年有疏浚船作业，从河道中抽沙排入大堤内的湖塘中，我家旁边几个波光粼粼的小湖被泥沙填平，这些泥沙来自长江。

关于虎渡河过去为"衣带细流"，在我母亲的讲述中是真实的，她告诉我，老辈人说，他们可以在两岸抽烟借火，递个烟袋过去的宽度，这不是一条水沟吗？

我小时候的记忆中，除了湖南来的货船外，就是四川的船。湖南货船常常是一船一户，船体油漆闪亮，收拾得清清爽爽，湖南人爱干净；而川船破席烂篷，少有油漆，船上全是男性船夫，一个个包着头帕，身着大裤衩，有时赤身裸体在船上扳舵，拉纤的纤夫也是一件短裤。湖南船家的孩子会与我们玩耍，也会邀请我们到他们的船上做客，但必须将鞋脱在船头，船舱里漆光金黄、一尘不染。四川船夫不会与当地人来往，他们停泊后，就到岸上茶馆喝茶、听书，或找找小巷里的风尘女子。到了夏季，河上洪水漫溢，破堤溃垸，会淹没河边的街道。河中旋涡翻滚，巨浪滔天，河里会出现漂木、穿架子屋（有时是整屋），出现死尸（我们叫泡佬），大人告诉我们，这是发川水，盖蛟，也叫走蛟。我们却不害怕，夏天基本在河里玩水嬉闹，因而每年会淹死人，大人若知道我们在外面玩水，回家定是一顿好打。夏天河水浑浊，挑回的水必须用明矾搅拌沉淀泥沙才能用。在十几岁前，我们是不喝开水的，河水直饮，现在这条河的水依然可以直饮。

因为是季节河，随长江水位的涨退，到了冬天，水枯了，在河边的一些码头，停泊着许多不再行驶的船。我家乡黄金口的河堤上，冬日的阳光里总有一些补帆的女子，岸边是敲敲打打修船的人。这些人，无论男女，都晒得黧黑。等到来年四月桃花汛下来，船也就活了，然后各自升帆，各自东西。

水运兴盛的年代，虎渡河沿岸的小镇都出现过异常繁华的历史，被称为"小沙市""小汉口"的不少，如弥陀市、黄金口、闸口、南平和湖南安乡、澧县的一些水码头。船可以进入洞庭湖沿岸，湘、资、沅、澧各条河流，包括岳阳、益阳、长沙。我后来工作的水运公司，专门运砖瓦去长沙，然后从汨罗江带回一船黄沙，汨罗江的黄沙是湘鄂两省最好的建筑砂料。

虎渡河因是连接江汉平原和洞庭湖平原的主要河道，从三湘四水来的货物，木、竹、漆、篾器、茶叶、干鱼、板栗、李子等，都经此河流向长江。而从四川、湖北、河南、下江来的各种货物，特别是日用杂品，又同时送抵洞庭湖区乃至更远。热闹非凡的码头，志书上称为"日有千人拱手，夜有万盏明灯"。仅黄金口码头就曾千帆林立，河滩上、河堤上到处是堆积如山的货物。搬运公司是最繁忙的，他们的马厩、驴圈全是拥挤的牲口，我们小时候会到湖里割草卖给他们，以赚取微薄的学费和生活费。

汹涌的河水完全是长江的汛水，常年冲刷河岸，掏空河堤，以致河流增宽，河堤年年加固，汛期年年抢险。在黄金口码头，与水相近的岸边，多是倾圮的墙基，断砖碎砾、锈蚀铜钱历历在目，有的墙基还非常完整。我母亲说，黄金口沿河过去是一排排吊脚楼，居民在后门用吊桶打水。后来，这些吊脚楼就被汹涌的河水吞噬殆尽。大约是一九四八年，我母亲去码头的街上帮我父亲买烟，第二天，就听说崩岸，河边的一条街，十几家吊脚楼在半夜突然崩坍进了河里，睡梦中被大水卷走，几十人无影无踪，她至今能说出那些失踪者的姓名。在河边的瓦砾、墙基和一些残存的河埠条石中，可以想象当年这个小镇曾经有过的繁华和古老，也曾发生过的残酷的沧桑突变。

百多公里的虎渡河流域，是与川湘鄂三省的江河紧密相连的，船帮众多，跟河水一样到处流动。据当年水运公司的老船工说，这条河有五邑帮、衡阳帮、荆宜帮、湖南帮、天门帮、九里帮、黄帮等船民帮口，各种船如湘驳、乌江子、湖南倒扒子、铜勺子、麻洋子、五板子、七板子、舵笼子、丫梢划子、松滋葫芦子、浏阳铲子、蛾眉豆、荆帮划子等不下几十种船形来来往往，各种口音的人熙熙攘攘，舨摩桨击。

船数湖南的倒扒子最多，规格因地而异。有临湘的、长沙的、湘乡的、湘潭的、衡山的、捞刀河的等等。这种船可以两头航行，吃水深，适应性强。我至今还记得"倒扒子，两头尖，有水能上天"的歌谣。最好看的船要数五板子，时常看见竖着高高三支桅杆的它，扯起三张大帆来，航行在虎渡河中，真是仪态万方，风情万种。难怪如今的画家们，若画起江河行船，依然要画上早就退出河流历史的帆桅，这种凭借风力航行的古老帆船，有着与江河更为亲密的关系，没有它们，江河上会缺少点什么。最小的船要数篾货帮的船，它是本地的一种小船，篾篷，常独来独往，夜泊时也不与大船扎堆，船头船尾盖得严严实实。它主要载运一些竹制品，而船主在没事时也爱在舱里编一些筐篮之类的篾货。

到了四月，春水涨了，河道通了，小火轮要开班了。在没有汽车的年月，小火轮是人们出行的唯一交通工具，在虎渡河流域大抵如此。小火轮开班，是沿岸人们一件盼望已久的大事。通常航运公司会在沿岸各小镇张贴海报，告知船期、班次。来往于虎渡河上的客轮有公安的、沙市的和湖南安乡、津市的。虎渡河沿岸的码头大多在七八公里左右的间隔，好像很早就规划好了一样。小火轮载客百十来个，上下两层，不紧不慢航行于夏季的汛水中，汽笛亮堂，船体稳当，河风拂面，神清气爽。沿岸风光，千娇百媚，村庄田舍，白鹅黑狗，柳浪芦洲，草滩牛群，一路逶迤跟随，一路依依隐去。船头或跳出白鳞大鱼，船尾或鸥鸟翩飞伴航。若是细雨飘下，河上雾气蒙蒙，纱幔一般笼罩的河堤和田野，更加青葱翠绿。沤肥的柴烟在村庄弥漫，鸭群在岸边流连，呷呷大叫。寂寥烟雨中的水乡平原，闪耀着幽幽的雨光。河流弯曲伸展，似乎没有尽头。

虽然如今有了高铁和飞机，出行再远也是朝发夕至，但无法与慢悠悠的小火轮媲美，那是一种真正的生命享受。我在夹竹园读高中，黄金口到夹竹园，水路十五里，票价两毛，不分上下水，但我没有坐过一次小火轮，都是徒步上下学。只是后来参加了工作，才能坐上这种高级奢侈的交通工具。最可爱的是，在小火轮上可以吃到三毛钱一碗的红烧肉加米饭，而且米饭不要粮票。

说到虎渡河，不能不说公安"三袁"，那是虎渡河的骄傲。袁宗道、袁宏道、袁中道，这三位晚明时期的大文学家，以他们独抒灵性、不拘格套、领异标新、惊世骇俗的文章在中国文学史上创造了一个令人炫目的高峰。这三兄弟从孟溪扬帆启航，自虎渡河走向长江，走向京城和江南。做官也好，著文也好，他们始终保持了虎渡河一样的品德和灵慧。三袁多次提到他们家门口的这条河流："至虎渡，即古所谓'两岸绿杨遮虎渡'也。地多水，宜种杨柳，他树不植也。""两岸多垂杨，渔家栉比，茂树清流，真可销夏。"

虎渡河虽是一条有杀气的神秘之河、水患之河，但也锤炼了虎渡河人不甘屈服的倔强性格，你淹你的水，我筑我的堤。硪歌高亢，田歌悠扬，永不言败，百折不挠。这个富饶的鱼米之乡，就是靠这条亦刚亦柔、喜怒无常的河流浇灌滋养。好在有荆江分洪工程和南北二闸的坚强守护，保境安澜成为今天的现实。

在北闸长龙般的闸顶信步，或在巍巍长堤上行走，你能看到堤垸内庄稼如大海般宽阔无边，葡萄被河流的汁液充满，荷花和桃花鲜嫩的颜色像经过了波浪的洗濯。清凉的河风，泅润着村庄之上升起的炊烟，它们曳荡着，进入了谷穗深处，我听见露水像天泉滴落在河面上的声音。

虎渡河，流淌在游子心中的母亲河。

（原载《十月》2024年第4期，原题《公安四题》，此为其三）

陈应松（1956—   ），湖北公安人，武汉大学中文系毕业，现任中国作协全委会委员、湖北省政协文史委副主任，出版有长篇小说《豹》《天露湾》《森林沉默》《还魂记》《猎人峰》《到天边收割》《魂不守舍》《失语的村庄》，以及中短篇小说和散文、诗歌各体结集一百四十余部，另出有多卷本《陈应松文集》《陈应松神农架系列小说选》等。

阿勒泰的动物们

◎ 邱华栋

从阿尔泰山的自然景观看，在海拔上，从低至高分荒漠带、草原带、灌木带、森林带、高山草甸带、苔藓地衣带和永久冰川带，不同的地带都生活着不同的飞禽走兽。

就像所有山脉一样，除了人，阿尔泰山的动物也是构成这片山林生机的重要组成部分。

在阿尔泰山海拔3000米以上雪线附近的高山草甸上，生长着高山雪鸡，多年前，我曾在山上看见过它们，雪鸡受了我的惊吓，扑棱棱地飞入远处的山林。雪鸡一般都有赭色的羽毛，在冬天大都喜欢成百只一起活动，在山林里做短距离的迁徙。

在雪线之上，有时候还会发现棕熊和雪豹的踪迹，而天空中经常盘旋的兀鹫，几乎是这里特有的风景。

我的少年时代在昌吉度过。有一年，我和小伙伴们在天山深处攀爬，曾看见过棕熊，当时我们骑在马上，而那头熊抱着一棵树，在不远处看着我。

我在阿尔泰山里听过这样一个故事，说有一头棕熊发现了偷摘松子的人，正把它过冬的粮食偷运到外边，它非常悲伤，一连好多天抱着一棵松树不放手，还冲着山路上的人和过往的货车大声吼叫，声音十分凄凉悲愤，后来，有人发现这头熊竟然郁郁而死。

没多久，在一个边检站，森林警察抓住了一伙偷松子的人，他们开着卡车，车上载着用麻袋装满了的松子，这都是他们偷采的。这些偷采松子的人灰头土脸，一个个蹲在地上，他们的行径竟然会让棕熊愤怒致死，这也是他们没有想到的。

在阿勒泰地区的高山草甸中，我经常见到旱獭，旱獭又称土拨鼠，一般颜色是淡黄色，个头比兔子要大。旱獭善于挖洞，它们的叫声有点像小狗叫，只不过声音要小一些。有时候，在高山草甸中，几只旱獭听到我的脚步声，继而发出警报，它们的叫声此起彼伏，直到我越靠越近，它们就都瞬间钻入地洞不见了。

在阿尔泰山脉中，一般较少见到野牦牛、藏野驴、藏羚羊、豺狗、山猫、狼、马鹿、盘羊和北山羊，这些大型动物一般在昆仑山、天山、阿尔金山的高山地带才能够常见到，像阿尔泰山的较低海拔，一般看不到它们的身影。

但是在这里的森林当中，各种飞禽却很多，除了高山雪鸡，主要还有松鸡、黑琴鸡、榛鸡、星鸦、啄木鸟、雷鸟、百灵鸟、麻雀、喜鹊、布谷鸟、猫头鹰、乌鸦、鹳鸟和黑颈鹤等，它们使得这一片森林生机盎然。

每年冬天，黑琴鸡白天在树上觅食晒太阳，到了傍晚，它们就像高台跳水一样，从树上一头扎入松软的雪地里过夜。

而榛鸡在感情上比较专一，如果配偶死了肯定不会"另娶"。星鸦的身上有白色的斑点，尾巴上还有一点儿白边，比乌鸦好看多了。星鸦最会储存过冬的粮食了，它们从秋天开始，就准备着粮食，一次次把松果存入地洞，到了冬天，它们还能够在厚厚的积雪上打隧道，准确地通向自己的粮仓。

雷鸟是一种会变颜色的飞禽，一到冬天，它们就变成了白色，从春天开始，颜色又变成了黄褐色，夏天是栗褐色，秋天就成了深褐色，一年四季都变颜色，也是飞禽之中的一绝。这是它特有的适应生存环境的进化结果。

而最动人的鸟，我看应该算是百灵鸟了，它在早上的时候会欢声歌唱，声音极其清脆动听，被称为"草原歌星"。百灵鸟的飞行也是一绝，它能够像火箭一样突然就从草丛中直蹿入天空，也能像直升机一样在半空中悬飞好几分钟，还能够转着圈飞，它飞累了，就落入草丛。我经常不经意地惊起一只百灵鸟冲天而起，它那又惊恐又欢快的鸣叫响彻天空。

新疆的猛禽也很多，有一种猛禽叫玉带海雕，一般成双入对地生活在悬崖上，它们是草原老鼠的天敌。

而我觉得草原上功劳最大的，当数屎壳郎。这种黑色的甲虫完全是草原上的清洁工，它们会将牛羊马的粪便清理得一干二净。有意思的是，雄屎壳郎在向雌屎壳郎求爱的时候，会从地洞中滚出一个大粪球，当作求婚的礼物，雌屎壳郎如果答应了，就会和这个雄屎壳郎一起推粪球。有的雌屎壳郎非常懒，躺在粪球上不动，让雄屎壳郎自己推。

在山林的岩洞和草丛中，有时候可以看见一群群的呱呱鸡，这种淡褐色的飞禽又叫作石鸡，特别喜欢群居，往往是一大群几十只在一起，喜欢"呱呱"地叫，所以它们就被称为呱呱鸡，这种呱呱鸡在新疆比较常见，它双爪和短嘴都是红色的，眼睛是褐色的，身上还有蓝灰色、葡萄灰色的羽毛，很漂亮。

任何一片自然的风景，如果只是有人的存在，而没有这些动物，那么这里的风景就不是有机的。而阿勒泰的风景，因为那些飞禽走兽的存在，显得生机盎然。

（原载2024年4月2日《新疆日报》"宝地·作品"副刊）

邱华栋（1969—　），生于新疆昌吉市，祖籍河南西峡，毕业于武汉大学中文系，现任中国作家协会副主席，出版有长篇小说《夜晚的诺言》《白昼的喘息》《正午的供词》《花儿与黎明》《教授的黄昏》《单筒望远镜》《空城纪》等十二部、中短篇小说《社区人》《时装人》等二百多篇，以及《北京传》等城市史地志、散文随笔集、诗集、影评和文论集等各类单行本八十多种。

在寂静的山地里

◎ 于德北

　　端端，这个冬天就要结束了，冰雪虽然还锁困着长白山，但春天的气息早已暗中涌动。今天早晨，我去一个水塘边散步思考，陡生顽皮的想法，去冰面试一试自己的脚力。谁承想，冰面有了巨大的反应，它们咔咔地唤叫着，把水底的秘密传输上来，让我瞬间收心，连连后退。

　　直至岸上，那警告的嘶吼似乎还没有停止。

　　实际上，就在新年开始不久的一天，我已经有过一次教训。头天夜里下了大雪，我一早便催促几个当地的朋友陪我出门。他们选择了一辆宽大的越野车，载着我向大山的深处挺进。道路十分难行，司机只能凭着经验和感觉握紧方向盘。公路两边的排水沟早已不见，至于路标等也被风拉扯得十分模糊。司机半开玩笑半警告地说，这种天气，除非遇到村庄或旧林场，否则是不能中途掉头的。我忍了半天，还是问了他为什么。他脸上竟不挂一丝笑容，冷冰冰地反问我，你能看到路基吗？我恍然大悟，也顿生愧意，是我的任性误读了朋友们的宽宏和热情，使他们犹豫再三，还是陪我铤而走险。

　　雪很厚，可以清晰听见车轮碾压的声响。

　　说到山里的雪，就又引出了那个"捡漏"的话题。在老话里的长白山，冬天来了，猎户也是要进山的。所谓沟满壕平，山中所有凹陷下去的地形都被掩盖了。雪像一把尺子，又像水平仪，把山脊抹得"溜平"。这时，香獐子、狍子、鹿等，一旦跌入地势较低的地方，四个蹄子就会无法着地，如此也失去了跃身而出的支点，只能坐以待毙，或被食肉动物猎食，或被进山的猎人捕获。对于猎人来讲，这是另一种趣味的"守株待兔"。

大自然抖着幅面宽广的袍子，魔术师一样变换着山里的故事。不过，这类故事听起来新奇，却让人心里有一种隐痛。

雪不会改变自己的习性和行踪，好在现在没有了猎户，原本的林业工人也转为管护员，他们巡山时再遇如此情况，一定是大力救护。侥幸生存下来的动物也会把这种危险讲述给自己的后代了吧？也许，在漫长的进化过程中，它们也会总结经验，进而变经验为遗传，那么，基因里的闪避是笃实而有效的，它们的辨识力增强，或者双腿又新加了长度，这类情况有了对应的办法，它们的生命里又多了一份坚韧和刚强。

我为自己的想象蔓生出一份温暖和欣慰。

我们的车子出城20余公里，一个人户不多的村子出现在眼前。我主动提出让司机在这里停车，找方便的地方掉头。司机长出一口气，果断地将车转入村道，在一户有炊烟的门口停下。一个妇人怀抱着木材，好奇地打量我们。她头上围着一块蓝布头巾，肩上还落着一层薄薄的雪。她矜持半天，开口问我们，这种天气进山干啥？哈哈，这问题还真不好回答。我和朋友们你看看我，我看看你，竟一时语塞。那司机却爽快地说，省城来人了，没啥大事，就是来看看山，看看河。那妇人大睁着眼睛，思忖半天，向下边一指说，河就在那里。

这更像一个朴素的邀请，不去看看，仿佛对不起人家。我们就拖曳着往村子后面走，不长时间就看见了河道。这条河的上游有温泉注入，所以河面的冰是分层冻住的。从横截面看下去，内中变化颇丰，犬牙交错，嶙峋古怪，如果说是石林的微缩也不为过，很快就吸引了众人的目光。

面对如此景观，朋友们的反应是拍照，我则选择更近前地细致观察。选择了一块自以为安全的地方下行，到一块更大的冰排上去。没有预感，没有警示，就在朋友们发现我并大呼小叫地喊我后退的刹那，我脚下的冰排"有预谋"一般地开裂，死死咬住了我的一只脚。瞬间，凉润的河水灌到我的鞋里，又沿着裤腿向上漫溯。我被惯性驱使，一屁股坐到河冰上，引得其他河面也面临开裂。幸好河水不深，有经验的司机冲过来，拾起一根木棍递给我，待我抓实，几个人一起发力，呼号着把我救了回来，呼啸的山风吹散了我的狼狈不堪。

回程的车上，我们设想了很多意想不到的险情，比如河水深至没掉一个人、脚下是一个冰窟窿、冰锋如刀、水中有怪兽……算了，每一种假设都是对我的调侃，我除了尴尬地回以微笑，一点儿解释的余地都没有。想起一位"老林业"对我说过的话——在山里"万分小心"，实际上是"万分敬畏"。真是至理名言啊！

端端，现在，我回到了水塘的堤岸上，兀自伫立在一棵柳树的身旁。为了掩饰自己的莽撞，我偷眼向不远处的一片杨树林望去。落脚的这个小村就在山根底下，一条大道出村，一条小道入山，这个水塘就是分界，它像一面透视镜，印证着大山奔流不息的日日夜夜。

杨树林里传来喜鹊的叫声。我循声望去，是两只喜鹊在一棵树上分枝筑巢，它们都已经为自己的巢穴打下了基础，横七竖八的"建材"显露出居室的雏形。两只喜鹊一大一小，所选树杈一高一低。它们的叫声短促、急躁，和人类的争吵相差无几。我一步一步地向它们靠近，想从它们的争吵中窥出端倪。一般的喜鹊都很机警，可我头上这两只喜鹊太过于专注，对于我的到来视而不见。我仰头向上，在疏密有致的枝条间观察。

哦，这回看清了，发出叫声的是那只大点的喜鹊。它翘起尾巴，目光直射那只小喜鹊。我揣测着眼前的情况，大概是大喜鹊对小喜鹊驱离无效，进而开始"嘲讽"它的建造工艺。那大点的喜鹊巢穴已粗具规模，而小的那只还在铺设底座。大点的喜鹊说了什么呢？小点的喜鹊为什么不回应它呢？是要憋着一股劲儿埋头苦干？还是不久的将来，立足之后向大喜鹊证明自己呢？

端端，这一连串的问题把我自己都绕糊涂了。

前几天，我和村子里放寒假的几个孩子分享鸟类知识，他们还特意提起了喜鹊。不过，他们说的喜鹊可不是什么吉祥如意之鸟，而是让人无可奈何的"捣蛋鬼"。春播的时候，人们要提防它们，因为它们会成群结队地翻找刚刚播下的种子，害得那些腿脚不甚利落的爷爷奶奶们扯开嗓子大呼小叫。

"喂！"我借着刚才的遐思，也轻哼了一声。

两只喜鹊同时飞走了，一个向东，一个向西又转向东，那是山脚下的开阔地，有许多树木的枝枝杈杈散落在雪下。雪很厚，但它们还是探出头来，倔强地展示着自己的不甘。是啊！有一些树杈也真会借着泥土的推助，在春风泛起的时候发出新芽。那都是生命对自己的一份尊重，虽微薄，但向生力量不容置疑。

端端，在山地就有这样一点好处。你所见一切皆可成思，你所思一切皆可有果。它们让你丰盈，同时也培护了你对生活的全部热爱。

（原载《中国环境报》2024年3月13日"境界·文化"副刊）

于德北（1965— ），吉林德惠人，吉林省作家协会全委、吉林青少年作家协会会长、长春市作家协会副主席，出版有小说集《秋夜》《杭州路10号》及散文集、散文诗集、童话、长篇儿童小说等六十余部。

鹦哥岭

◎ 杨海蒂

在海南热带雨林国家公园交响乐中，鹦哥岭是一首音画交响诗，是全曲的抒情中心。

森林气质各不相同。鹦哥岭森林气质粗犷彪悍，与它高大的山体和特别的位置有关。山形酷似鹦哥嘴的鹦哥岭，是海南第二高峰，是海南陆地的中枢，是海南岛重要的水源保护地，是海拔落差最大、自然景观最丰富的景区，是海南最年轻、陆地面积最大的国家自然保护区。

"夫夷以近，则游者众；险以远，则至者少。而世之奇伟、瑰怪，非常之观，常在于险远"，王安石这段话，我们都能背诵得滚瓜烂熟。因"险以远，则至者少"，甚至有许多地方人类从未踏足，鹦哥岭保持了原生态，原生态的鹦哥岭美极了。在鹦哥岭，我第一次见到这么美的树林：有的树上开满鲜花，有的树上挂满兰草，有的树上长满灵芝，有的树上布满苔藓；野牡丹花身段低些，在阳光下楚楚动人。鹦哥岭上，"没有最美，只有更美"。

踩着地上厚厚的雨林苔藓，每一脚都像踩在松软的地毯上。我们攀爬到半山腰，这儿有琼崖纵队司令部旧址，是全国六大"革命根据地旅游景点"之一，也是海南第一个以爱国主义教育为主题的公园。公元1945年，被誉为"琼崖人民的一面旗帜"的冯白驹和黎族人民起义领袖王国兴会师后，在此建立了革命根据地，从此它成为鹦哥岭的红色地标。

往更远处走，往更高处行。山路两旁是遮天蔽日的五针松，间杂着鹦哥岭特有的高山杜鹃花，山崖下是欢欣跳荡的溪涧，溪畔是赏心悦目的梯田……越野车左转右转转过无数的弯道后，把我们带上了鹦哥岭腹地中的高峰村——海南岛海拔最高的黎族村落，南渡江（其中一源）就发源于此。崎岖的山路、茂密的森林、美丽的河流和纯朴的村民，共同将高峰村构建成一方世外桃源。鹦哥岭孕育了无数河流湖泊，密如蛛网的河流，星罗棋布的湖泊，塑造出丰富的地形地貌，影响着全岛的气候，主宰着海南岛的水系形态，为动植物提供不竭的水资源。为了保护水资源，也为了对热带雨林实施整体保护，海南热带雨林国家公园核心区域内的村庄都要整体迁移，地处生态保护最核心区域的高峰村，已于三年前启动了生态搬迁。世间再无高峰村，取而代之的是海南第一个生态移民搬迁村：银坡村。

国外有一门岛屿生物地理学，该学科认为生态复杂性与动植物种类具有"正相关关系"，的确，有一种隐秘的力量维持着大自然的平衡。鹦哥岭为生物多样性创造了条件，成为我国重量级的生物物种天然基因库，国家级保护动植物、世界性"濒危""易危"物种极多，新记录的动植物数目遥遥领先，其中的伯乐树只能在鹦哥岭上觅得仙踪。在鹦哥岭采集到的塔丽灰蝶新亚种，命名为"塔丽灰蝶海南亚种"，此发现也是一个中国新纪录属。鹦哥岭昆虫种类极多，珍稀昆虫不计其数，极为珍稀的水生昆虫中华鲎蜉和海南巨䗛就选择在此地刷存在感。蛇蛉是生态环境指示性物种，只能生活在原生林中，它的发现无可辩驳地证实鹦哥岭始终保持着原生状态。

鹦哥岭不仅鸟类繁多，而且数量庞大，观测记录到的鸟类超过海南森林鸟类总数的90%，被视为"海南林鸟多样性"代表地。鸟儿在这儿生活乐无边，不用忍受寒冷，不愁食物匮乏，也不必长途迁徙当候鸟，它们幸福得四季放歌，唱出大自然中最动听的声音。在鹦哥岭，随处可见小鸟跃上枝头，翻飞间露出色彩斑斓的翅膀——这是它们最鲜亮的求偶广告。观赏鸟儿真是一种享受，不过在我眼里小鸟基本上是一个模样，这鸟那鸟傻傻分不清。行家里手可就不同了，他们眼力非凡，什么鸟什么样一目了然。读到过一位"鸟叔"写的神文，他在鹦哥岭看到的鸟儿有黑枕王鹟、印支绿鹊、银胸丝冠鸟、红头咬鹃、褐胸噪鹛、栗颊噪鹛、黑喉噪鹛、灰喉山椒、白喉冠鹎、灰头鸦雀、红翅鵙鹛、纹胸鹪鹛、红尾歌鸲、斑尾鹃鸠、塔尾树鹊、纯蓝仙鹟、绿鹊、冕雀、山皇鸠、大盘尾、小盘尾、黄冠啄木鸟等，还有海南特有种海南画眉、海南柳莺、海南孔雀雉，以及极为罕见的"全球性易危"物种、国家一级保护动物海南山鹧鸪、海南虎斑鳽。果然"林子大了，什么鸟都有"，古人诚不我欺也。鹦哥岭是观鸟拍鸟经典景点，每年春季，鹦哥岭的最佳观鸟时节到了，海内外游客、摄友、鸟类发烧友也会如期而至，不少震撼级"大片"随之问世。

"植物天堂、动物乐园"鹦哥岭，还栖息着许多不同寻常的野生动物。

长着大翅膀拖着长尾巴的海南鼯鼠，是一种会飞翔的树栖动物，属于野生动物海南特有种，是鹦哥岭最具标志性的动物之一。

它具有超灵敏的嗅觉，白天躲在树洞里，轻易不露尊容，夜里才出来探头探脑，确认没有危险后开始活动。即使遇到异常情况，它也非常镇定，迅速钻入地下，身体依然灵巧。顺便一提，在情报界，"鼹鼠"有着特殊的含义，指名义上为某情报机构工作、实际上却是积极为敌方情报机关效力的间谍，也就是神通广大又臭名昭著的"双面间谍"。

五颜六色的毒蜘蛛暗藏杀机，黎族姐妹阿霞曾教过我如何躲着它们走。圆鼻巨蜥凶猛好斗，阿霞的哥哥阿刚曾说它其实欺软怕硬。大蜈蚣是灌木丛中的暗杀高手，我知道公鸡、蝎子和蚂蚁是它的死敌。最让我害怕的是蛇，盘在树上的一条横纹翠青蛇，把我吓得魂不附体落荒而逃，当地小伙伴见状哈哈大笑，他们司空见惯满不在乎。

花花绿绿的蛇，是自然进化的神奇产物，一亿多年后，沧海早已变桑田，蛇依然横行天下，既会爬也会飞，能蛰伏也能出击。它是西方的神话动物，正是源于古希腊神话传说，蛇成为全世界的医药标志。黎族中的"美孚黎"也认为蛇是有神力的，同样将蛇视为图腾，在文身或文脸时都会刺上蚺蛇状的花纹，因此"美孚黎"也被称为"蚺蛇美孚"。通体翠绿的毒蛇竹叶青，一招致命的蛇蝎美人金环蛇银环蛇，地球上体型最大的蟒蛇，世界上最长也最危险的剧毒蛇王眼镜王蛇……都在鹦哥岭找到了它们的伊甸园。

蛇只能在地面上伏击，而它的天敌蛇雕却在空中虎视眈眈。蛇雕栖居于深山密林，在高空盘旋飞翔时，鸣叫起来似猛禽呼啸，让我不由想起梭罗笔下的那只鹰："它并不是很孤独，倒让它底下的整个大地显得很孤独。"蛇雕的海南亚种也是中国特产亚种，是仅分布于海南的留鸟，主要栖息于鹦哥岭，属于国家二级重点保护野生动物。蛇雕体型虽小，却是个狠角色，捕蛇的方式很血腥，享用大餐的样子很雷人；"人心不足蛇吞象"是人类臆想出来的意象，蛇雕将整条蛇生吞确是血淋淋的事实。也许你没听说过蛇雕，但你至少知道"饮鸩止渴"这个典故吧？没错，古人说的"鸩"就是蛇雕。

　　雨林中有很多长相怪异的动物，独特的自然环境和气候条件，造就出海南独特的两栖爬行动物，它们具有独特的环境适应能力。蛙类的模样千奇百怪，但在黎族人心目中，在水里生长的蛙，拥有强大的生存能力，是一种神物。《蛤蟆黎王》书中传说青蛙有神性善巫术，能喷出毒气令人昏迷，曾打败五指山的官兵，因而被推举为新黎王，因此，在黎族文身、服饰图案中有许多蛙的形象，在称为"蛙锣"的铜锣上也铸有蛙纽。黎族人还认为，蛙能避邪，能给人带来好年景，甚至能左右风调雨顺，所以"砍山栏"烧山时必须听到蛙鸣，否则会触犯神灵造成减产。

　　海南蛙的种类多达几十种，它们是大自然中不可替代的一群：圆头圆脑的海南湍蛙、体型超小的小湍蛙、极耐高温的海南海蛙、长相诡异的海南拟髭蟾、体型窄长的海南溪树蛙，以及细刺蛙、海南疣螈、眼斑小树蛙、鳞皮厚蹼蟾等，它们在鹦哥岭各有生存之道。海南小姬蛙，多好听的名字，这种玲珑可爱的小姬蛙，是首次在鹦哥岭发现的新物种。鹦哥岭树蛙在鹦哥岭被发现、被确定为新种并以发现地命名，是一件举足轻重的事情，标志着它得到了全世界分类学者的认可，以后世界上此类物种都将被称之为

"鹦哥岭树蛙"。树蛙智商很高，雌蛙结群将卵产在水坑边的树枝上以免被天敌吃掉，卵在树上孵化成小蝌蚪，蝌蚪掉进坑里长大成蛙，宝宝顽强求生的毅力和本领令我叹服。

"稻花香里说丰年，听取蛙声一片"，多美的画面和意境，我在鹦哥岭感受体验过：入夜，山林万籁俱寂，唯有蛙声如雨。这种奇妙经历终生难忘。

鹦哥岭以让人难以置信的自然美景，以奇特的地质、水文、生态景观，吸引着国内外专家经常前来实地考察，也吸引着无数海内外旅游探险家慕名而来。

（原载《海内与海外》2024 年第 4 期）

杨海蒂（1965— ），江西芦溪人，海南师范大学中文系毕业，鲁迅文学院首届学员，曾任新闻记者和节目主持人，现为中国林业生态作家协会主席、《人民文学》杂志编审，出版有散文集和报告文学《清净如山》《走在天地间》《这方热土》《去日留痕》《我去地坛，只为能与他相遇》及影视作品多种。

北京城里的芳菲之境

◎ 辛　茜

　　窗外有三棵柿子树。到了秋天，柿子挂在树梢。我天天趴在阳台上看，看也看不够。第一次来家的嫂子，也不免惊诧，多好啊！三棵柿子树，事事如意。

　　曙光中，柿子树枝叶浓密，滴着露水，琥珀一样的柿子晶莹透亮。正午时分，阳光强烈，绿叶露出倦怠之色，丰满的柿子沉甸甸的，像是快要掉下来了。傍晚，夕阳渐落，余晖夺目，树梢上的柿子自里向外透着光泽。再看时，已是黄昏，一天中最神秘浪漫的时刻，柿子又像红灯笼，悄无声息地为行人照路。天越来越冷，柿子越来越小，颜色也没有从前鲜艳，到了三九寒天，竟不见了踪影，不知到哪里去了。

　　过了几天，碰到楼下的大爷，才知留在树梢上的柿子，让鸟儿吃了。难怪，每天黎明时分，太阳还未升起，许多不知名的鸟儿就已经在树梢上叽叽喳喳地叫了，再也睡不着。

　　清早，孩子们去上学，年轻人步履匆匆地赶地铁、挤公交。老人们拉着小车去买菜、打水，也有停下来唠嗑、相互问好的。假如有新来的，问银行、问公交地铁站，操着标准京腔的老北京还会止住脚步，仔仔细细、慢条斯理地跟你细说，一直到你明白为止。

院子里大多是安静的，看似懒洋洋，无所事事，实则透着几分恬淡、几分安逸。每天的日子就这样，从头开始。缓缓的，悠悠的。没有厌倦，没有失意。没有过多的期待，也没有无端的渴望，只有一颗宁静、无愧、平常的心。

　　走出小区，向西走出两三百米，是北京市昌平区东小口的一个森林公园，这是一个人见人爱的地方，里面没有明显的人工痕迹，只有一条通向另一个公园的柏油路，但是路两边，尽是由着性子疯长的油松、侧柏、金银木、杨树、黄栌、美人梅、梧桐，各种各样的野花、野菜。

　　当然，最吸引人的季节还是春天。无论走进哪一条小径，都有花香沁人心脾，都有千娇百媚的花朵迎面扑来，躲也躲不掉。尤其是丁香，不像是你和我常常在其他地方看到的，一排排列队站着。这里的丁香是愿意长在哪里，就长在哪里。愿意怎么长，就怎么长的。或在一片缓坡，或是在绿茸茸的草坪上，两三株、四五株地挨在一起，很亲密、很独立、很执拗，又很欢喜地装点着本来就已经很美的春景，让闻到花香、看到花影的我，喝醉了似的走也走不动。有时，竟迷了路，绕了很长时间才回到大路上。

　　有一天，我在一棵白皮松下发现了二月兰。几片张开的绿叶中，冒出了一朵淡紫的小花。一场雨后，公园里的二月兰竟变成了一条紫色的河。小路边、杏树下、草坡上、砖缝里，到处都是它的身影。这时，野鸭子在池塘里游来游去，麻雀蹲在枝上啼鸣，鸽子在噗噜噜盘旋，喜鹊像一位早起晨练，或者总有许多重要事要做的绅士，一刻不停地从这棵树飞到那棵树。

　　在我的印象中，没有哪个公园像它这样大而无边，锦带、波斯菊、丁香、国槐、梧桐、木槿、海棠、桃树、梨树、鸢尾、迎春、丁香、木槿、玉簪应有尽有；没有哪个公园让晨练的、散步的、带孩子的人，毫无顾忌、轻松愉快地在大自然怀抱中撒欢；也没有哪个公园，可以让不知名的小花小草无拘无束地怒放。

公园里没有长廊，没有多余的建筑，只有青白石块铺就的小路，在小小的、有些干枯的池塘边蜿蜒，无论走到哪儿，都会把你送回出发的地方。木椅上，少有人坐，只有到了周末，才会看到带着孩子的年轻父母，手里握着水杯的年老夫妻，在椅子上休息。

此刻，蓝天清澈，鸟语花香。二月兰这紫色的花，真把我给迷住了，生怕它在我不注意时突然消失，或是被人随意采撷。于是，我整天出出进进、来来回回地在它身边走动，甚至不放过午后日光下它慵懒的模样，从不因整天和它在一起感到虚度时光，也不因它的默默无语感到寂寞。

多年前，公园北面是一个叫北小营的村庄，除了散落的农家小院，就是一眼望不到边的麦田。出生在这里的作家苇岸，曾不止一次描述这里的麦田："麦子是土地上最优美、最典雅、最令人动情的庄稼……风吹麦田，麦田摇荡，麦浪把幸福送到外面的村庄。"如今，村庄没了，苇岸已不在人世，一切都变得和从前不一样了。有多少人知道苇岸，又有多少人能够像学者林贤治、散文家冯秋子那样理解和热爱这位大地的儿子，并在来到他那宽阔、安静，由他细细抚摸过的世界时，感受到一种丧失之痛。

土地仁厚而宽容，蓝天与草木间的许多往事，许多人，都成了永恒的记忆。好在这里还留下了这样一片森林，有参天巨树，有绚丽花草，有雌性野鸭无怨无悔地独自在树下筑巢、哺育生命。我能感受到小鸟对它的喜爱，也能体会到人们对它的精心呵护，就像迁徙中疲惫的小鸟终于找到了栖息的归巢，怎么能不叫人万分珍惜。

清晨的太阳明亮新鲜，草坪因此镀上了金色。小路上没有过往行人，蓝天、绿树、花草，让大地敞开了胸怀。前面是一处坡地，随势起伏，艳美的月季香气扑鼻，一片又一片。我驻足停留——辨认，哪知月季的品种如此之多，眼花缭乱。颜色深红，文雅端庄的是来自德国的黑美人；卷着红色花边，香气浓烈的名曰雨果，不知和大文豪雨果有无关联；豆绿的叫绿野；传自日本，花朵圆润的叫绯扇；来自法国，红中带粉、温婉柔美的叫仙境；花色紫红、香气浓郁的是莫海姆；贴地而生、耐得土壤贫瘠的是地被月季；瓣面鲜红、瓣背青白的居然叫"爱"，还有艳丽的北京红、深沉的黑旋风、淡淡的粉和平、可以提取香料的科斯特……这遍地的鲜花与土地亲密交融，天真和谐，看似娇羞、内敛、文弱，却有着桀骜不驯的性格、生生不息的力量。

仲夏，二月兰早已不见踪影，杏花、鸢尾、丁香花、栀子花纷纷凋谢。可我并不惆怅，木槿、苜蓿、玉簪又在夏里盛开。特别是玉簪，一直从夏季开到秋季。花朵自叶丛抽出，高出叶面，组成总状花序，色白如玉，芳香浓郁。我每天都要拿着手机在玉簪成片的林间，不顾蚊虫叮咬地为它拍照，带回家细细端详。据说，这娇嫩洁白的花，在北京可在野外过冬，不免让日日欣赏它的我，常常惦记，期待夏日到来。

也许，这是京城再普通不过的一个公园。可是，在我心里它就是一个百花园、一片原始森林，华丽，却不轻佻；富有，却庄重温和，虽有秋天的感伤、冬天的寒冷，却足以让我和虫鸟野鸭，怀着和平之心，跟随花的踪迹、树的伟岸、四季变换的野草，感受大自然的恩惠。

（原载2024年4月1日《中国艺术报》"九州"副刊）

辛茜（1965—　），女，青海同仁人，毕业于青海民族大学汉语言文学系，中国作家协会会员、中国散文学会理事，出版散文集《眼睛里的蓝》《茜草为红》《一望成雪》《海心山》《鸟儿细语》、长篇纪实文学《青海湖的召唤》《高原野花》《尕布龙的高地》《我的青海　我的雪原》等。

主场客场

◎ 王占黑

　　最近天气很热，我几乎没在白天出过门。应该说，经过前几年的摧残，我出门的热情比以往降低了很多，也可能仅仅是年纪大了，不该恶意嫁祸给任何外部原因。

　　但时不时还是会有人提出让我带着"看一看，逛一逛"。我猜测，大家可能是希望借由我来触发什么特别的去处/隐形的打卡点。坦白说，你们错付了。在上海住了将近十五年，我从来说不出自己有什么最喜欢的地方，也很难打包票哪些地方是我非常熟悉的。上海这么大，永远有我没下来过的地铁站，就算到过，隔一段时间再去，也总会目击新的变化。这是一座不断腾笼换鸟的城市，迎来送往，谁也不是它的主人，充其量只能算它的一位群众演员，或者一口在全球变暖阶段为它增强热岛效应的二氧化碳。

　　好几年前，有人在采访时问我，如果离开上海，最想念的会是什么。我临时想了几个答案，虹口糕团，淮海路优衣库，还有一部常坐的公交线路。现在回头看，这些东西都已经过去了，我不太吃糕团，甚至想不起那部公交到底是几路了。生活在不同的角落，就要自觉充当不同地方的群演。我习惯、也喜欢这种流动的节奏，准备好即兴出现在地图上的任何一个定位，迎接任何即将发生的事，有时是劝架，有时是捡垃圾，有时兜了一圈回到原地，却因为逆行被罚了二十块。关于这座城市，我必须承认，自己从来都懂得不多。

有一次，我完全没有想好要带人去哪里，就约在精卫中心的后花园见（主要是因为没进去过），然后坐了部地铁。"哪里下？""我看看……要不就这吧。"随便选了一站，出来天灰灰的，什么也没有，只好转进附近的商场。结果发现商场新开了一家日剧同款的游乐场（《重启人生》里的Round 1），恰好又有限时优惠体验，就干脆在里面玩了一下午。我只能说，自己实在不适合当导游，幸亏这座城市的消费丰荣程度永远不会辜负你的时间和期待。

还有一次，约在滨江西岸碰头并淋完一场暴雨，脑壳冰凉的我带人去了最近的郑远元修脚房。这个发家于遥远陕西的平价连锁按摩店，可能是现阶段我心目中的虹口糕团了，进去泡个脚，聊个天，能让人对潮湿雨季的仇恨有所缓解。看起来，我的终极目的地还是消费场所，我就是那种号称让你不花一分钱游上海，最后悄咪咪完成消费KPI的黑心导游。

偶尔我也充当游客。一个天气很好的冬日，好像是因为突然多出了个把小时的空闲，一位朋友带我兜了一圈他小时候生活过的地方。《繁花》覆盖的地界，也是我最容易骑车骑过头的区域，我总是分不清这些代表着上海文化的马路——它们对我并不意味着什么。不过以后再路过那栋大楼（依然叫不上名字但可以认出来），我就会想起，噢，这是他小时候打疫苗的地方！关联总是优先从人身上产生，而不是历史。

大部分时候，出现在这样的街头，我首先享受的是完整的陌生。当你自我感觉特别好，好得要膨胀起飞了，站进人群当中，无论是密集的室外还是居民楼，你都会很快冷静下来，实打实感受到自己的渺小和寻常。相反的，当你为自己的渺小和寻常感到失落，走上街头，走入人群里，你又能清晰地感受到自己的心跳和脚步所暗示的节奏，你就会忽然轻松起来。我猜测，世界上所有的都市都能给人带来类似的体验，由混杂所触发的安全，以及明确的自我体认。譬如，无论是第几次在高架上穿梭，我仍然会被视野中不断出现、消失的车辆和房屋激发出某种原始的好奇心，那些窗口背后到底藏着什么样的人，过着什么样的生活，他们可能是刘翔、胡歌、李佳琦，也可能谁都不是，但我们真真切切地到过彼此眼前。

据说我小说里的人也总是在流动，在社区里，在街头，在白天和黑夜，或是被迫居家走来走去，传说中的city walk，我似乎很早就在虚构里画了很多道长长短短的线。从前有人问我，上海对写作者意味着什么？我想了想，觉得恰恰这个地方不意味什么，或者说，它可能意味着对某种具体的地方性的解放。和我差不多年纪的人选择在这里停留，创造属于自己的记忆，也在各自的角落进行着与此地相关或不相关的创作。遗憾的是，这几年越来越多的人正在离开。时间、钱、情绪，难以掌控的现实三角。谁都知道，这座城市永远不缺新的血液和脑细胞，它不需要谁的原谅，也不会报答谁的忍耐。我祝福我们中的每个人，无论在这里或那里，都能拥有不必为了思考下一秒的去向而提前放弃此刻的自由。

（原载2024年8月15日《文学报》"关注"专版）

王占黑（1991—　），女，生于浙江嘉兴，现居上海，复旦大学中文系毕业，已出版中短篇小说集《空响炮》《街道江湖》《小花旦》等。

海棠花开了

◎ 赵树义

太阳到达黄经15°，春季第五个节气降临，气清景明，万物皆显。

然而，当今之清明已非旧时之清明。或者说，本是纯粹的二十四节气之一，演变至今竟将上巳、寒食二节收入怀中，一个好端端郊外踏青的日子，便既感恩，又怀念，青青春色便多了几分忧郁。

行走公园，竟生出这番感慨，有些不合时宜。讲文化时，被禊宴饮、曲水流觞的上巳节丢了，五德修身、不动烟火的寒食节淡了，或会觉得可惜。可若说到过日子，一节囊括三节，省却不少麻烦，有何不好？纠缠于诸多细节当中，总觉凡事不可一概而论，可实际上，还是简单一些好。

诚然，简单也非简单，终归要经历风雨才见彩虹的。譬如写诗，文字或可简单，场景或可简单，情绪偶尔也可简单，但诗意只可明了，不可简单。就像宇宙，组成它的是基本粒子，是一维的"弦"，展现在世人面前的，却是浩浩渺渺，却是无有边际。诗也如此，用最简单的字词，呈现一个不简单的世界。诗意更如此，要一针刺到骨头里去，而非在肌肤上润来滑去，不痛不痒。至于刺入之法，当然要找一条简单路径，一刺到底，让一根针虫子一样在骨缝里爬来爬去，肯定是行不通的。一针刺去，宛如拨动一根琴弦，洒脱，随性，不偏不倚，妙到毫巅，如此诗意既可出入四维时空，又可抵达甚或穿越六维世界，岂是余音绕梁、三日不绝可比拟的？宇宙学家说，要有隐卷，要有显展。诗人说，卷入其中、展开其外的那只手是字、是词，干净，不拖泥带水，不旁枝斜出，清清爽爽地来，清清爽爽地去。诚然，你若别出心裁，诗意也可以是块陨石，破空而来，无规则地坠落。还可以是块寻常石子，但你伸出的手要能够触摸到它结实的内核，要能够感受到内核由里而外的战栗。既然万物互联，是陨石还是寻常石子并不重要，重要的是你必须是其中一部分。目睹陨石划过长空，你或会绕着地上砸陷的坑舞之蹈之。目送一块石子飞向远处，你或会雀跃，或会惆怅。但你还记得它们的来路吗？还能还原它们坠落的轨迹吗？毋庸置疑，这是件很难的事，但只有懂得难，才可能做到简单。如此，化难为简便是一生的事，经历过，才可能了然于心、灿然于心。想一想，自己此生一直与文字打交道，却从未敢娇宠文字，更未敢亵渎文字，是不是有些矫情？可实际上，这是一种敬畏，也是一种爱。文字于我便是神祇，可以有洁癖，不可以放荡；可以率性，不可以随意；可以不羁，不可以荒唐。我于文字，自也是如此。把文字捧在手心，养活她，让她落落大方，让她丰盈、丰满、丰腴，然后，再让她简洁，再让她柔软，再让她融化成水，从心中简简单单地流过。一生执着于斯，我依然不知道能否与自己想要的文字相遇，哪里还敢心有旁骛？这样活一辈子，并非与自己过不去，也非想做个苦行僧，仅是唯如此，才可能遇见自己想要的文字，才可能寻到自己心中弹奏的那根弦……

节日寓意太多，确实很累，即便清明小长假。想一切会好起来的，哪承想，清明时节难清明，新冠病毒再次袭扰太原。其实，早已搞不清是第几次，之所以说再次，是放在节前节后很小一个时间段罢了。

两年来，病毒几经变异，升级——也可能是衰减——为奥密克戎，传播速度比原来猛烈，毒性却在递减，这也是一种能量守恒吧？突然想，杀死病毒的最好方法，便是把病毒驱赶到一个密闭系统中去，让系统中的熵不断增值，让病毒热寂。理论上讲，这一想法不只美好，还完美，但病毒不会自己钻进"口袋"里，专家也找不出驱毒之法，这条路俨然是"真空"之路，明显走不通。那么，合情合理的应变之道便是把我们与它们隔离开来，我们活我们的，它们活它们的，互不相干。想起王晞星说的"带瘤生存"，中医药虽杀不死癌细胞，但可以营造一个新的机体内环境，让患者与肿瘤我活我的，你活你的，各自相安。热力学原理竟与中医学逻辑一脉相通，不由一笑。

病毒大摇大摆地走进我们的生活，这是个既成事实，令人遗憾且痛心。毫无疑问，这是自然对人类的一次警示，也是人类命运的一个隐喻。另一个显而易见的事实是，在病毒面前，东西方所持态度并不相同。发生在东方的故事这里就不讲了，我们都是亲历者。那部分西方人向来以科学昌明自居，最应该尊重科学的，却又偏偏不按科学行事，岂不让人费解？诚然，那些西方人有他们的理由，且冠冕堂皇，那便是自由。可是，东方人难道就不爱自由吗？事实上，东方人也懂得"生命诚可贵，爱情价更高。若为自由故，二者皆可抛"的道理，老祖宗便是自由精神的拥趸，即便病毒，也是自由运动的践行者呢。似乎天下万物，无一不喜欢自由。可遗憾的是，你自由了，病毒便更自由了。病毒自由不可怕，可怕的是病毒自由之后，便真的你中有我、我中有你了，便可以在自由中不断变异了。而变异一旦成为习惯，便没完没了。就像沾染毒瘾，就像魔鬼缠身，自由变异的时候，病毒也在变异。病毒变异的时候，自由也在变异。变异便是一朵看不见的蘑菇云，罩在我们的头顶上，还是一朵可憎的恶之花，开在我们身旁。我不知道这是不是宇宙给定的病毒生存规则，但很显然，是人给了病毒加速繁殖的机会，又给了病毒加速变异的可能。这是个恶性循环，显然不科学。可这种不科学行径恰恰源自最尊崇科学的西方，想想都觉恐怖。再想，唯有一声叹息……

想起薛定谔的猫，不要以为量子世界的猫不会在现实世界中叫春！

想起玻姆的鱼，不要不相信现实世界是魔幻的！

新冠病毒在东方将要偃旗息鼓的时候，病毒变异却在西方变本加厉，何也？世界也东边晴，西边雨，也按下葫芦浮起瓢，这诡异的现实不得不让人相信，所谓的中西医之争，绝非简单的道技之争。西医中有人不遗余力地攻击中医，并非西医逻辑有多么高级，而是他们觉得西医先天拥有一种道德优越感。可这种先天优越感究竟源自何处，只有天知道！譬如经络，在那些西医看来就是天方夜谭，最终的事实却证明，经络不仅存在，而且是"弦"一般的存在，也即是一种本质的存在，宇宙的基本单元不就是一维的"弦"吗？经络所遭受的不公待遇，不过是中国文化在某一特定领域的现实翻版；中国文化曾遭受的不公待遇，不过是中华民族在某个特定时期的现实翻版。国穷国弱文化便抬不起头来，文化抬不起头来文化人便抬不起头来，一群人没了自信，便怪罪到老祖宗创建的中医上去，说中医深奥得莫名其妙，说老祖宗不讲科学。这场景，就像小学生听不懂大学生说的话，却跳着脚指责大学生的话是一派胡言，何其荒谬！事实上，究竟何为经络，很少有人去追根问底，仅仅因为我"看不见"，便以为它不存在，经络就这样被人打落到十八层地狱，何其粗暴，何其不讲武德！

"夫十二经脉者，内属于腑脏，外络于肢节。"岐黄洞天察地，言简意赅，老祖宗在建构人体模型时，除了各个器官各个呼应之外，每个器官还对应着属于自己的穴位，而联通穴位的，便是经络。如此对应关系，多么像黑洞与白洞之间存在虫洞，四维与六维之间存在十一维。事实上，老祖宗眼中的人便是个独立的小宇宙，人这个小宇宙的运行离不开经络，中医实践——譬如针灸、推拿、按摩、拔罐等——也证明经络是实实在在存在的。然而，现代解剖学因为"看不见"，便对经络的存在抱持怀疑态度，甚至指责中医是"江湖郎中"，多么自以为是！尤其清末民初，文化傲慢和文化不自信相互交织、相互撕咬，有人便去崇洋媚外，便去欺师灭祖，似乎不与老祖宗彻底切割，便显不出自己文明来。1879年，国学大师俞樾撰《俞楼杂纂》凡50卷，在第45卷中专列《废医论》七章，痛陈中医之弊：本义篇指责老祖宗医巫不分；原医篇指责《黄帝内经》附会于传说人物；医巫篇指责老祖宗治病都是巫术；脉虚篇指责与脉有关的书说法不一，是假的；药虚篇指责中药药性寒热、冷热看不到；证古篇甚至说，病能好的，用药不用药都会好，不会好的，用了药也不会好……如此等等，荒腔走板，却大言炎炎。

俞樾一石激起千层浪。紧随其后，一批近现代史上大名鼎鼎的人物，如胡适、严复、梁漱溟、傅斯年等也纷纷登场，"废医"主张一时甚嚣尘上。起初，梁启超也是站在西医这边的。然而，他的一场大病竟意外酿成中医反击西医的利器。1926年3月8日，梁启超患尿毒症，入住北京协和医院。经X光透视，医生诊断为癌。梁启超的弟弟梁仲策问医生，不一定是癌吧？医生答，不一定不是癌。再问，怎么治？再答，全部割除。手术后解剖割掉的右边的肾，见其中有一樱桃大的黑点，却非癌。更要命的是，病人尿中仍带血，却查不出病源。梁启超被西医"割错腰子"的事一经传出，西医立刻成为众矢之的。而在入院前，梁启超曾请名中医萧龙友把脉，萧龙友诊断说，不是急症，不就是尿里有血吗？任其流二三十年，亦无所不可。西医割掉一个肾，得出的结论竟也是"无理由之出血症"，确实够"孟浪"的。梁仲策在《病院笔记》中记录了这件事，他对中西医各打一堆板子，不过，落在西医身上的板子略重些："辛苦数十日，牺牲身体上之一机件，所得之结果，乃仅与中医之论相同耶。中医之理想，虽不足以服病人，然西医之武断，亦岂可以服中医。总而言之，同是幼稚而已。"在散文《我们病了怎么办》中，徐志摩也明贬暗扬，先是对中医打了一堆板子：

我们对外国人，尤其是对西医的信仰，是无边际的。中国大夫其实是太难了，开口是玄学，闭口也还是玄学，什么脾气侵肺，肺气侵肝，肝气侵肾，肾气又回侵脾，有谁听得惯这一套废话？冲他们那寸把长乌木镶边的指甲，鸦片烟带牙污的口气，就不能叫你放心，不说信任！同样穿洋服的大夫们够多漂亮，说话够多有把握，什么病就是什么病，该吃黄丸子的就不该吃黑丸子，这够多干脆，单冲他们那身上收拾的干净，脸上表情的镇定与威权，病人就觉得爽气得多！

最后，徐志摩突然口气一转，调侃道，西医所谓"科学精神"，原来是"拿病人当试验品，或当标本看"。梁、徐两篇文章"声东击西"，惹恼了学西医的鲁迅。7月5日，鲁迅发表《马上日记》，将矛头对准徐志摩：

自从西医割掉了梁启超的一个腰子以后，责难之声就风起云涌了，连对于腰子不很有研究的文学家也都"仗义执言"。同时，"中医了不得论"也就应运而生；腰子有病，何不服黄蓍欤？什么有病，何不吃鹿茸欤？

梁启超被西医"割错腰子"，便数落西医一堆不是。中医没能救了鲁迅父亲的命，便指责中医"不过是一种有意的或无意的骗子"。两相对照，唯立场不同罢了，总归是拿两个个案各说各话，很无聊，也很不靠谱。

《俞楼杂纂》刊行半个世纪后，余云岫接过俞樾的衣钵，急急如律令。余云岫少时曾习中医，后公费赴日留学，受日本"明治维新"废弃汉医的影响，归国后提倡废除旧医（即中医），推行西医。在《灵素商兑》中，余云岫以西证中，以此体系证彼体系，驴唇不对马嘴："自人体解剖之学盛，而筋骨之联络、血管神经之分布、脏腑之位置功能大明。自显微镜之制兴，而四体百骸之微妙无不显露。于是乎官骸脏腑之关系日明，而生理病理之本源流末，渐得其真相。至于今日，强半已为定论，洞然豁然，不容疑虑。《灵枢素问》，数千年前之书，以粗率之解剖，渺茫之空论，虚无恍惚，其谬误可得而胜发乎？"1929年2月23日，在南京政府第一次中央卫生委员会会议上，余云岫领衔提出《废止旧医以扫除医事卫生之障碍案》，历数旧医"不科学"等罪状，提出"旧医一日不除，民众思想一日不变，新医事业一日不能向上，卫生行政一日不能进展……"同年3月2日，余云岫又在自己主编的《社会医报》上，把未宣布实行的"废止中医案"全文照登出来。余云岫等四人还出面，写文章，接受采访，阐述废止中医的理由，大肆造势。中医阵营是可忍孰不可忍，立即派出陈存仁、张赞臣等四人，以"一对一"的方式，即西医到哪家报纸，他们便去哪家报纸，与西医"同场"辩论。余云岫等人认为中医不合乎科学，中医界则以中医治疗之实效，批驳中医不科学的论调，认为医药是否有效，关键看疗效。余云岫指责中医肺腑六气之说，皆凭空结撰，全非事实。中医界则斥责余云岫之论乃"妄人之言，故事中伤"，申明"中医自有中医诊断之法，勘定病别之类"，并非"巫祝谶纬之道"。中西医剑拔弩张，势同水火，这场混战持续了近十年，因抗日战争而搁置。其间，医界、学界、政界乃至社会公众卷入其中，集会、请愿、抗争、论战此起彼伏。抗日战争胜利后风波再起，一直延续到1949年国民党政权在大陆土崩瓦解。

最可笑的是，首倡"废医论"的俞樾晚年体弱多病，又目睹几位亲人相继病逝，不得不向中医尤其是中药"投降"。俞樾病起，口占小诗一首，无助心态显露无遗：

景沪桑榆病是常，原非二竖故为殃。

不能坚执废医论，反自营求却疾方。

徒使人间留尤物，恐劳泉下盼归舻。

最怜儿妇清晨起，苦为衰翁药饵忙。

为补"废医论"之失，俞樾又作《医药说》，对中药的态度明显改变，"余固不信医也，然余不信医而信药，于是又有医药之说"。俞樾自弹自唱，陈腐的学究气比草药味道还要浓重："药之始，固出于医，然此等医皆神而明之，非世俗之医也。余亦岂敢谓世间必无良医？然医之良不良，余不知也，必历试而后知焉，身岂可试乎哉？"俞樾声称，古人对药物的信任多取决于医家的信誉，"医不三世，不服其药"。俞樾感慨当世庸医充斥，良医有限，多数行医者"皆不知医，苟求一舆之值，一饭之资而已，而以治人之疾，名为行善，实则作孽"。此乃庸医之过，与中医何干？甫说当世，难道前世或后世就允许庸医横行于道吗？俞樾以文解文、以偏概全，显然是没有说服力的。到后来，俞樾反复强调，庸医要废，良医则不必废。那么，西医中的庸医要不要废呢？

这里，我并无贬低西医之意，但西医中有人并未给予中医足够的尊重，却也是不争的事实。如此做派，多么像抱着苹果落地的经典物理学家调笑伴"弦"起舞的现代物理学家，越是陷入科学迷思的人，到最后，越是被科学打脸。近些年，经络终于在高精仪器中现出"原形"，研究者的描述各有千秋，结论也接近一致：或是一种生物液晶一样的材质，或是流体的"间质组织"，仿佛"流动流体的高速公路"。诚然，这是西医的技术性表达，任何时候，西医中发出的咄咄逼人的话语霸术都令人生畏，似乎不得到他们认可，中医便是错的，便是有罪的。而回归到中医叙事上，经络便好比是隐身在人体中的"水道"，它游走在骨骼间的缝隙当中，仿佛山体间的岩隙水，贯通上下，联络周身，让人体各个器官运行自如。中医如此叙事，是不是更人性、更贴近自然呢？

显而易见，科学研究者与中医间的裂隙正在不断消弭，这一好的现象科技当记首功，但量子物理学也功不可没；毕竟，"弦"与经络极为相似，量子世界与经络世界极为相似，理解了"弦"，也就理解了经络。事实上，就像量子力学以宇宙为观照对象一样，中医学创立之始，老祖宗便是把人体当作宇宙的。回顾中国医药学的实践历程，中医学不只人性，而且科学，譬如一人一症、一症一方，同病异治、异病同治，表里兼顾、标本同用，阴静阳躁、八纲辨证。中药学的科学性也是肉眼可见的，譬如君臣佐使配伍，同方不同剂量。中草药是野生的，即便人工种植，这一株与那一株也不尽相同，在施药过程中，剂量很难精准把握，每剂药、每味药的成分每次也有差异。药性明明白白，药方却多变。即便药方一致，用药剂量和每味药的成分又模糊。药方、剂量和药的成分多变而模糊，病毒无法辨识，还有可能产生耐药现象吗？至于变异，必得知己知彼，病毒早已失去知彼先机，变异又从何谈起呢？归根结底，中医药便是道在此，病魔无可奈何，如此神奇、友好又磊落的中医药，岂是一个不科学便能否定了的？《黄帝内经》有云，"至道在微，变化无穷，孰知其原"，中医药的模糊性与量子世界的不确定性何其相似尔尔！

李约瑟说，世界各族疾病历史记载中，中医学几乎是唯一拥有连续性著述传统的。或许这个唯一，才是中医磨难的肇始吧。还有个很有名的汉学家，叫满晰博，德国人，西医学博士。满晰博出道西医，却对中医情有独钟，编著出版有《中医学理论基础》《中医临床药理学》《中医的贬降》《中医方剂学》《中医针灸学》《中医论断学》《中药学》等书。满晰博把中医学看作"独具一格的科学""现代的和将来的科学"，早在20世纪五六十年代，他便指出，"藏象"绝非单纯的古代中医解剖学，而是古代中医学家用来解释和推演人体生理、病理机制和规律的模型，相当于核子物理学的原子模型。满晰博说，一旦我们对中医理论的复杂性做深入研究，我们便会承认，选择这样一种模型来说明人体的功能及其变化是巧妙而合宜的，这也正是中医学方法论上的独到之处。在古代，中医学家使用感应和综合的观察方法来研究人体，他们着重考察人体的功能及其变化，简略了对直观的解剖位置的描述——其实，至北宋，中医人体解剖已达到相当高度的。而西医至今仍漠视大量极有意义的功能性变化，虽然这些变化无须借助仪器，也能在医生自己和病人身上随时察觉到。满晰博分析道，在方法论上，不能用西医的概念来套中医，甚至中医的方法论要高于西方生物学的方法论。在临床上，不应该用纯粹西方因果分析的方法，把中药学变成像西药学那样的药理学、制药学、生物化学等。最后，满晰博还毫不客气地指出，中医学是包罗宏富、条理连贯和卓有成效的知识体系，远非西方医学所能企及。

2014年，在中国科技信息所主办的"中医药发展战略研讨会"上，满晰博作了《为什么当代人类不能缺少中医》的演讲，指出科学必须符合三条标准：一、以正面经验为基础；二、陈述的单一性；三、经验资料的严格、合理的综合。按照这三条标准，满晰博将20世纪的各种科学大致分为精密科学、原始科学和伪科学，认为仅有少数学科属于精密科学，譬如物理、化学、天文学等。多数学科只符合第一条，可称为原始科学。离开取得正面经验的确凿事实，则应称为伪科学。满晰博据此分析说，西医中的绝大多数知识属原始科学，仅小部分是精密科学，其中还有较大的伪科学成分。中医除一部分是原始科学和伪科学残余外，绝大部分或主体称得上精密科学。

百余年来，中医被西医中的一些人扣上"不科学"的帽子，几乎抬不起头来。而一个西医学博士却说西医没有中医科学，是不是很讽刺、很戏剧？满晰博并非信口雌黄，他继续论证道，《黄帝内经》《神农本草经》《伤寒杂病论》等古典医书的传世，表明中国在两千多年前便已形成最丰富、最有条理、最有效的中医理论体系，且很早便有药物学专著。而西医学发展只有几百年，它是借助物理学、化学的方法和理论，作为自身使用的技术发展起来的，并无真正意义上的药理学基础。从根本上讲，西医学仅是一种典型的生物医学或动物医学，远未发展到真正意义上的人类医学。请注意，满晰博在这里用了一组词，即生物医学、动物医学和人类医学，仔细琢磨这三个词的差异，显见得中间存在一条巨大的鸿沟呢。满晰博也承认，西医学在物理、化学方法上发展的医疗技术是难能可贵的，但技术与科学是两回事，西医中有人动辄使用抗生素、激素，经常服用容易造成药物依赖，破坏人体自身免疫力。而中草药或有毒性，且是明明白白写在脸上的毒性，却不会产生药物依赖或人体自身免疫力被破坏的隐形风险。或因如此吧，满晰博认为，所谓西药，多是流水线上的精确合成物，药性和成分、剂量是确定的，病毒容易辨识，容易产生抗体或发生变异，这难道不是道高一尺、魔高一丈吗？

扬中贬西也罢，扬西贬中还罢，都无法否认一种直觉或感受：谈论中医的时候，常常会想到量子力学，谈论西医的时候，想到的却是经典物理学。奇怪吗？事实上，中医很可能与量子物理学是同一知识谱系的，西医则与经典物理学是同一知识谱系的，中西医或可比喻为一个"天上"、一个"地下"，一个宇宙、一个地球的。相对论面世的时候，曾遭到牛顿徒子徒孙的阻击。量子理论面世的时候，同样遭到牛顿徒子徒孙的阻击。经典物理学阻击现代物理学的方式与西医中一些人阻击中医的方式如出一辙，这在科学史上本是正常现象，科学便是在这样的证伪过程中一步一步走过来的。然而，不同的是，牛顿物理学是先于相对论和量子理论诞生的，中医则是走在西医前面的，表面上看二者很相似，实际上，东西方文化的路径差异一目了然！这么讲吧，中医是形而上之道，是形而下之器，是日常之哲学、文化、艺术，是优雅的生活方式，而西医相对而言是一门技术。换言之，中医就是一种生活方式，就是一种生活态度，而西医似乎还不能如此这般描述。

突然觉得，所谓中西医之争，其实便是量子物理与经典物理之争，便是模糊性与确定性之争。当然，也是东西方文化之争。

走出小区，竟觉阳光很好，这也是某一种饥渴症吧。

柳树最早泛绿，绿的速度似又最慢，柳叶便有空闲剪出刀的模样来。这或是时间魔法，既然慢，那就一点一点地呈现，有条不紊地呈现，好似沉迷于细节的写作者，耽于铺陈，不屑于宏大。前几日，桃花还艳得那么假，这两日突遭降温，桃花便急遽零落，好像不曾来过似的。再过几日，碧桃该小拇指肚大小了吧？那时候，向阳部分会先挂上腮红吗？如此猜测来自日常经验，而人大多时候是生活在日常经验中的。譬如，红了便熟了也是日常经验，只不过，这样的日常经验像大多日常经验一样，是禁不起追问的。事实上，红的不一定熟，青的也不一定不熟，说到底还是要看品种。诚然，也要看土壤，所谓"橘生淮南则为橘，生于淮北则为枳，叶徒相似，其实味不同"罢了。从不怀疑，这一切无一不是日常经验，既然禁不住追问，我们还要不要一遍一遍地去重复它们呢？似乎又是一个悖论，人活着，真的很辛苦。

就这样漫无目的地走着，就这样有一搭没一搭地想着，远远看到一蓬一蓬楸子挂满玫瑰红，好似密密麻麻的果实，低调而好看。近前端详，却是一枝头一枝头的花儿，把春光一把攥在拳头里，紧致而稠密。此前，我以为楸子便是楸子，海棠便是海棠，那一日，蓦然看到南沙河北岸的海棠花开得与楸子极为相似，不由心生疑惑。回到家里，还在想着这件事，趴到电脑上查阅资料，方知楸子便是海棠，海棠也叫楸子，只是路边那片楸子长得有些矮，枝叶似与大多海棠不太一样，我才未把二者联系起来罢了。明王象晋编撰《二如亭群芳谱》，凡天谱三卷、岁谱四卷、谷谱一卷、蔬谱二卷、果谱四卷、茶竹谱三卷、桑麻葛苎谱一卷、药谱三卷、木谱三卷、花谱三卷、卉谱二卷、鹤鱼谱一卷，总十二谱三十卷，记植物四百余种。谈到海棠时，书云："海棠有四品，皆木本。贴梗海棠，丛生，花如胭脂；垂丝海棠，树生，柔枝长蒂，花色浅红；又有枝梗略坚，花色稍红者，名西府海棠；有生子如木瓜可食者，名木瓜海棠。"海棠花雅号解语花，有"国艳"之誉，苏东坡曾为之倾倒，"只恐深夜花睡去，故烧高烛照红妆"。如今，海棠家族人丁兴旺，譬如山楂海棠、三叶海棠、变叶海棠、花叶海棠、冬红海棠、白海棠、复色海棠、钻石海棠、红宝石海棠、高原之火海棠、铁十字海棠、湖北海棠、道格海棠等，路边或公园随处可见。尤其西府海棠，几乎把自己且香且艳的、树一样的身姿傲娇到公园的各个角落里，花儿未开时，花蕾红艳似胭脂点点，花儿盛开时，花色渐渐或粉、或白、或粉白相间，犹如晓天明霞，煞是妖娆，我更不会把楸子与海棠联系在一起了。虽是理科生，毕竟不是学生物学的，我时常因色辨物，掌握的终归是一些皮毛。诚然，起始不把楸子当海棠，也有时间和地理的原因。初见那片楸子时，它们刚被种在小区外的路边，个头那么小，那么矮，从无一点落叶小乔木模样，我便误把它当成别一样植物。现在再去看，竟已出落成乔木，所谓女大十八变，植物亦如是吧。

　　同一种花有不同，同一类草也有异。河南汤阴羑里城是周文王囚禁之地，那里长着一种草，叫蓍草，相传周文王便是以此草推演《周易》的。蓍草耐寒，喜温暖湿润，不择土壤，茎有八棱，梗坚硬，可生长千年，是草本植物中生长时间最长的。蓍草叶子呈锯齿形，有两列披针形裂片，每个裂片又似一枚独立的叶子，看上去好似叶中有叶，很像鸟的羽毛，也很像百足虫，民间称之锯齿草、羽毛草、蜻蜓草等。蓍草花细碎朴素，花色浅淡，也像荚蒾。无论叶子，还是花，蓍草近看无一不精致，远观则透着一笼迷离，正所谓"洌彼下泉，浸彼苞蓍。忾我寤叹，念彼京师"。如果说这首《下泉》传递的是《诗经》古老的哀愁，那么，唐刘长卿《岁日见新历，因寄都官裴郎中》则是一种新绪："愁占蓍草终难决，病对椒花倍自怜。"

蓍草野生，有节，中空，端生白毛，有神性。清康熙本《上蔡县志·蓍台碑记》记曰："上蔡县东三十里，一台屹然，临于蔡沟，曰蓍台，蓍草丛生。盖伏羲画卦地也。"《蓍草台记》又曰：蔡水之北"有台窿然。台之四周方广二十顷，蓍草丛生其间，首若龙矫，尾若凤翔，盈于台畔。伏羲氏作，取而筮之，以画八卦之变。"上蔡属河南驻马店，"蔡"字上草下祭，草指蓍草，祭指占卜所用神龟，"蔡"即蓍草下的神龟。东汉许慎著《说文解字》，叙章开门见山："古者庖羲氏之王天下也，仰则观象于天，俯则观法于地。视鸟兽之文与地之宜，近取诸身，远取诸物，于是始作《易》，八卦以垂宪象。"释蓍草时，又说："蒿属。生十岁，百茎。《易》以为数。"但蓍草并非伏羲氏一人的专有用品，《周易·系辞上》也云："定天下之吉凶，成天下之亹亹者，莫善于蓍龟。"《礼记》则将龟与蓍草分开，"龟为卜，策为筮"，"策"即蓍草。古人用龟甲占卜记事，"卜"出一道道甲骨文风景，用蓍草演算运命，"筮"出一重重生命哲学的玄妙，一如老夫子所说："知变化之道者，其知神之所为乎！"许慎是河南漯河人，当是去过上蔡，也去过羑里城的。而甲骨文出土于安阳殷墟，距羑里城不足百里。如此看来，无论文字，还是数学，都起源于这片中原大地，当是争议不大的。

秋熟之后，选粗细相近、节长相近、每根十二节的蓍草五十根，便可占卜。《周易·系辞上》曰：

> 一阴一阳之谓道，继之者善也，成之者性也。……大衍之数五十，其用四十有九。分而为二以象两，挂一以象三，揲之以四以象四时，归奇于扐以象闰；五岁再闰，故再扐而后挂。天数五，地数五。五位相得而各有合，天数二十五，地数三十，凡天地之数五十有五，此所以成变化而行鬼神也。《乾》之策二百一十有六，《坤》之策百四十有四，凡三百六十，当期之日。二篇之策，万有一千五百二十，当万物之数也。是故四营而成易，十有八变而成卦，八卦而小成。引而伸之，触类而长之，天下之能事毕矣。

此即蓍草占卜过程，通俗而言，就是采摘五十根蓍草茎，演算开始时先取一根于外，以表示天地产生之前的太极状态。此后，将其中四十九根任意一分为二，左手一份象天，右手一份象地，从右手任取一根置于左手小指间，象人。然后，以四根为一组表示四季，经多次分取，看最后手中所余之数是奇是偶，完成蓍草演算的第一步，称"第一变"。如法炮制三次，也即"三变"后，便可得出三个数字，摆出一副卦象，得到八卦。

蓍草乍看很像普通的艾蒿，老祖宗为何选择它占卜吉凶呢？西晋张华《博物志》有云："蓍千岁而三百茎，其本已老，故知吉凶。"也就是说，蓍草能活千年，活得太久自然知道吉凶，颇有些草老成精的意思。诚然，用龟占卜，也是因为龟活得够长久，《白虎通·蓍龟》便曰，"蓍之为言耆也""龟之为言久也"。我们熟悉的八卦用一长横表示阳爻，用两短横表示阴爻，而新出土的文物则显示，早期八卦的每一个卦爻都是具体数字。如此看来，筮占法与数字密不可分，占卜所用蓍草很可能是当时的计算工具——算筹。如此看来，蓍草占卜离不开两样东西：自然和数学。图灵说，数学支配万物。那么，用今天的眼光去看，蓍草占卜难道不是数学支配自然的一种中国式叙事吗？汉代以来，还有人将八卦和汉字的起源相联系，许慎也认为，仓颉造字之前便有八卦，八卦卦象是天、地、火、水、风、雷、山、泽八个古文字。我的书桌上放着一盒蓍草，是去羑里城访古，从朋友处讨来的。我不会算卦，但我喜欢偶尔闻一闻它，虽枯干，虽草香不再，文字的味道还是有的，起码我以为它们是承载了文字味道的生命，而非运命之数。

有花香袭来，却非楸子的。这花香一路尾随着我走进公园，就像书中散发出的木香，若有若无，令人诧异。扫码入园，穿行在缤纷的花儿中间，这味道居然淡了，薄了，甚至于无，岂非怪事？

其实，在自然面前，无论遇到什么样的事或物都无须大惊小怪，何况公园这般精致的自然呢！譬如亭子旁那几株花红吧，小时候，我很喜欢吃它的果子。刚摘下时微酸，爽口，十分解渴。放置几日便绵，甜，入口舒爽。花红果成熟得比苹果要早，个头长得比苹果要小，乡人叫它小果，意即比苹果小一些而已。后来，我进了县城，便很少见到它。再后来，我又进了省城，更见不到它。前些年写故乡，很想写写这种果子的，却不知道该叫它什么，只好作罢。前些日子上网查阅"楸子"，竟在《中国树木分类学》中，意外得知它叫花红，形貌与海棠树相似——落叶小乔木，高五米左右，枝条圆柱形，叶片卵形或椭圆形，花瓣粉红，果实或黄色或花色。之前，我一直把花红当作某件事或物，譬如簪在帽上的金花和披在身上的红绸，譬如有关婚姻大事的礼物，还譬如赏金、奖金、红利、悬赏告示或启事，等等。总之，我从未想过花红还是一种植物，且是我最喜欢的一种植物。花红还有几个别名，在《本草纲目》中，它叫文林郎果，在《河北习见树木图说》中，它叫林檎，都很典雅，但我还是喜欢它的河北土名——沙果。是的，我喜欢这个土名，它与我记忆中的小果亲近，我也是看到这个名字，才确信它是小果的。

公园里的人明显少了许多，却个个淡定。病毒来来去去，大家早已习以为常，就像那缕香气，就像那一丛一丛的花儿。其实，时光也像那花儿，有时看上去是连续的，有时看上去是错落的，时光中的事物便参差在各自的季节里，如果时光也可以像花蕊一样一层一层叠加，那该是一座宫殿……不，该是一部书吧？瞧，玫瑰园绿色葱茏，正等待花儿开放那一瞬。深吸一口空气，有花香袭来，极浓郁，极熟悉，是丁香的。藏经楼西侧生长着一片丁香，开满白色花儿，云一样锦簇，也有半树白、半树紫的，让人不由想起母校的紫丁香来。颜色虽不同，味道却不会骗人，它们就是丁香，与外语系楼下那片丁香同属一科，甚或是姊妹。依然记得，每到春天，那香气便贴着地面在校园飘来荡去，整座校园便是芬芳的。

走出公园，迎泽大街略显空荡，但与两年前的清明相比，还是多了几分生气的。有行人，有私家车，公交车也运行正常。穿过大南门十字路口一路向西，公交车上坐着三五个人，地铁站出口却没有人。沿着街北行走，路边除了槐树，几乎所有树木都已抽出绿色的叶子，春天说来便来了。这是规律，应时而至，不因病毒而改变。但生活中最重要的，终归还是生机，还是生命，其次才是规律或秩序，再其次才是自由。并非不喜欢自由，年轻时候我格外崇尚自由、崇尚独立，还宣称，世界是由每个独立的人组成的，独立的人组成的世界却可能是混沌的，世界该多么奇妙啊！可如今，我更愿意顺其自然。诚然，我对顺其自然也有自己的理解——所谓"其"，便是生命；所谓"自然"，便是法则；而我所能做的，便是遵循它们，唯如此，才可能有所谓的自由或独立吧。子曰："吾十有五而志于学，三十而立，四十而不惑，五十而知天命，六十而耳顺，七十而从心所欲，不逾矩。"桀骜半生，特立独行半生，将近耳顺之年方才悟得其中一二，是不是有些晚呢？

　　其实，我们此一生不过是把古人彼一生重复一遍，人真的是草木春秋呢！其实，病毒很可能伴随我们后半生，我们根本没必要六神无主，惊慌失措。事实上，病毒本就一直伴随着我们，只是它有时会换个花样，我们便以为它是一朵花了，就像时光，就像时令，就像很多我们还不认识的事物。

　　但眼下，病毒的确防不胜防。病毒以这样的方式反复跟我们捉迷藏，仅是想让我们重视它们罢了，而这一切，终归都会过去的。

　　周一早晨，背对阳光走进公园，跳舞的少了，打拳的少了，打球的少了，唱歌的少了，走模特步的也少了，戏台大院里老人却意外多起来。他们坐在凳子上，或间隔一米，或间隔两米，一副悠闲的样子。如此场景多么安逸，细细想来也很正常。属于老人自由活动的空间越来越有限，老人对自由活动自也格外珍惜，自由便如丁香般味道浓郁呢。其实，自由也可能是蓍草的味道，透着神秘的气息，谁知道呢？有一方天地，便有一方情趣，所谓知足者常乐吧。其实，乐与不乐，日子都照样过，老人的日常便小而具象，便踏实而敞亮。其实，凡事只要大而不当，便可能虚妄，事如此，物如此，理念或信仰亦如此，人所有的纠结都不过如此。那就让这一切都化作一维的"弦"吧，毕竟，"弦"是最接近音乐的。

没有唱戏的人。没有吹奏的人。但不管如何，戏台大院外依然是4月，依然是万物生。

我从戏台旁边穿过，在北方，季节周而复始，4月年年如此。

（原载《都市》2024年第5期，略有删订）

赵树义（1965— ），山西长子人，现居太原，中国作家协会会员，供职人民代表报社。出版有《虫洞》《虫齿》《灰烬》《远远的漂泊里》《经络山河》《折叠的时空》等。

兵团新农人

◎ 李青松

顾水萍

初见顾水萍时，她用手轻拍自己的脸，说："看看我的精气神就知道，喝胡萝卜汁有什么功效。我每天都会喝一杯胡萝卜汁。"

我定睛打量着她，面色红润，光彩熠熠，状态饱满昂扬，激情四射。这是胡萝卜在体内发力的结果吗？

顾水萍，新疆生产建设兵团六师一〇一团青湖镇三连职工，人称"萝卜姐"。倒不是她的长相跟萝卜有什么关系，主要是她种出了很好吃的胡萝卜。

在新疆，萝卜叫萝卜，胡萝卜也叫萝卜，但通常所说的萝卜主要是指胡萝卜。若问萝卜与胡萝卜有什么区别，就味道来说，萝卜辛辣，胡萝卜平淡。不过，还有一点往往被忽略了——萝卜是中国本土物种，而胡萝卜是外来物种。

"也不给倒杯水吗？"我半开玩笑地说，"中午吃了烤肉，有点咸。"

"哈哈哈！"一笑就露出虎牙的顾水萍说，"稍等。"她拿来一瓶胡萝卜汁，又拿来一小袋沙棘汁。她往杯子里倒了一点儿沙棘汁递给我。我端起杯子喝了一口，皱着眉头，咧嘴说："有点微微的涩。"

"这就对了，微涩。"顾水萍把那瓶胡萝卜汁的盖子打开，倒出一些，腾出空间，然后就把那一小袋沙棘汁倒进装胡萝卜汁的瓶子里，盖紧盖子，不断地摇。又倒置，旋转，继续摇，反反复复。直到胡萝卜汁与沙棘汁充分调和在一起，再打开盖子，倒出一杯。我轻轻呷了一口，味道奇异。于是，一仰脖儿，一饮而尽。

胡萝卜汁与沙棘汁调和在一起，竟然发生了奇妙的反应——让美无限地放大，不论是色泽还是口感。"啧啧，美味也！美味也！"我连连赞叹，禁不住感慨万千，"这到底是沙棘，还是胡萝卜施展的魔法？"

顾水萍语气肯定地回答："当然是胡萝卜啦！胡萝卜汁原本平淡，如同水，水善利万物而不争。夫唯不争，故天下莫能与其争。"

"看来，你是读过《道德经》的。"

"哈哈哈！"顾水萍说，"只记住了这一句。"

我说："一句顶一万句。"

胡萝卜原产于亚洲西部，12 世纪经伊朗传入中国。《本草纲目》中记载："元时始自胡地来，气味微似萝卜，故名胡萝卜。"胡萝卜性喜冷凉，喜充足阳光，适宜中性土壤种植，微酸微碱土壤也无碍。

我是在"萝卜姐生态馆"见到顾水萍的。中秋节临近，她正忙着与员工给网购天山老月饼、萝卜姐胡萝卜汁、沙棘汁和骆驼奶酪及牦牛烤肉干的客户打包发货。她没有独立的办公室，生态馆就是办公室，生态馆也是销售店。当然了，销售的主打产品是"萝卜姐胡萝卜汁"。

胡萝卜富含钾和各种维生素。长期食用胡萝卜汁，能滋肝明目、化痰止咳、清热解毒，有降低胆固醇、预防心脑血管疾病、增进血液循环等方面的功效。

生态馆墙面上赫然写着这样一段话——"新疆天山雪水浇灌出来的胡萝卜，味道更甜，更浓。等萝卜大姐的胡萝卜拔出来了，把胡萝卜捣碎，沙棘捣碎，装进玻璃瓶，咱就榨一个。"生态馆里，进进出出的顾客很多，有的选货，有的订货，有的参观。

顾水萍，1980年11月22日出生，中专没毕业辍学回家。原因很简单，家里三头猪没人喂。小时候，她就喜欢生吃胡萝卜。喂猪时，也常常在石槽子里给猪投食几根。她看着猪把胡萝卜从猪泔水中挑出来，咯吱咯吱地嚼着，无比开心。

父亲说，你也不能喂一辈子猪啊，得出去闯闯。那一年，她十八岁，正赶上兵团棉纺厂招工，于是，她就成为兵团棉纺厂的纺织工。她十分珍惜这份工作，棉纺厂是国企，工资高，福利好，穿一身工作服，戴白色的纺织帽，进进出出也很体面。

可是，半年后，她操作的纺织机总是出故障，机修工便不断来修理，排除故障。在兵团棉纺厂，纺织工全是女性，上千号人，机修工则是男性，也就七八个。有个机修工总是频繁来"排除故障"，没故障时，他也在顾水萍的纺织机前转来转去。细心的人发现，那位机修工看上了顾水萍，纺织机的"故障"，有可能是他制造出来的。

棉纺厂有纪律，工作时间不能谈恋爱。

那个机修工被"约谈"了，顾水萍也被"约谈"了。

那段时间，顾水萍男朋友的父母患病，需要人照顾，她跟男朋友深思熟虑后，次日便双双辞去棉纺厂的工作，回到青湖镇三连。刚刚够婚龄，他们就结婚了。顾水萍一边照顾公公婆婆一边种地。承包的地有一百多亩，头一年种的全是包包菜，想不到的是，包包菜竟然卖不出去，全烂了。顾水萍蹲在地头，看着烂成泥的包包菜大哭一场。

眼泪哭干后，她突然就想起了胡萝卜。为什么不种胡萝卜呢？胡萝卜即便卖不出去，也不会全部烂掉呀！

于是，她决定次年种胡萝卜。

她心里想，得吸取种包包菜的教训，搞订单农业。她包里背上馕四处跑，跟一些农产品加工企业和经销商谈订单。人家说，我们不跟个人谈，你要是合作社的法人代表我们就跟你谈。

虽然白跑了半个月，但她认识到了一种新的营销方式。看来，仅凭一己之力是不行的，得把农户组织起来，靠集体的力量，才有资格有能力搞订单农业。

回到青湖镇，顾水萍找到三连连长，说要成立个农业合作社。连长说："好呀，连里支持！"顾水萍说："叫什么名字好呢？"连长说："喜欢叫什么就叫什么。"

2014年3月，五家渠嘉鑫种植农业合作社成立。揭牌那天，现场气氛热烈，光是鞭炮就噼噼啪啪放了半个小时。连长来到现场，发表讲话，给顾水萍鼓劲。连长说："一群人，一条心，一件事，一定赢！"最后，连长把拳头一挥："加油！"

顾水萍任合作社社长，刚开始只有六名社员，一年后就发展到了一百三十六名社员。种植五千亩胡萝卜，带动一〇一团其他职工也大面积种植胡萝卜，规模达到了一万两千亩。

"过去，无论是在棉纺厂，还是在连里当职工，都是领导给咱开会。当了合作社社长后，是我给人家开会，我也没有那么多话呀，很不适应。再加上大规模种植胡萝卜，采摘后没地方储存等棘手的问题，我一度打退堂鼓，不想干了。连长知道了，找到我说，你也太情绪化了。不能退步，有什么困难连里帮助解决，必须坚持下去！"

连长果真说话算话，回去研究后就拨给合作社一块地皮，用于建保鲜库。保鲜库建好后，解决了大问题——年产一千吨的胡萝卜不愁无处储存，缩水发蔫变黑了，什么时候出库，都是水灵灵的，新鲜如初。

合作社成立的第一年，胡萝卜的行情非常好。年初订单价格八角一斤，到秋天市场实际价格涨到一块一斤。一些社员、职工见利忘义，避着顾水萍，偷偷把胡萝卜按一块一斤的价格卖掉。眼看着加工企业与合作社签订的订单就要落空，顾水萍心急如焚。这可是涉及合作社的信誉问题啊！她只好把自家二百亩地里种的胡萝卜全部按八角一斤的价格卖给订单企业，但还是有亏空。她便开着车，去达坂城高价收购胡萝卜兑现订单。

"欲哭无泪，合作社差点倒闭了！"

顾水萍的举动感动了胡萝卜加工企业。企业老板说："萝卜姐，你是讲信誉的人，所有的损失不能让你一个人扛啊！"于是，企业也提高了收购价格，使得合作社减少了一些损失。

反者，道之动也。弱者，道之用也。

在利益驱动下，次年，大家都不种别的农作物，全种胡萝卜了。可是，秋天一场早霜袭来，胡萝卜全扔地里了。那些上一年偷偷卖掉胡萝卜的社员、职工满脸愁容地来找顾水萍："萝卜姐，帮帮忙吧！"

"帮谁？谁帮？"顾水萍狠狠吐出两字，"活该！"

可是，事归事，理归理，嘴硬心软的顾水萍还是要帮忙。她把自己的订单让出来，让大家的胡萝卜照常卖上价格。把保鲜库腾出来，卖不出去的胡萝卜存放在保鲜库里，使大家的损失降到最低。经历了这件事，大家对顾水萍的为人又有了新的认识。大家心里暗暗说："嗯，跟着她干，错不了！"

很快，职工们纷纷入社。

仅仅几年时间，合作社发展壮大起来，有种植、有加工、有仓储、有营销、有网售、有配送，真正形成了自己的产业链条。会员遍布北京、济南、郑州、广州、深圳及乌鲁木齐等地。

顾水萍告诉我，她是跟着兵团改革一起成长的。"从当年的土地承包确权发证，到灌溉打埂子变成软管输水浇地，再到'三费（种子、化肥、农药）自理'，三连的这些事情都是始于我。"快言快语的顾水萍说："我跟连长说，你们也不能总在我一个人身上薅羊毛啊！连长不接话，只是哈哈大笑。"

我说："能力越大，责任越大。"

顾水萍说："搞种植农业，大数据非常重要。我每天都关注北京新发地农产品批发市场的行情，什么是最好卖的菜，我心里有数。过去，产品卖不出去，不是产品不好，只是不会卖，不会营销，没有找到市场。"

“怎样理解诚信？”

“合作社的生存与发展，诚信是第一位的。投机取巧可以得一时之利，却不会得一世之利。”

我问她：“今后有什么打算？”

顾水萍沉思片刻说：“只想在提高产品品质上下功夫，不图热闹。热闹是一时的，品质才是永久的。比如说，我们种的胡萝卜从来不打除草剂，完全是用镰刀割草，手工拔草。打除草剂会污染土地，我们不做伤害土地的事。土地养育了我们，我们要爱惜土地。我们谁也离不开土地，有了土地就有了一切。”

是啊，顾水萍喜欢胡萝卜，内心深处也许藏着许多原因，但有一个原因是可以肯定的，胡萝卜一定在其最艰难的人生境遇中鼓舞过她，安慰过她，并且像烛光一样照亮过曾在黑夜中迷茫的她。

每个人都有自己的秘密，我不便问，也不好问。

如今，“萝卜姐”顾水萍已经成为兵团六师一〇一团以及五家渠市的名人。“巾帼女杰”“创业之星”“百佳示范”等荣誉称号接连授予她。然而，顾水萍是清醒的。

平凡的生活还要继续。

顾水萍的手机里收藏了一张画——原野上，一根透明的胡萝卜和一只表皮斑驳的哈密瓜，相对无言。画的空白处是一行小字：你选择成为什么样的人，就会成为什么样的人。也许，这就是顾水萍的人生写照吧！画的作者，是燕京理工大学美术系学生杨维佳。

杨维佳是顾水萍的女儿。她常常戏称自己的女儿“我的小胡萝卜"。

劳作之暇，她就从手机里翻出女儿画的画，欣赏着，脸上洋溢着快乐和幸福。

该怎样形容顾水萍眼里的胡萝卜呢？是否可以这样说——它没有浮华的外表，红得真诚，红得通透，却又饱含着属于自己的情感和能量。

掌声送给顾水萍吧！为她种出好吃的胡萝卜，也为她积极向上、乐观开朗的生活态度。

沙代甫汗

一条粗糙的土路，通向三场槽子村绿榆掩映着的一座老房子。这就是我们要去的地方，土墙土院土门土屋的奶茶铺。

沙代甫汗的奶茶铺开张三个月了，奶茶铺还没有名字呢。其实，有没有名字不要紧，因为方圆五十里范围内没有第二家奶茶铺。相约去奶茶铺喝奶茶，或者说去奶茶铺吃包子，就是指去沙代甫汗的奶茶铺，这里的人都知道。

沙代甫汗有一双巧手，她煮出的奶茶好喝，她蒸出的包子好吃。

好喝好吃是硬道理。虽然没有名字，但沙代甫汗的奶茶铺已经在天山脚下，古尔班通古特沙漠南缘闻名遐迩了。

每天早晨，天还没亮，沙代甫汗就开始包包子、煮奶茶了。三场槽子村的村民们是在奶茶铺弥漫的茶香中醒来的。

三槽子村现有一百七十七户，五百四十六口人，其中哈萨克族人口就有四百二十八人，村里几乎都是定居的哈萨克族牧民。

哈萨克族牧民爱吃马肉。若干年前，我曾到北疆塔城哈萨克族牧民家里做客，主人用煮熟的马肉和马肠子及马奶子酒招待我。朋友告诉我，这是哈萨克族牧民待客的最高礼节了。

冬天，哈萨克族牧民把马肉制作成风干肉，把马肠子制成熏肠，游牧和转场时，风干肉和熏肠便于携带，甚至可以吃上一整年。奶制品用羊奶、牛奶、马奶、骆驼奶制成。种类有鲜奶、酸奶、奶皮子、奶豆腐、奶疙瘩、奶糕点、马奶子酒，等等。面食呢，主要有烤饼、油饼、那仁（煮熟的羊肉切成小块儿覆盖在面条上的一种面食）、包尔萨克（羊油炸的面团）之类。

哈萨克族牧民可以一日无菜，绝不能一日无奶茶。在食用肉和面食之后，喝上一碗热腾腾的奶茶，再打两个响嗝，实在是舒坦极了。

正是熟知哈萨克族牧民的饮食习惯，沙代甫汗才决定开奶茶铺的。奶茶铺茶客和食客有本村村民，有北塔山牧场的牧民，有背包旅行的游客，也有偶尔开车经过的大货车司机。奶茶铺销量最高的是包子。包子是木耳豆腐胡萝卜馅儿的，味美爽口，香而不腻。每天，当阳光刚刚照进奶茶铺，三百个热气腾腾的包子就已经卖光了。

奶茶铺主人沙代甫汗，塔塔尔族，新疆生产建设兵团六师红旗农场十二连三场槽子村村民。

初见时，沙代甫汗穿着一件蓝色碎花长裙，短发，面带微笑，颈上戴着一串金项链。面部具有塔塔尔族女人明显的特征——鼻梁坚挺，眼窝深阔，亮眸闪闪，举手投足间透着不俗的气质。

1989年9月1日，沙代甫汗出生于吉木萨尔一个塔塔尔族牧民家庭。高中毕业后就读吉木萨尔县电大学前教育专业，后又读本科汉语言文学专业。虽然没有考上全日制本科是她的人生遗憾，但她通过自己的努力，让这个遗憾减少到最小。

　　2018年至2022年，沙代甫汗在红旗农场三场槽子幼儿园当幼儿教师。她热爱幼师工作，表现出色，孩子们也特别喜欢她，后来因没有教师资格证书被辞退。

　　对于沙代甫汗来说，这算不算人生的低谷呢？简直糟糕透了，一张纸能说明什么呢？她偷偷哭了起来。哭着哭着，想起孔子当年讲学可能也没有教师资格证，张仲景当年望闻问切可能也没有医师资格证，她就不哭了，释然了。可是，人生不能就这样呀，干点儿什么呢？跟丈夫一起去放牧吗？她有点儿不甘心。

　　三天后，她把家里的旧房子收拾出来，置办了三个烧奶茶的奶壶，若干木碗。支起一张桌子，搬来四把椅子、五个木墩，还有三个小马扎。没摆花篮没放鞭炮，奶茶铺就开业了。

　　也许，只有经历过种种不如意，才更能知道生活中的一切并不都是唾手可得的。多数时候，只有不停地奔跑，不停地努力，把坎坷和曲折踩在脚下，才能够体悟人生的意义。

　　最初，奶茶铺只经营各类奶茶、果茶和果汁饮料，奶茶一杯五元，果茶和果汁一杯四元，后来，又增加了早餐项目，卖包子、包尔萨克等早点。包子一个一元，包尔萨克一个一元，韭菜合子一个两元。

　　煮奶茶的牛奶，是沙代甫汗自家奶牛产的奶。包包子和包尔萨克所用的面粉，也是自家田里的小麦制作的面粉，有麦香味。

这些东西不需要去外面采买，自家就解决了，可以节约一些奶茶铺的经营成本。奶茶、包子和包尔萨克的价格也就相当便宜了。

奶茶铺的员工只有一个人，老板兼主厨兼服务员，都是沙代甫汗。沙代甫汗每天忙得团团转，一忙起来，连看一眼手机的时间都没有。在兵团十二连当文书的表妹古丽巴提玛·比兰看在眼里，实在心疼，就利用周六周日的时间来帮她，洗碗，洗杯子，洗水果，收款结账。

在古丽巴提玛眼里，沙代甫汗是一位好姐姐，更是一位好妈妈。她说："表姐沙代甫汗每天除了打理奶茶铺，花精力最多的就是带孩子了。表姐每天都给孩子洗校服，辅导孩子写作业。"

沙代甫汗有两个孩子。大儿子叫叶斯太·阿牛娃别克，三场槽子小学五年级学生。小儿子叫叶尔扎提·阿牛娃别克，三场槽子小学一年级学生。两个孩子学习都很出色，家里的墙上贴满了大大小小的奖状。大儿子叶斯太是学校广播站的播音员。他跑步也快，是学校体育明星，还代表学校参加过兵团运动会呢。

沙代甫汗家里，还有四匹马、二十五头牛。哈萨克族丈夫阿牛娃别克·阿合，每天很早就骑马到天山脚下的牧场放牧，照顾不上家里，家里所有的事情只能靠沙代甫汗自己了。

无论有多忙，沙代甫汗每天总是要抽出一点儿时间读书。她卧室里的书架上摆满了书，如《伊索寓言》《小学生英语知识点大全》《小公主故事》《假如给我三天光明》等，从每本书的书角和页面留下的印痕来看，她读了不止一遍。近期在读白岩松的《幸福了吗》，她说她喜欢这本书。

在沙代甫汗家里做客时，我是坐在炕上的。我注意到，炕上铺的是驼绒毛毡。沙代甫汗告诉我，驼绒毛毡是妈妈手工编织的，整整花了一年时间。她出嫁的时候，妈妈把驼绒毛毡作为嫁妆送给了她。

沙代甫汗待客非常热情，炕桌上摆满了各种干果、鲜果和食物。有杏仁、核桃仁、瓜子仁，有哈密瓜、西瓜、葡萄，有牛奶疙瘩、羊奶疙瘩、骆驼奶疙瘩，有烤馕、馓子、包尔萨克。

我吃了两块奶疙瘩，喝了一碗奶茶，便指着墙上挂着的一幅照片中的一位男人问："这位就是你丈夫吗？"

"是的，"沙代甫汗的脸上洋溢着幸福，说，"我们是在朋友的婚礼上认识的，我们是自由恋爱。"

说话间，舞曲就响起来了。沙代甫汗和表妹古丽巴提玛，就地翩翩起舞。她们跳了两支舞曲，一支叫《喀秋莎》，一支叫《黑走马》。

我问她："沙代甫汗，你人生的小目标是什么呀？"

沙代甫汗回答："每隔几天，我学点新手艺，给奶茶铺不断添些新花样。茶客和食客喜欢喝我煮的奶茶，喜欢吃我做的食物，我就高兴。"

"有大目标吗？"

"好好培养两个孩子。赚更多的钱，创造更好的读书条件，让孩子接受更好的教育。同时，作为女人，我也尽量保持好自己的容貌和身材，让快乐和美与我相伴！这算不算人生的大目标呢？"

我点点头，笑了。

沙代甫汗也笑了。

沙代甫汗说："李老师，给我的奶茶铺起个名字吧！"

"好呀，"我问沙代甫汗，"你是塔塔尔族，你的名字在塔塔尔语中是什么意思呀？"

　　她回答："水最深处的珍珠。"接着，她略显羞涩地说："我喜欢水，也喜欢珍珠。"

　　我说："奶茶铺的名字有了。"

　　"叫什么？"沙代甫汗眼里含着喜悦和期待。

　　"就叫——沙代甫汗奶茶铺。"

　　（原载《西部》2024年第4期，原分三题，此为其一、其三）

　　李青松（1963—　），辽宁彰武人，在内蒙古东部度过少年时代，毕业于中国政法大学法律系，供职于国家林业和草原局，长期从事生态文学创作与研究，著有《遥远的虎啸》《粒粒饱满》《万物笔记》《穿山甲》《相信自然》《北京的山》等，主编《中国生态文学年选》等。

边境上的云

◎ 阿伍颂庚

    一粒雪花落在唐古拉山以北。许多雪花逐风扑落，堆积成苍苍雪山。随着时间推移，一滴水开始承载它的使命，向高山峡谷高原山地低山宽谷丘状山原依次摔打圆融，与众多支流在勐巴娜西的热带雨林深处交汇，然后穿过橡胶林和古茶山，在热带植物婆娑耳语和野生动物狂躁啸叫中归于静默。

    那时，我们住在澜沧江下游一处离江边不远的寨子。我走访寨子里的学生，也开始走访一条江河。如果我这一生所遇到的还有些什么人和事值得回味，那位光着膀子穿着拖鞋、腰间别一把带木头刀鞘的砍刀、骑一辆破摩托车的哈尼族老人无疑是其中一个。我遇到他时，他的摩托车正发出拖拉机的轰鸣，身后的土路上拖着一条喷气式飞机的"尾巴"，吃力地沿坡向我缓缓爬来。老规矩，我们的关系也从一支烟开始。我们坐在哈尼族老人开垦的那片香蕉地窝棚里，时下香蕉开始收割，但青绿的果肯定青涩无比。老人说，他不想给这片香蕉上套，吸取天地间雨露精华乃是这些青果的权利。实际上，他不靠这些香蕉生活，来如此偏僻的地方开垦一片地，种点儿香蕉，打发时间，纯属偶然。掉了瓷的搪瓷缸里泡着一缸浓浓的茶，故事是从这缸茶开始的。

    在澜沧江朦胧的晨雾中，他们看到木船里的傣族青年男女，江面上波光粼粼，一排排白色鹭鸶优雅地蹁跹。讲起傣族少女和鹭鸶的时候，老人眼里泛着光，好像是发现了什么奥秘，声音随着激动的情绪激昂起来。上岸后，他们在一个叫曼蚌囡的村寨里第一次看到傣家竹楼，吃上了菠萝蜜、牛心果、鸡蛋果，也第一次在缅寺中看到了被砸毁的佛像。进入与造纸厂相邻的一个叫曼允的村寨，除那些传统的竹楼外，他们的目光又落在了熟透的木瓜上。

哈尼族老人铺垫好，才开始讲起澜沧江上的非凡往事。由于水性好，他被抽调进采购组。他们的任务是沿江去找寨子里的村干部，劝说他们发动村民到澜沧江畔去砍竹子。第一次下村，他背着背包，跟在一个老工人后面，他们在山里碰到猴子和麂子，当晚住在一个猎人家里，目睹猎狗独自到山里叼了一只野兔回来。遇到要在山里过夜，趁天黑前老工人跟他在野外搭起帐篷，那晚，饥肠辘辘的他终于等来一顿盛宴。老工人侧耳，沿着乌鸦的叫声寻找，老工人叮嘱他务必紧跟其后，并替他砍了一根木棍。澜沧江边的一片空地上，夕阳下一群乌鸦在拼命奔窜噪叫，因为它们不得不眼睁睁看着几只豺狗分享一头野猪。他们用原始的办法，利用手中的木棍和石块驱赶豺狗和乌鸦，将剩下的一个野猪头和四只猪脚带回。

最自由惬意的时光要数跟着生产队到澜沧江边砍伐竹子的日子，每组村民除了安排一些人到雨林里打猎物、找野菜、挖竹鼠解决大伙儿在江边生活的伙食问题外，其余的都会被分配到砍伐竹子的队伍中。那时的澜沧江两岸，除了沙滩和石崖，其余地方都长着层层叠叠的野生竹子和灌木，常年苍翠，人迹罕至。他们将两三百根竹子捆成一捆，做成竹筏，顺江漂流，到景洪后有工人在江边接应，运往厂里。万事都有不顺遂的时候，比如碰到礁石，或者遇到刮风和水位下降等情况，竹筏就会搁浅。那是一种叫"赶筏子"的生活，历时一个月左右。他们沿江而下，站在竹筏上，看到有冲散的竹子，就重新捆扎好，再放入江流。如果竹筏搁浅，就撑过去，利用三四米长的竹竿做成的抓斗放在水中形成阻力，一拉竹竿，竹筏就动。一次暴雨过境后，由于无法判断变换了位置的水下暗礁，他险些丧命。讲到这里，哈尼族老人将眼角的疤痕展示出来，这是我在他身上看到的一寸最白净的皮肤。

有一天，寨子里的波涛在雨夜凌晨的香蕉地救助了一头出生才数天的小野象，当时小象脐带已经感染，小生命危在旦夕。通往外界的道路坍塌后，坐落在澜沧江畔雨林腹地的这个傣族寨子就彻底封闭起来。为了救助小象，摩雅傣（医生）赶数十里的山路前来守候，波涛带着七岁的孙子四处去讨羊奶。为协调好救助小象和野象家族不断骚扰寨子的矛盾，波涛凭借过去打猎时模糊的印象，带着孙子、村主任，还有村主任九岁的儿子，一行四人走了三天三夜的林中老路，最终将小象成功护送到离城区不远的热带雨林自然保护区。

小说家走进雨林时，我们谈了许多关于野象的话题，也一起到过保护区，可检测系统影像中的野象，多少已经发生了一些变化，我们看到的野象跟刻在人们脑海里会表演的大象和袭击人类的野象模样差不多。小说家很有经验，拍拍我的肩膀，问我酒量如何。我毫不含糊地告诉他我不会喝酒。小说家就把手放在我的肩上，摇摇头说，不行，要把工作干好，你得学会跟他们喝酒。

我们进了最熟悉的一个寨子，菩提树和缅寺，翠绿与金黄，在烈日下鲜明而耀眼。

小说家不仅让村主任邀请了一些跟野象打过交道的人，包括曾经在象蹄下死里逃生的村民，还请来了几个过去的猎人，还有一个养鸟的人。养鸟人来自周边寨子，是个哈尼族，他的故事不要说小说家，就是我听了也深受触动。他说，他有一个非常痴迷于鸟的朋友。在纳板河保护区工作人员找到他朋友之前，朋友的家里养着一百多种鸟，除了十几种无法驯化的，大多数鸟都是放养。朋友的阁楼里全都是鸟。一开始，朋友将捉来的鸟挂在后园的荔枝树、菠萝蜜树、芒果树上，他婆娘还只是抱怨他不干正事，后来朋友把鸟迁移到阁楼上去，家庭矛盾就彻底爆发了，婆娘要朋友在鸟和她之间作出选择。后来阁楼上的鸟越来越多，婆娘便带着女儿离开了那个房子，回数里外的娘家住去了。他的朋友选择了鸟。后来，随着阁楼上叽叽喳喳全是鸟，朋友也抱着被卧搬到阁楼上，选择一个鸟粪落不下来的地方栖身。从此他的朋友彻底跟鸟融为一体，寨子里的人都叫他鸟人。

他滔滔不绝地用本地方言说着各种各样的鸟类名称，我听过些，可小说家作为外地人，听起来非常费劲，听不到两句就忍不住打断求解，村主任只好不遗余力地解释着。我知道很多时候只是勉强转述大意，我想哈尼族人和小说家肯定比我还清楚，可他们都并不在意。

随着夜色中的雾气升腾，空山中的冷气也升上来。我所关心的鸟人和他的鸟类，最终也有了结局，鸟人放掉笼子里的鸟后，其他的鸟一直不肯飞走，鸟人举起长扫把驱赶，还捣坏了梁上、瓦缝里的鸟窝，最终才把它们彻底赶走。鸟人看着成堆的鸟粪抹泪，他终于亲自毁掉了自己一手建立起来的鸟类王国。有人告诉他，他的婆娘已成为别人的婆娘，他的女儿也把"爹"喊给了别人听，鸟人好像漠不关心，他的眼睛一直没离开过阁楼上的屋檐。大家继续聊别的话题，而我的思绪却久久停在这件事上，因为没人再追问，我也缄了口，一个大家都已经失去兴趣的话题如果不合时宜地再提起，就会扫大家的兴。在醉眼蒙眬中，我始终没有放过自己，我知道鸟人肯定把那些鸟当作自己创造出来的子民，把自己当成国王了，他为了自己一手建造起来的国度，不惜痛失妻女，我想，最终要他亲自毁掉这个国度并不是什么难事，但要他摘掉王冠从王座上坦然下来，无论是谁，都难以承受。

罗梭江和南腊河等一些河流作为澜沧江的支流，在热带雨林深处奔涌流淌，从小处看，把在天际绵延的山脉切割成一座座无名之山，从大处着眼，却划出了孔明山、布朗山、南糯山、基诺山、巴达山等，有的已成了今天的著名古茶山。澜沧江在热带雨林中穿过时，仿佛脱了鞋的脚走在地毯上，看不见悬崖和裸露的岩石，望不到露出脊梁的山背，光脚走起来舒适自然，唯有平静和坦然。雨林里，有村寨的地方，就会有寺庙，有菩提树。傣谚有语：有林才有水，有水才有田，有田才有粮，有粮才有人。祭祀，在这里是很常见的事，有时在一棵大榕树下，有时就在寺庙里进行。拉祜族不信奉佛教，寨子里没有寺庙，但他们以前出山狩猎，同样需要祭祀。

那天，我们从布朗山上下来，见到了最后一个女猎人娜四。拔地而起的是一栋栋钢筋水泥筑起的干栏式建筑，村道可进出轿车，有篮球场，路边栽着开得红艳的花。这是他们第二次搬迁。头一次，是迁到对面的山上。驻村工作队的罗队长指着不远处的一座山说。可那座山没人去住，村民仍旧缩在自家的茅草棚里，他们是"直过民族"，有着最原始的生活生产方式。娜四是第一个觉醒的人，她开始放下弓弩和火枪，跟着驻村工作队学汉语，玩手机学打汉字，并在工作队的帮助下经营起了茶园。那天我们到拉祜寨子的时候，娜四穿着绣花的民族服装，背着竹篮在茶园里摘茶，她的笑容在热烈的阳光下如此抢眼。我很难想象，一个从原始部落来到我们身边的女人，是如何迅速适应这个世界的飞快变化的。罗队长带我们去娜四家，我们围着火塘，上方吊着的铝壶正吐出蒸汽，我在烟雾缭绕里听到罗队长介绍，这个寨子的人如果没有得到帮助，很有可能现在已经没人了。他说，大约在五年前，这里的人大部分得了肺结核。现在，他每晚教他们打篮球锻炼身体，可惯于围猎的人们很难学会篮球规则。每晚月亮升起，他就带领村民围火打跳，唱拉祜民歌和《没有共产党就没有新中国》，这些歌倒是唱得挺溜，出乎罗队长意料。

在澜沧江沿岸的雨林中，除了傣族、哈尼族、拉祜族、布朗族、基诺族等一些少数民族外，还生活过一些特别的人。在我离开学校前的那些年，有一次到上海的学校交流教学经验，晚上在一家饭店用餐，当我们大家都喝了些酒，开始在包房里唱起敬酒歌，敬酒时喊起傣族"水水水"的口号，突然有个白发苍苍的老人冲了进来，情绪激动地给我们一一敬烟，他的眼里饱含泪水。原来老人曾经到西双版纳当过知青。

完全是因为学校背后山上的白塔，我见过来追寻失踪女知青的后人。白塔人烟寥落，傍晚的余晖打在塔身上，也无法替它披上当年那身绚丽夺目的外衣。此时，白塔已成灰塔，或者黑塔。我摇动手中的树枝用以驱赶黑暗，无意间见到一个瘦削的短发女人站在塔前，低头专心看着什么。她手里是一张相片，准确地说是一张黑白照，里面有一座黑色的塔，塔前方一侧站着一个长辫子少女。她说，这是她要找的人。在准备结束我的教学生涯前，我最后一次去跟白塔告别，也是特意在一个黄昏斑驳的时候去的，可惜没见到那个寻亲的女人，只有一座空塔，在黄昏影影绰绰的暗影里，我和塔一起坠入黑夜。

很长一段时间里，我把自己活成了半个寨子里的人，在跟小学生研究数学题之余，我常常要沿江而上，或者往下，到周边的一些寨子里去寻访，除了村民外，还有许多跟我一样散落在这里的青年教师。那年夏天，我在昆明看到通知后即刻赶往民族大学报名，可以这么说，开始我在多个地级市报名团队中徘徊不定，一刻钟工夫，我毅然选择了这里。第一次见到热带雨林，我的震撼是无法用语言来描述的，碧波荡漾的澜沧江从车窗外映入眼帘的时候，心底的兴奋油然而生。我出生的地方在武定的一个大山里，我的性格与那些裸露的大山息息相关，与那些高山峡谷里的潺潺流水密不可分，它们长进了我的骨髓里，融入了血液中，成就我的整体气质。当我第一次遇见热带雨林，遇到澜沧江，就想到《高山下的花环》，确切地说，是想到了小说里描写的边境。

刚到寨子里，是谁都会有些手足无措。每天都跟小学生研究数学题，这让我无法快乐起来。当初的雄心壮志，当初的豪言壮语，是否还有机会实现，让我隐隐担忧起来。我想到那些边境上的云，从某种意义上说，它们就是高山下的花环。一朵，两朵，无数的云，在边境上空飘浮着，仍然洁白无瑕。放学后的傍晚，按照规定时间把学生送走以后，哐当一声把锁挂上，我就掉进了两棵菠萝蜜树之间的吊床里。我眼看着山下寨子里的屋顶飘出炊烟，眼看黄昏的绚丽把寨子涂成橘黄，眼看着那云飘向任何地方。直到天色晦暗下来，凉意升腾起来，两位同事的房间里灯光次第亮起来。

越是这样的时光，我越是跟澜沧江较上劲，我会提前把周末规划好，把澜沧江的某段放在我重点行走的路段中。在寨子里的那些日子，我把自己活成了边境上的云。守边戍边，让我感受到了教书以外的快乐。我跟寨子里的男人联合去山口抓过偷渡者、走私者，为公安抓捕毒贩尽过绵薄之力。有时，为了帮助吸毒者，我在他们的孩子身上做文章，深入到他们家庭中去，把思想工作发挥到极致。我始终对边境上的云充满敬意。联想到这些云跟高山下的花环的关系，我到勐龙烈士陵园敬献花环。我对那些默默奉献出自己宝贵生命的烈士们心生敬仰，也对那些空着的墓穴充满敬意，因为我知道，这里肯定还会有烈士住进来，也许，他们是一朵朵飘浮在边境上的洁白的云。

澜沧江边的景洪城，过去是何等富饶，我从曾经在造纸厂当工人的哈尼族老人那里得知，过去的澜沧江边除了一块块稻田，就是一片片竹楼，雪白的鹭鸶装点着乐园，江边有傣族少女在浣洗、泛舟、取水。

进入热带雨林腹地，也许你会遇到各种行色匆匆的人，有小说家和诗人，也有固执的造纸厂工人和走错了路的干部，还有虔诚的僧侣和脖子上挂着相机的观鸟爱好者……有捕鱼的人，有巡警，有水上支队，夜晚还有从五彩斑斓游船上下来的游客，少数民族的阵阵打歌声，贴着江面隐约传来。

很多年过去，我告别了在寨子里教书的日子，我更多地走进田野，有时候也去驻村，可我始终没有放弃的是雨林和澜沧江，我甚至骑着大摩托沿江而上，在数十公里乃至上百公里的行程中，每到一个村寨，就走进去看看，跟他们学民族语言，向他们请教这一带的历史和野史，无须做笔记，也不录音，就纯聊天，这样彼此都自在。

曾经为了记录，我还专门买了一款高端相机，里面存满了纯白的云。这些云是活动的，它们千变万化。假如肉眼看不清，我就把照相机当望远镜用，在不断放大和聚焦的过程中观察它们，它们像个胖小子那样一刻也不消停。我最初的观云习惯，是在生养我的那个滇中小山村里养成的，我们住在高山上，出门顶着白云，在地里劳作也顶着白云。在家乡放牛那段时光，我一个人静静躺在草地上，耳里听着黄牛舌头卷草的喘息声，眼睛直直地盯着一团团白云看，那是雨季里洗过的天空，除了云朵的纯白，就只剩天空的幽蓝。那时，我感觉其中一朵云是我放逐的，就像我的牛一样，总有一头是我的最爱，我可以搂着它的脖子，触摸它的嘴巴，感受它粗重的气息。我觉得白云也可以，我喜欢它，我的目光就会跟着它四处游走。

少年时的梦，跟随着我，引领着我，踏进这莽莽苍苍的雨林，踏上澜沧江边的每一寸土地。行走这么多年，我依然没有走出过雨林和澜沧江，这个小世界的风景也许已经化到我的骨髓和血液里了。现在，我把遗落在雨林深处的所有寨子都列入行走的计划中，包括数年前我生活过的那个傣寨。不仅如此，我还打算摒弃那辆大摩托，徒步将所有寨子和澜沧江密林里的故事带到上游去。也许，当我下次写到青藏高原落下的一粒晶莹的雪花时，会捎带上关于一片雨林和一条江的故事。

（原载《民族文学》2024年第9期）

阿伍颂庚（1987—　），本名朱建锋，彝族，云南武定人，滇西科技师范学院（原临沧高师）毕业，现任云南景洪市作协主席，著有长篇小说《山原》《雨林神象》等，另有其他各类作品发表于《民族文学》《边疆文学》《胶东文学》等刊。

天空的漂流瓶

◎ 李会鑫

爷爷站在楼顶一遍遍扫视，像上帝一样。不同的是，他的腰弯下去，脸上印着很深的疲惫，像刚完成一场远征。

新居明天就入伙。他的身后摆着两排烟花。这个连牙刷都要用到秃毛的人，下血本买了十几箱烟花。最近五天，他一次次将它们分成两排，整整齐齐，以阅兵的姿势接受太阳的照拂。他要晒干它们体内的湿气，确保每一粒粉末都起作用。他一次次抬头，用目光丈量天空，估算烟花将要抵达的高度。

住旧房子的时候，他每年都要搬来木梯爬上屋顶，伸长手臂拨弄瓦片，让它们回归原来的序列。他把这个过程称为"复屋"。他的腿抖得越来越厉害，蹲着越来越像青蛙。我初中毕业那年，他在屋顶滑倒，本能地趴在瓦片上，滑到屋檐才停下来。几十块瓦片沿着木板滑落，在水库泄洪的声音里粉身碎骨。他大大灌了几口水，拍着胸膛压惊。我从屋檐下抽出备用的瓦片，趴着把它们放上去。接下来那几天，瓦片分出几十条瀑布，叠加的沙沙声包裹灰色的世界。他走下台阶看天，闪电把他的身体一次次照亮。天井里的水荡来荡去，房子像漂流的船。瓦片的序列再次被季风打乱，屋顶上的水扭曲身体跳到二楼的木板，再从木板的缝隙跳落一楼的泥地。急促的呼喊在逼仄的空间里交错："快，这边！"

三兄弟拿出全部水桶，在二楼的木板上来回冲刺，拦截漏下的雨滴。水桶明显不够，碗碟、杯子都得拿过来，甚至要鼓起嘴巴重新吹胀捡到的矿泉水瓶，在快满的时候迅速把水泼进雨里。我们围着两个圆形谷仓快速奔跑，经常在泼水的路上撞到一起。水在容器里掀起巨浪，跳过我们头顶再调整姿态向下奔腾，不偏不倚，全部扑在我们身上。我们要上学，破旧的房子如何对抗漫长的雨季？慌乱和叹息混合在雨里。爷爷在电闪雷鸣的午后咬牙切齿地说："要盖新房子了！"

"有钱吗？"我们三兄弟问。

"以后会有的！"

"什么时候存够？"

"不知道，慢慢来！"

他是站在台阶上对着天空宣布的。灰暗的色调抹去他的表情，但是他的声音异常响亮。他宣布的时候，雨滴突然陷入寂静，等他说完才重新喧哗起来。闪电在空中炸裂，他伸出手试探雨滴的重力，像要把天举起来。

我对这个想法既兴奋又怀疑。爷爷怎么会有钱呢？这么多年他都没买过几件衣服。当然，这寒酸的日子不能怪他。从小学开始，我们三兄弟的支出经常依赖他。父母在东莞、广州到处找工作，兜兜转转地生活，没存到钱。交足各种费用后，一家人过得拮据，隔两天才能吃肉。"钱是省出来的。"在没肉的日子爷爷经常这样说，像是辩解，又像是安慰。他每个星期只给我们每人一毛零花钱，只能买一小袋零食、一杯瓜子或者一块酸黄瓜。两个弟弟经常吃了酸黄瓜后一边伸出舌头吸气缓解辣味一边喊我，把揉成团的纸币塞过来。我们怕别人看到，默契地用最短的时间完成交接，像一次击掌。有时候我把作业本贱卖给同学，买一杯瓜子或者一块酸黄瓜。我们每天中午都吃咸萝卜，怕同学突然开门，还要站着用背脊顶住房门。爷爷出去开会经常打包剩菜，以至于我们时刻盼着他出去。肥肉没有关系，要是有鱼就更好了，哪怕只剩下骨架。我们还会把汤汁淋到米粒上，把所有味道卷进肚子。

他确实是慢慢来的，又过了三年才开始盖房子，并且一盖就是四年。他四处询问砖价，打听水泥和人工，画了上百张草图，向我们描述它们立体的样子。我们家的旧房子有二百五十平方米：天井左侧是厨房，右侧是饭厅；天井后面是房子的主体，一厅四房；天井前面是大门，两边各有一个大房间。他盘算好了，新房子仍然保留一厅四房，房间扩大一倍；天井缩减成原来的四分之一；大门开在原来的厨房位置，出去就是巷子；原先大门那里仍然只盖一层，上面晒东西，下面作为厨房和饭厅。

房子离山顶只有五十米。拆房的时候，后山被推土机从中间破开，硕大的铲子卖力为南宁到广州的铁路清除障碍。爷爷和几个老人经常跟在浓烟后面，回来后一遍遍描述机械猛兽的轰鸣。他们被它的力量折服。在铁路工人施工的时候，他看到了三个手指大的花纹钢。他从来没见过那种尺寸的钢，打听了来历，第二天就往县城赶，回来后铁了心要将它们用在新房子上："铁路都用的才够硬！"他跟建筑工人说，水泥柱改成铁路那种花纹钢，楼板的钢筋也要密一些。建筑工人笑着说："这是要做到十级防震啊！"这句话倒是提醒了他，他又提出楼板要加厚五厘米。

进度比预想中慢很多。他为了省钱，自己去河里挖沙，在竹林里筛出细沙，用拔河的姿势把斗车拉上坡，手上的青筋快要撑破单薄的皮肤。他看到旧屋拆出的青砖还能用，用砖刀削去泥灰，重新垒到墙角。那些青砖刚刚从三十年的重压中解放出来，还没来得及缓一口气，就要带着老迈的身体迎接新的使命。它们中的一小半已经没有完整的形状，我正想扔掉，被他制止了："留着吧，以后有大用，总有一处屋角需要它们。"新买的红砖和水泥，他要自己搬到合适的位置。他甚至要省下买铁钉的钱，用羊角锤从木板上拔出铁钉，一颗颗放在鹅卵石上叮叮叮地敲打，慢慢敲直，重复使用。好几次，羊角锤落在他的指甲上，指甲瞬间变成黑色，边上还涌出血。我把创可贴递过去，他摆摆手说不需要，走进厨房从灶里取出灰烬抹上去，压两分钟，等血止住了就继续干活儿。

每盖一层，他都要把这些程序做足再通知建筑工人。"要挣校长一分钱太难了！"建筑工人经常边工作边笑着说。他退休后，其他人还是叫他校长。他听了之后走过去给他们派烟，站在旁边得意地笑。

预算盖到三层就用完了。前面的房子盖了五层，引来一片称赞。他站在三楼顶上，踩着前面那间房子投射的阴影，不甘心地抬头。即使在冬天，他也固执地站在那个阴影里，拒绝出来晒太阳。那个阴影像是对他的挑衅。建筑工人说房间够用了。他摇摇头，把没到期的定期存款取出来，又叫两个儿子借几万，要再加一层。建筑工人竖起大拇指夸他有能力。房子一点点长高，他的腰板越来越直，就像自己长高了一样。第四层完工后，建筑工人告诉他，高度快要赶上前面的五层了。他反反复复爬上楼顶观望，快要拆模的时候决定再加一层。建筑工人吃了一惊，回过神来之后不断赞叹："校长真厉害，那你们家就是全村最高了！"他有了极大的动力，打了几十个电话向亲戚借钱。"从这块砖开始，就比前面高了！"建筑工人提醒他。在他的设计里，每层都比前面的房子高六块砖，加上地基高出的一米半，总体会比前面高出大半层。他爬上木架，慢慢蹲下来，眯着眼睛反复测量，一脸满足。为了听建筑工人的赞扬，他一次次上去帮忙递红砖和水泥浆。第五层就在这赞扬和笑声中盖好了。

他有了很大的成就感，连喝粥都会端着碗到楼顶去。前面那间房子的外墙贴了瓷砖。他咬咬牙，把山里的上百棵杉木卖了，跑到县城对比了几十家，敲定了一款黄色凸面砖。进村的路上看得见我们新房子前面的墙，他要争足脸面。建筑工人一边贴瓷砖一边大声赞叹他的眼光。他刚开始还不好意思地让人家小点声，没过两天就不再抗拒，反而觉得很开心，站在天井抬头哈哈大笑。贴了前面的墙，他绕着屋子走几圈，反复打量，又觉得只贴一面不好看。没过多久，他就打电话给两个儿子说，在路上能看到两侧的墙，要把它们贴上。两个儿子能拿出的不多，能借的亲戚也都借了，他辗转反侧，一个星期之后打着哈欠告诉建筑工人，他做了个大胆的决定：停工。

停工期间，他四处寻找门路。后山的铁路还在修建，他把毛坯状态的三楼和四楼租给铁路工人。他种菜，养鱼，种砂糖橘，砍竹子卖，还在村口搭竹棚开小卖部，客人多起来后又干起宵夜。一年后，铁路工人走了，小卖部生意惨淡，很快就关了门。他让两个儿子再出一些钱，然后打电话给建筑工人说："左右两面墙都贴瓷砖咯!"伴随着哇哇的赞叹声,他笑得弯下腰,像醉酒一样满脸通红。电话那头冷静下来后问他:"校长,确定留着最后一面墙吗?会不会有点奇怪?"后面不住人家,他原以为不贴瓷砖也可以,但是建筑工人一说有点不伦不类,他的脸就僵住了,像突然结了冰。他用脚在门口的沙堆上拨来拨去,突然做了决定:"再等半年,我再想想办法!"

半年后,建筑工人终于过来。他顶着烈日把瓷砖拆开,像捧着婴儿,小心递上去。建筑工人一次次夸他有钱,他把空无一物的裤兜翻出来说:"看了喂,就剩这么多了!"人们都说这房子大气,是村里的地标。"唉,用了铁路那种花纹钢,停工太久了!"他装出满脸愁容,配合叹息的语气,短暂掩盖脸上的欢喜。新居还没入伙,他就准备几个茶壶,坐在门口等人来参观,不厌其烦地说起盖房子的艰辛。过往的艰辛成了炫耀的资本,好像从房子盖成的那一刻起,他的人生终于拼凑完整。门窗、护栏、石灰和泥子还没有着落,更谈不上后续的窗帘、沙发、饭桌、冰箱和洗衣机,但是房子的框架足以撑起他的自尊。

"明天就要入伙了!"我也走上楼顶,跟他一样扫视周围。我们不说话,好像刚从泥潭挣扎出来,带着逃生后的疲惫和麻木。看了一会儿,我问他:"还要准备什么吗?"

他想起还要到镇上买点红纸贴在门头,于是骑上了摩托车。我也想去看看要添什么,就跨上了后座。

摩托是我上初中那年买的,二十二年了。它的动力明显下降,突突突的频率慢得像拖拉机。偶尔,它还爆出嘭嘭的破音,放炮一样。排气管有共振,发出细微的吱吱声,像有两箱蜜蜂在扑腾。

面对一个长陡坡，他远远就把油门加到最大，身体前倾，像骑快马一样。摩托车用尽力气嘶鸣，速度却没提起来，到了半坡就停住了。它的刹车也不灵了，停住之后还往后退。我反应快，立刻跳下车，从后面顶住它。他用双脚撑着地，笑着说它老了，没用了。他决定先去街口的维修店更换刹车片。刚停好车，我们就看到了他的老同事，我的数学老师阿翠。"还开这老古董？"阿翠老师非常吃惊。

在爷爷之前，同事一个个买了摩托，他还骑着没有铃铛和脚撑、刹车也不灵的自行车，下陡坡还得跳下来，身体向后倾，双手用力扶住，避免溜得太快。本来同事就笑他，说做了校长还天天抽烟丝的，也就他一个人。他们一次次学起他身体向后倾去扶车的样子，笑得合不拢嘴。阿翠老师是学校里第一个买摩托的，每次碰到他都会加大油门，响三声喇叭，然后在他旁边停下，打趣说："校长，一脚油门的事不好吗？这破车都对不起校长的身份！"他笑着听了无数次，仍然不为所动。过了几年，阿翠老师妥协了，说自己的摩托都骑烂了，校长的自行车还没舍得换。其他老师怂恿我把自行车的气偷偷放了，逼他早点买摩托。我刚上小学的时候坐他的车尾，双手握住座位下的弹簧，经常因他的体重被夹得生疼。我嫌弃那辆破车，不喜欢迎接好奇的眼光，干脆自己走路。听到老师们的怂恿，我脸上热辣辣的，恨不得钻进地底。趁他中午睡着，我放过几次气。我上初中后，他为了接送两个弟弟，终于下定决心通过阿翠老师介绍买了摩托。

"这东西放在新房子里太寒酸了，别修了，帮他扔河里吧！"阿翠老师对维修店老板说。

"是老了点，但是还能用嘛！明天早点过来喝两杯！"他笑了起来。

"你爷爷买个几分钱的气球都嫌贵，就这样省下了几层楼！"阿翠老师对我感慨。

我想起了他的氢气球。夏季的雨来得猝不及防，他担心楼顶的水泥和刚砌的砖被淋湿，一有风吹草动就慌慌张张地冲上去。很多次，他看到乌云突然集聚，委婉地提醒建筑工人可以停工了，但是对方带着轻松的口气说不影响，天阴了反而好做工，他只能在雨水到来之后迅速展开薄膜，拉过去盖住墙头。反反复复爬楼梯，他累得够呛。他看到镇上卖的氢气球，就买了十几只，用树枝牵着绳子另一端，放在天井和楼顶各个角落。他在门口的躺椅上，看它们慢慢摇晃，像海上的漂流瓶。天空成了它们的大海。它们晃动的幅度会透露雨水的消息。他时不时抬头观察，确定风速和方向。

这趟出门，他买了红纸，我在文具店买了十几只氢气球。我在后座上牵着它们，感受它们的阻力，偶尔回头看它们飘飞的样子。我们也曾在向前的日子里飘着，和氢气球一样，和漂流瓶一样，不知道双脚会落在哪里。天井和楼顶各个角落又出现了氢气球，不再是为了试探天气。他坐在门口看着它们，领会到了这仪式里庆祝的意味。

傍晚，他给建筑工人打电话，让他们收工后过来，把工钱结清。建筑工人从摩托车上下来，把鞋子往地上擦了擦才迈过门槛，笑着给他递烟，然后进到大厅坐了下来。"对不住啊，拖了这么久。"他给他们斟茶，面带歉意地说。"不说这些，早点晚点都一样。"建筑工人喝了茶，把现金揣进上衣的口袋，起身沿着楼梯走上楼，像游客一样四处察看，赞美设计的巧妙。他们似乎忘了这四年是他们一次次过来搭架、砌墙、贴瓷砖。他们在楼顶抽烟，俯瞰整个村庄，感慨过去的不易。落日下，拉长的影子像七八根火柴。

"明天一定要来啊！"他们走出大门的时候，爷爷再次发出邀请。

"校长的喜酒一定要喝！明天开半日工，下午一定到！"他们骑上摩托车，快速踩下启动杆，踩到第十次才打着火，在空挡的时候轻轻加油，然后挂挡离开。那几辆摩托车也很老了，他们像坐着黑烟离开。

"这摩托车破得声音跟开直升机一样响！"我笑了笑说。

"没办法，谁都不容易啊！"他告诉我，他们中有的在广东打工被绞断了食指，有的独自支撑五六个人的开支，有的去年查出尘肺病，有的从脚手架上摔下来导致脊柱骨折。听到他们的故事，我惭愧起来。我从来没有留意他们的名字，所有的招呼都是用"喂"开始。我仗着这个家庭和他们之间的雇佣关系，自始至终都用高高在上的眼光看他们，连表面的热情都不曾维持，更没想过融入他们。他们经常费力寻找话题，试探性地问我，双眼充满热情，等着我发表长篇大论，而我冷淡的三言两语一次次将他们推开。偶尔的亲近感来自他们沾满水泥的胶鞋、他们低矮的身材和气喘吁吁的可怜样。他们黝黑的躯体一次次弯下来，像深深鞠躬，把砖头、水泥、瓷砖扛起来。他们咬紧牙关，从不歇息。

"四年了，明天终于入伙了！"晚饭过后，他靠着大厅的沙发回忆盖房子的过程，像咀嚼苦草后的回甘。"钱是省出来的。"他感慨了几次。他以前经常拿矿泉水瓶接水喝，要不是瓶子被烫到扭曲，他会一直用下去。在街上，他从来不去吃粉，怕遇到熟人得请客。他发烧感冒很少看医生，说熬熬就过去了。我相信要不是学校摊派的彩票中了奖，我们要晚几年才能拥有那台二十五寸的康佳彩色电视机。

他尝到了甜，受过的苦被赋予了意义。

"要不放点烟花庆祝一下？"我问。

"不等明晚吗？"

"不用等了，天天都是好日子！"

一家人走上楼顶，邻家的小朋友也过来了。他掏出打火机点燃了四箱烟花。紧张的沉寂后，烟花像彗星一样冲上天，发出巨大的爆炸声，红色、绿色、白色、紫色的火光猛烈溅开，在极盛时迅速凋零，以雨伞的形状坠入黑暗。天空接连被彗星撞击，轰轰作响，燃烧的光芒四处弥漫，呈现出星云的样子。马头星云、海鸥星云、船底座星云一次次叠加，在噼里啪啦的声音里消失。十几个人站在楼顶仰望，像置身宇宙大爆炸的起点。除了已经消失或正在消失的声音和火光，天上空空如也。他站在最前面，不自觉张开双手，像要拥抱天空。饱满的光芒让黑夜比白天耀眼，一次次把这个朝圣者的躯体穿透；最后一发烟花的光芒，照亮了他的白发、他的驼背、他破了洞的布鞋。

（原载《青年文学》2024年第6期）

李会鑫（1988— ），广西藤县人，毕业于北京理工大学法学专业，现任广西梧州市作家协会主席、苍梧县文联主席，作品散见于《青年文学》《星星》《香港文艺》《广西文学》《胶东文学》《南方文学》等刊。

我有一片戈壁

◎ 李　琸

一场黑毛风，夜行千里，挟沙带土，席卷了戈壁采油区。

我手拎一把小臂长管钳，站在一台高高扬起驴头、被采油工称作磕头机的抽油机下，凉风呼扇呼扇地直往裤管里灌。它像是在昨晚的沙暴里奔跑了一夜，天亮后茫然地发现自己还在原地。细听，丝缕的风在驴脖子上吹弹出清脆的金属音。朱漆驴头指向的天空，此刻没有一朵云。阳光播入渐渐睡醒的戈壁，地上空荡荡的，不见了猪毛菜的枯团团和历冬后稍微风吹就打哆嗦的采油树的保温棉。它们就这么消失了，消失了。风仿佛吹出无数个我永远看不到的地方。

我向周围看去，上百台磕头机的驴头扯着脖子，错落有致地扬上去、俯下来，哐唧哐唧。它们在地面上的影子，缓缓向西北爬，慢慢往东南退，搞得一条四脚蛇一惊一乍。它们就这样，在慢慢扬俯间，拢来我在这片油区熟悉的一切。

我来这儿的多少年里，脚踩这片土地，呼吸这里的空气，追赶这片天空的云彩，经历着秋冬、春夏的寒暑两季，每日看着磕头机就这样不知疲倦地重复着这个上扬下俯的动作。如果它们有故障了，我的师父就会拿着管钳和扳手来修理，才会断电停下它们。又或许因为一场大风，在野外架空的三百八十伏的电力线因为松动而彼此碰了一下，电路短路导致电线杆子上令克开关被顶开。停了电，它们才会喘口气稍作休息。我在这里干活，和它们一样，只要没有什么紧要的事，就会每日一如既往地拎着一把管钳和一桶清洗剂巡井，除非工作或生活遭遇什么变故。周而复始地走在一眼看到头而时间过得无比漫长的巡井路上，我不知道自己日后还会往哪里去。

　　磕头机周围的壤土，是推土机从附近的土丘赶来的，我和师父一锹一锹把它们铺开、垫平、踩实，那一片一脚踝深、十二米长、八米宽的悬土方，被叫作井场。嗅到带臭鸡蛋味的石油香，我快速躲开，取油样的时候要站在上风向。从青克斯山吹来的每一缕风，拖尘带土，黏附在曲柄销子上的泥最厚，那里会定期加注如老酱般黏稠的黄油。还有那夜夜挂在磕头机上空最亮的几颗星星，每一颗星星都引着一台磕头机俯扬。我知道站在哪几个方位，可使火红的太阳四季不变，从一台磕头机平稳的底座升起，又在一台磕头机的游梁摆动间下沉出戈壁落日圆的景象；我还晓得，春天里，在哪一片凹地，猪毛菜最先抽出芽，哈，我窃喜那条注水管线的缝，怎么焊都焊不严，还经常被遗忘……这种熟悉，让我渐渐变得懒惰，不愿再成为别的土地上的人。就像在这片油区，采油树的手轮只能朝西北，因为季风是从西北面的青克斯山吹来。

　　看到不远处电工师傅高高举起令克棒，将电线杆子上落下的令克开关推上去后，我围着磕头机转悠了一圈，确认无恙后按下绿色启动按钮，这台高高扬起驴头、停止运转的磕头机重新充满生气，有力地抽打起戈壁。我不由得猫起身子，生怕它那巨大的脖子在甩起来的时候会突然挣脱掉缰绳，不听使唤胡乱甩打，将我拦腰抽断。

我站得远远的，看着磕头机缓缓下俯，又将我熟悉的一切推走，仿佛进入另外一个陌生、遥远而又仅属于自己的当地。

那一天，我突然出现在这片戈壁油区，茫然地看着班车挽起的尘土尾巴缓缓地落到地上，班车消失于一个山包拐弯处，将新员工往更远的地方送。光秃秃的土地，从我脚下铺向远处的青克斯山，山上则是火烧火燎后般的苍寥景象。

志平师父站在我对面，我看到他脚下的光秃向他背后无边的戈壁一溜烟跑远了。他的手脸和戈壁一个色，深浅褶皱里藏着条条黑色油污，像是岁月的符印贴在脸上。他穿一身被油污腌得可以挂住蟑螂的红工服，手持一根新折的红柳枝，帽檐转到后脑勺。如果不是看到他手里的红柳枝在摇晃，会让人怀疑他就是一个套着衣服的铜像。很多天后我才知道，这是我们采油班的传统：徒弟报到那天，师父要接，不管手头有什么要紧的活儿。

看着这尊铜像，我不禁想开了，以后是要续接上他这一生了吗？等他退休，他会把他呼吸过的空气留下，会把比我年纪还大的一台台磕头机留下。说不准哪一天，在巡井路上，我会捡到染着他头油的红工帽、被他指甲穿透的白手套。又或许，在一个不经意的上午，我被他在土丘上深陷出的一个脚窝摔个驴爬子，被他留在红柳丛里的一声呼哨声惊掉魂。谁知道哪台磕头机的夹缝里，塞着他用钝了的涡轮的活动扳手、遗忘掉的一截子盘根。在未来的日子里，我仰望的天空，挤挤挨挨的，全都是他留下的眼睛。

"喊。"他说，从红柳枝上掐掉一小段，衔在嘴巴里，上下打量我。

我把背着黑背包的腰板挺得直直的，崭新的红色工裤、工服、工帽和土黄色夏工靴，是合规的三穿一戴，白色手套耷拉着手指塞进裤子口袋。点缀着粉色桃心的飞巾缠脖，黑色口罩遮脸，墨镜让我的视野镀上一层茶色。我还找裁缝收了肥肥的裤腿，勾勒出细长的腿形，露出纤细骨感的脚踝。当然，现在脚踝被工靴筒掩了进去，刚下车走的那几步路，脚踝骨被靴筒磨来磨去，下次得穿上过踝的袜子。

可又有哪一个女孩愿意穿成这样呢？还要在厚厚的尘土和密密匝匝的梭梭、骆驼刺里穿来走去。我把帽檐拉到眉峰，变本加厉，撑开一把遮阳伞抵御戈壁强烈的紫外线，另外一只手把耳机往耳朵眼里使劲塞。手机单曲循环刘若英的《原来你也在这里》，包裹成木乃伊一样的身体不情不愿地走到他跟前。就那几步路，腋窝已被汗水浸泡。

中学时代，我在马路上曾经看到过一个女采油工，背包上的粉色熊猫挂件暴露出她比我大不了几岁的年龄，晒斑密密匝匝地落在深茶色的扁平脸上，一身红工服和青春、时尚沾不上边，裤腿上还有点点油斑。她从我跟前走过，目光发飘，蛇形步态好像把戈壁荒漠上晒晕的尘土也拖曳来。我目送她离去，好像在目送一个未来日子里的自己。我还未走到成年，我的成年已经在她那里开始。我仿佛看到了自己未来的日子已定下结局，大多数回小城的青年都会做出这个选择。

师父拿着红柳枝的手背在后面，像是一个私塾老先生拿着戒尺，他围着我转了一圈后，猫着身子睁大眼睛看我的墨镜，嚼过口香糖的薄荷口气隔着口罩扑到我的脸上。"嗯，我没收一个瞎徒弟。"他吐掉嘴里的红柳枝，"看，现在驴头停在了上死点。相反，驴头把头低得不能再低了，就是下死点。"他做着仰头和低头的动作，帽子几度要掉下来。我顺着红柳枝看过去，驴头高高昂起，这戈壁荒漠的天仿佛是被这钢铁巨兽扬起的头擎着的。当它俯冲下来，天就要塌下来了。他用红柳枝依次指着游梁、横梁、连杆、曲柄，在他的声音里，戈壁的形状也成了这磕头机各部件的形状，长、圆、扇、方、梯、缺口的、圆满的。他突然将教杆空中一挥，得意地说："我成群的钢铁驴牲就养在这片庄稼地里，我只要鞭子一挥，它们就齐扬齐俯，它们是我指挥有方的兵马。"他的目光顺着红柳枝，指向了天空，俨然一个将军。

我定睛一看，明白了他所说的钢铁驴牲就是磕头机。每台磕头机有每台磕头机俯扬的频率，正在我们周围远远地、错落有致地上扬下俯，而不是他说的齐扬齐俯。"确实，一台台巨大的压水井上下起伏着。"我想起老家院子里的压水井脱口而出，抽油机抽出油的原理和压水井压出水的道理差不多。

他教杆空中一挥，发出嘶鸣声。"什么压水井，你见过十米高的压水井吗？"他下巴随着背后不远处一台磕头机高高地扬起来，做出不容冒犯的表情。

首次见面，确实不应该顶撞师父。我压低语气欲挽回说："确实不是压水井，因为没有压把。"

"喊。"听到这，他立刻又气不打一处来，"我的驴牲口啥也不缺。"他跑到磕头机尾部，指指刹把说，"看到没，这就是我驴牲口的驴尾巴，它哪个把都不少，比你压水井的压把高级多了吧？"我看到他的唾沫星子在阳光里闪着光。

"那公驴磕头机的那个把也不少吗？"我突然想起曾经的乡村生活，立刻被脑袋里冒出来的问题逗笑了。磕头机有公驴，那还有母驴。非礼勿言，我话一语双关地一转："是，是，什么也不少，你看，你的驴脸上还一排大门牙呢。"我指着驴头上的那几个洞洞，说完，便看到他的驴牲口正翻着嘴唇龇笑，我也笑得前仰后合。

他又折断教杆上的一截红柳枝塞进嘴巴里。多少日后，我才从他吞云吐雾的架势里知道，油区不让抽烟，他用这种方法来纾解烟瘾。他松开刹把，也就是他说的驴尾巴，按下绿色启动按钮，磕头机哐当哐当地运转起来，突然有了生气。

"师父，今天咱们可以下课了吗？"我把口罩、飞巾统统扔到地上，因为脸上被汗水蜇得有点儿疼痒了。扔掉的那一瞬，炎热的戈壁送来缕缕清凉，我贪恋地呼吸着拖尘带土的空气，不远处正在钻新井，推土机正在推钻井井场。耳机里，刘若英在唱："请允许我尘埃落定，用沉默埋葬了过去，满身风雨我从海上来，才隐居在这沙漠里。"

我实习的那半年，师父换皮带，我给他递撬杠；他加盘根，我站在一旁做启停磕头机的操作；他调防冲矩，我打卡子；他修泵，我提着一桶清洗剂擦洗满泵房被他迸溅的和脚底子留下的油污印子……实习期，师父干什么，徒弟都要跟着学。徒弟在井上做什么，师父也都要盯着。我抄井口油压和温度、计量产液量，他叼一截红柳枝"抽烟"，站在一侧；我擦油井和打扫井场卫生，他靠在磕头机的护栏上，和他的驴牲口一起眯着眼睛打盹；我取样遇到硫化氢浓烈的井，携带硫化氢的空气像坚果一样硌在我的胸腔，他却跳着格子玩我童年的游戏，和磕头机比谁的影子更长。

实习期结束在那一年的冬天，我从此开始一个人孤零零地拎着一把管钳、提着一桶清洗剂巡井。戈壁的冬天总要连续一个多月下雪，雪盖住了推土机碾压的沟坎，稀稀拉拉地露出猪毛菜、红柳、梭梭和芦苇，我们的工具房看上去都矮了一截子。举目望去，远处的同事成了一个扎眼的红点，飘来飘去。每一次大雪过后，我巡井都要蹚着雪重新开路，雪花一片片如精灵般跌落在地上，遇到大太阳的天气，眼睛被白茫茫的一片炙得发慌。手离开暖烘烘的棉手套，寒风吹过，总觉得皮肤碎屑沾在空气里。志平师父在对讲机里听到我报一口井出了故障的时候，才会从黑黢黢的工具房里出来。他从来不问我是哪一口井，只循着我雪地里的脚印走。"哪口井你留下的脚印最凌乱，就是哪口井出现了故障。你的脚印最不装事了。"他说。

师父不在跟前的时候，我的胆子也变得很小，雪将坑坑洼洼的戈壁铺平后，磕头机尤其显得高大。每次走近一台磕头机，我都会不由得猫起身子。以前，都是我按红色停止按钮，他来刹车。现在这一切，只能我一个人完成。我左手按完红色停止按钮，立刻缩手回来，梗着脖子拉刹把，位置停不对——因注汽、调平衡、含蜡井等，驴头停的位置都不一样，只能重新调停磕头机。每次做完，我的遮耳大棉帽子都湿成一片。

为了摆脱自己对磕头机的恐惧，在那一年冬末，有一次我愣愣地试图把自己站成一台磕头机，跟着它上下摆头，直到腿麻、背硬，也无法拉近自己与一台磕头机的距离。我心里突然生出一股前所未有的冲动，扔掉管钳，踢翻清洗剂桶，将磕头机停在驴头高高仰起的位置，徒手爬到横梁上，去看驴头指向的远方。可是我除了光秃秃的戈壁和成群结队的磕头机，什么也没有看到。我迎着粗犷的风，发出一声叹息。毕竟我没有那么长的舌头，伸进千米油层，汲取大地深处黑色的血液。我下来后，腿脚开始发软，无望地张着嘴巴，看一股风旋在一台停止运转、高高昂起头的磕头机的驴头上，又从我的脚底吹起被太阳舔得所剩无几的雪，我使劲往外吐吹进入口腔的沙子。

"吐什么吐，沙子入胃助消化。"师父不知道从哪里冒了出来，背着手，握着一把小榔头。那一刻，我委屈的眼泪噗噗掉下来。也许真是如此，沙子的助力，让我的肚子咕咕噜噜叫起来。我从口袋里抓出一把干沙枣，一屁股坐在沙土窝里，塞进嘴里。

一、二、三、四、五、六、七……我站到一个地势稍高的土丘上，用食指点数这片油区的磕头机，生怕这一场黑毛风的喉咙吞噬掉一台，像极了小时候站在废弃的砖窑房上数我的小山羊。不同的是，小山羊数来数去，只见多不见少。磕头机数来数去，心里却总觉得少数了一台。

志平师父远远看到我做这件事，走上来猛拍一下我的后脑勺，嘴里叼着红柳枝跟我说："你这个小萝卜头，一个巡检女工负责一个站，一个站不少于二十台磕头机，咱们的班车上坐三十五个人，一半的女人，一半的男人，每天有两辆车经过咱们站。哟，这样算来，咱们这一眼看过去有几百台磕头机呢！"他得意极了，又开始掰着手指算。

我顺着磕头机悠悠扬起的头抬起脸，先巡检这台磕头机上的天空，云朵的形状、移动的速度和方向，再顺着磕头机缓缓俯下来的头，仔细检查设备的运转情况和周围的戈壁野物有无出没留下脚印子、梭梭有没有育出新的虫瘿。从一台磕头机到另一台磕头机，一天需要走十几公里的巡井路，那是被人脚踩和独轮车车轮碾压出来的路。

　　"这里的采油工已经换了好几茬了。"师父驻足感叹，我蹲下来观察他的脚尖印出来的脚窝，有轻有重，各怀心事。蹲的时间久了，我抬起和膝腿一样酥麻了的头，巡井路弯弯曲曲、宽窄不一，猪毛菜给一截巡井小路串联起珠翠项链。等到了深秋，猪毛菜开花，姹紫嫣红，就像是给小路戴上了花环。我猜我之前的女师傅是个极爱美的人，才有心收集起猪毛菜的种子，播撒在这条巡井小路上，给我的心情也戴上了项链和花环。

　　师父突然想到了什么，踏起纷飞的尘土，跑掉了。他八字形的脚印，脚尖一个朝西北，一个朝西南。后面的我看到前面混浊的空气里，扬起前几茬采油工甩下的大大小小不同的脚印。脚印叫嚷着，说着闲话、瞎话，谈论着油量和奖金，还有自己没有到达过的采油站的男人和女人。

　　只见他走到一台磕头机前，开始操纵刹车。但是手刹蹄片老化，反复了几次，还是抱不死刹车轮，磕头机一再溜车。他失落地跟说我："这些磕头机是不是和我一样，老了？"

　　我开玩笑说："天天有闲力气对我'喊'，怎么会老呢？"

　　他没有接我的话茬，我低头看他印在井场的脚窝，有几个脚窝凌乱、无秩序。他放弃了刹住磕头机的打算，任驴头上上下下摆动。他说起自己刚上班的时候，油田开发早期，内部注水，就可以将地层压力保持在原始状态，自喷采油的势头也很好，于是在那时候有人提出"卸磨杀驴头"。

"咱们驴牲口也争气。""别看这个师、那个员，嘴上都还没长毛，能和我这个老采油比？我放屁漏掉的事比他们懂的都多。""我的驴牲口，我会不知道它们的驴脾气？犯脾气了，井口的温度压力就上来。你哄哄它们不就好了？""虽然新技术层出不穷，但是老智慧永不过时呀。它不就是一台压水井吗？简单的机械原理。"他每一段话，都要停顿一段时间。

"你看。"突然，他指给我看远处。一前两后，三只黄羊在梭梭间赛跑，扬起十二只蹄。"这戈壁路长着呢，以后还是你们年轻人走。"他语气耷拉下来，"我还有一年就退休了，都成一头老驴了。我们以前叫我们的师父老八权，哈哈，不知道你心里咋喊我的。"

又是长时间的卡壳。

我有点儿心酸，没有接一句话。

"天裂了！"师父突然大声喊起来，把我的注意力从十二只蹄上拉回来。我好像看到经久不变的剧本里的字在颤抖，急忙问："哪里？哪里？"师父一脸认真地说："你看，闪电。它把天空劈开了大口子。"他刚说完，大风过后阴云密布，夏雷破空而来，大雨漫漶而至。我们一起跑进狂风骤雨里，伫立在这突至的风雨中。当我被雨水完全打湿，放眼望去，上百台磕头机依旧在扬俯起伏。我突然听到，有种声音正在挣脱磕头机和我的身体。

我们扔掉手里的工具，仰起头朝向密密匝匝砸下来的雨滴，把头昂成了磕头机。我看到驴叫声五光十色地冲向了天空。我在这些声音里认出了自己的声音，但又好像不是我的嘴巴在喊。

那一年夏天，在戈壁油区的所有中午，我好像都没有看到自己的影子。它或许贪恋吹着冷风的班车，或许被风刮到了我不知道的地方。我更相信，是渐渐热络的午后阳光把它给晒化了，那里的阳光可是倾盆倒下来的。

当阳光翻滚戈壁的每一个角落，我会选一条沙梁，一个满是硕鼠洞穴的沙梁，一个有白梭梭筛掉大部分炽热阳光、罩出阴凉地的沙梁。我负责的采油站区只有三个这样的沙梁，它们被西北风吹成了西北—东南方向。这些年下来，每一个沙梁上都有一截子被我躺成了一张床。检查微信工作群里再无同事倒换注汽流程、报井口温度压力的喧嚣后，我把帽檐上染着我黑指印的红工帽扣在脸上，躺得展展地睡午觉，管钳油烘烘的和我并排躺着。迷迷糊糊中，戈壁成了茫茫大海，所有的尘土向天上漫开，形成一条路，管钳也飞到天上，钳口指着家乡的方向。

我穿一身在衣橱挂了很久、没有被黑油沾污的崭新的红工服，回到了华北的村子。我抖抖衣服，清晰地看到一路携带的戈壁尘土在我离开了十几年的村子里飞扬、飘落，然后消失。胸口的宝石花把我的身板引得笔直，黑色大头工鞋吭哧吭哧像一头老牛般粗重地喘着气。十几年前我离乡时许下愿望，一定要混得人模人样——拿上铁饭碗，吃上公家粮，这是村子里我们这一代乡村少年的梦想。那时，我和二狗子经常蹲在村口，通过作业本卷起的望远镜看半天才驶过一辆的轿车。车驶过，尘土弥漫，侵入我们的肺腔。咳咳咳，我们不舍得眨眼，仿佛看到从车上走下来、穿过尘土走向自己的，就是未来日子里的自己。

一根横放的拇指粗的树枝突然挡住了我前进的脚步，拉杆箱的轮子无法转动了。低头才发现，离乡前在乡镇集市上买的廉价行李箱已被时光剥蚀了漆皮，一只滚轮上的皮垫不知去向，拉杆也活络了，好像我一用力晃动，它就会解体散架。行李箱里放着我们采油工的三件宝：油嘴、管钳、压力表。我心情非常激动，想象着被二狗子们团团包围，我给他们讲述这三个小物件的大用处。就像童年时期，二狗子拿出一台录音机，放入磁带，我们团团围住，听从未听过的声音，我第一次知道了周杰伦。

我抬头向周围看去，规规整整的村庄陌生得像是一个幌子，自己的人模人样仿佛也成了一个悬念。百年土屋不见了，砖体房屋外墙又抹了一层水泥，有些人家还贴着花样丰富的瓷砖，水泥路工整地伸进胡同里。不见了收纳时间养分的木质门，代之以朱漆或古铜色的铁质大门，铝合金锁上无不镶有狮头、虎像，门庭偌大气派。正值中午，炊烟了无几条……褪色卷边的春联残留在笨重的铁质大门上，风一吹一张，清晰可见面粉熬制的糨糊残渣。一起偎依在胡同口抄着手晒暖的老人，还像我离开时那么老。我的出现，惊了他们的困头。

他们问："妮子，这些年你都疯野到哪里去了呀？"

我不无炫耀地告诉他们："我在大西北有一片戈壁呢！"

接下来，我想告诉他们我每日巡检的那片油区，无时无刻不生产着财富的琼浆，每年我的收入都很可观，不受旱涝影响。我欲打开行李箱展示我的三件宝，炫耀我拿铁饭碗的采油工身份，这是我人模人样的见证。可是他们听我说完第一句话就打断了我。

"戈壁是啥?"

"也是土地呀!"

"一片戈壁有几亩?"

"肯定是没边没沿的。"

"那种起庄稼来也是没边没沿的吧?"

"收庄稼的时候更是没边没沿。"

"堆在打麦场的麦子也是一眼看不到个头呀。"

"啧啧,太阳西落起来都不知道啥时候是个头呢!大西北可是在大西北边呢!"

"怪不得你像你的那个老魔道爹一样呢,一去就多少年才回来一次,那里哪能走到头啊。"

他们的嘴巴你张一下他张一下,我根本插不上话。其中一个老人说完,他们重新陷入了晒暖的混沌状态里。过了一会儿,一个老人用袖筒擦了一下鼻涕,说:"你咋在这个时候回来,你那片戈壁芒种农事不多吗?"

我在天边的那一片戈壁,成为他们的锄头无法丈量出的田亩,我一时不知如何介绍我采油工的身份。我一一默认,撒了一个谎。"对呢,我有一片戈壁。一开春,一片戈壁干起活儿来都是没边没沿的。我和太阳一起奔跑,一天都跑不出一条畦埂和一个地头来,地里的庄稼起起伏伏。风是浩浩荡荡的,冬天雪如鹅毛般覆住大地,一场场瑞雪盖出一岁岁丰年,一场场大雨灌溉出一亩亩良田。"

说完,我惊觉好像说的就是自己的那一片荒凉的戈壁油区,低头看到了自己长长的影子。平日里，我师父也把我们俩巡检的那一片油区称为庄稼地。几十台磕头机，就是他口中的驴牲口。磕头机抽出大地的黑色血液，也种下了梭梭、红柳和胡杨。我们刨树坑用的家伙什儿，是坎土曼和铁锹。干起活儿来，和一个传统农民没啥不一样。

我仔细打量自己的一身行头，即使一身崭新的红工服，也拿上了铁饭碗，干的还是庄稼人的活儿。有时候，哪里管线漏油了，我要在轮推挖开管线后，用铁锹一锹锹铲出裹着石子的黑黝黝的油泥到防渗膜上，让管线漏油点暴露出来。之后蹲在坑边，等待电焊车焊接漏洞。当我推着一独轮车的油污在戈壁上走的时候，不就像推着一车的粪肥吗？农人还有冬闲的时刻，而我春夏秋冬都要在那一片戈壁伺候一只只驴牲口。经过多年强烈的紫外线照射，我的皮肤糙了，褐斑点点。

我还是打开了行李箱，展露出我的三件宝逐一介绍。别看油嘴这个小东西手一握就可以包起来，它能控制油井的油量，管钳是我用来开关闸门的，压力表可就厉害了，它像我们的血压计，可以监测油井的压力。

"现在还有井？咱们这儿都不用水井浇地了，小水渠铺到了每家地头。你那油井的井口有多大啊？你在那儿干活儿的时候，可是要保护好自己，不要一下子踩空掉下去。"一个老人把我的话抢过，充满了担忧。

我说，我的那片庄稼地里，油井一打就是至少上千米。他们立刻张着嘴巴，惊掉了下巴，以前田地里用来灌溉农田的水井不到百米。我返乡的目的终于有所达成，笑着告别胡同口的老人们，继续拎着快散架的行李箱和时光到了堂叔家。

堂叔说等我很久了，拿出一个断了几根篾子的马扎给我坐，递一个脱瓷的搪瓷缸子让我喝水。这是我父亲当年回来坐的马扎、带回来的搪瓷缸子，缸子上"石油工人光荣"的字迹依旧清晰。我边喝水，边说起那些和自己说话的老人，还是和我离开时一样那么老。堂叔说，这哪里是你离开时候的老人，这都不知道是老了几茬的老人了，你也不看看你自己都离开十几年了。在他们的心中，克拉玛依是大西北的最远方，因为有个极其别致的地名。他们不知道，"克拉玛依"是维吾尔语"黑油"的发音。

堂叔说老院的老枣树已经不大结枣了，土屋只剩半截子。小时候，冬天太阳照在土墙上，是个晒暖的好地方。娘说，枣树是老奶奶栽下的，那是老奶奶出嫁的时候从自己娘家院子挖出的。每年打枣，娘站在树杈上举着竹竿打，我和姐姐撑着床单接，不让枣落地，娘总是害怕惊动了老奶奶的魂。向着枣树张着脸的时候，我特别疑惑，我的爷爷怎么舍得离开这栽在屋前一年产三大包袱枣的枣树。照在西墙的阳光，竖在墙根的秫秸，挂在房梁的柳条筐里飘出的肉香，走熟了的胡同，袅袅升起的炊烟，村东窑坑丰美的草地，祖祖辈辈挖出的渠埂，埋进几辈子先人的庄稼地……它们多么留人啊。

在我少年时的某一天，叔叔的一通电话刮起了我心底的一场风。我可以摇身一变变成城市里的人，那些留人的东西也没能留住我。

我拉着我的三件宝离乡的时候，胡同口还是三三两两坐着老人。迎面走来了二狗子，他穿得精神极了，一身黑色西服，皮鞋擦得锃亮，牵着手的女朋友穿着包臀V领裙。他们从我跟前走过，二狗子好奇地看了我一眼，没有把我认出来。

"我有一片戈壁呢。"我张开嘴巴，不知道有没有发出声音来。沙梁的风吹进我的嘴巴里，舌头有点儿木，戈壁打滚的阳光打入我的眼眶。

（原载《人民文学》2024年第2期，原文三节，此为第一、三节）

李琸（1992— ），女，本名李春华，新疆克拉玛依人，中国石油新疆油田分公司职工，在《人民文学》《钟山》《西部》《西湖》等刊发表有长篇小说《返青》及短篇小说和散文多篇。